# 松声绿

乌尤庵说诗

刘奕 _ 著

上海文艺出版社

# 自序

这本小书所收,大部分是最近几年中所写关于古典诗歌的文字。

诗之为诗,是人类对自身处境的歌唱,是心灵与语言的探戈。

我喜欢元气淋漓的诗,不论诗歌的风格是婉约、精丽,是豪迈、雄浑,还是自然、飘逸,不论它们所写是一己的喜怒哀乐,社会的世情百态,还是历史哲学的沉思,或者山川风物,只要有力量贯注其中,就像一口仙气吹给俑人,让本无生命之物活了起来,我都喜欢。

什么样的诗歌有生命,充满元气?

有元气的诗歌自然。像草木长出叶子、开出花,像鱼游水、鸟行空,就像一切物各从造物主的安排,原原本本,自然而然。譬如写闺情,"袅袅城边柳,青青陌上桑。提笼忘采叶，昨夜梦渔阳"（张仲素《春闺思》），忽然想到昨夜的欢梦，不觉又恍惚起来，愣愣地站在那里，忘了要做什么。诗人自己一定经历过同样的时刻，才能写得如此传神。相反，"锦屏寂寞思无穷，还是不知消息。镜尘生，珠泪滴，损仪容"（顾夐《酒泉子》），便是造作不自然。既然镜已闲置生尘，便是久已不在乎仪容的损与不损；而且在寂寞流泪的当下，忽然想到自己仪容有损，这真的是在思念吗？词人创作之时，显然并未真正设身处地，只是硬凑出"损仪容"三字以结尾，所以内在没有流动之气。这就是死的文字。

文字不死，必是气机贯通的。这就需要诗歌能构成一个独特的世界。这个世界自然、整全，其中每一个字都恰如其分，在它该在的位置上，与其他文字彼此勾连，互相应和。诗人的工作正如斯威夫特所言："把恰当的词放上恰当的位置。"

比如杜甫的《登楼》："花近高楼伤客心，万方多难此登临。锦江春色来天地，玉垒浮云变古今。北极朝廷终不改，西山寇盗莫相侵。可怜后主还祠庙，日暮聊为梁甫吟。"首联采用倒装的写法，先写花树繁盛却伤客心，然后才解释，这是四方多难的缘故。颔联再分写春色的浩大与历史的沧桑。只是，杜甫为什么要写这无边春色？我们都熟悉王国维"以我观物，故物皆著我之色彩"之说，诗人此刻心绪黯淡，不该触处生悲，所见都是飘落的花瓣与蔽日的浮云才对吗？其实，以我观物只是普通的诗人们的心情与伎俩，伟大的诗人，是能直面世界的残酷与美丽的。安史之乱开启的连绵战乱，给了杜甫太多强烈的冲击，让他过电一般领悟到何谓天地无情。《春望》的"国破山河在，城春草木深"，《哀江头》的"人生有情泪沾臆，江草江花岂终极"，《新安吏》"眼枯即见骨，天地终无情"，这样的意思一再形诸笔墨。天地无情，不因人海翻覆而有改易。繁华的春天与苍茫的人世形成极鲜明的反照，最触动人心。如果"天意高难问"，那么人间秩序的依据究竟何在？人努力的意义又何在？仅仅自我安慰式地诉诸天命，说"北极朝廷终不改"，那是远远不够的。没有人的努力，谈何天命。没有直面天地无情和历史无意义的勇气，而依旧奋力向前，又谈何意义。"三分割据纡筹策，万古凌霄一羽毛"，凭着对汉室的忠诚和"鞠躬尽瘁，死而后已"的精神与意志，诸葛亮足以不朽。这层意思，在诗歌中一直引而不发，直到最后一句"日暮聊为梁甫吟"，才予以点破。《梁甫吟》是诸葛亮躬耕南阳时喜欢吟咏的歌谣，此刻，在丞相祠堂不远处，杜甫也吟咏起这首歌谣，历史的画面、古人今人的精神意志，不觉交织重叠起来。至此，《登楼》的世界才真正建造起来。里面每个字词，每句话，彼此呼应，激荡起春色的浩大，历史的苍凉，现实的悲慨无奈，意志的顽强不屈服……五十六个字中所叙述的，似乎比五百十六字能叙述的还要多。杜甫真不愧是碧海掣鲸鱼的伟大诗人。

有元气的诗歌敏锐，透彻，深具洞察力。诗人的洞察力，是从平凡中发现不平凡的能力，从庸常中萃取诗意的能力，在细节中表现敏锐性和个性的能力。恽南田论画："一勺水亦有曲处，一片石亦有深处。绝俗故远，天游故静。古人云：'咫尺之内，便觉万里为遥。'其意安在？"这也是诗人的本领。

我想到两个开花的时刻。王维《辛夷坞》："木末芙蓉花，山中发红萼。涧户寂无人，纷纷开且落。"庞德《在地铁站》("In a Station of the Metro"): The apparition of these faces in the crowd; /Petals on a wet, black bough.（人潮中隐现的面庞；/ 湿润老枝上点点花瓣。）

王维把辛夷比作开在枝头的芙蓉，说明开始的时候他不仅在细致地看，而且充满趣味，兴致勃勃。旋即，分辨、比较没有了，取而代之的是鲜花繁盛的枝头，衰败的花瓣凋落的画面。涧户无人，但户外有一个看花的诗人在。可以想象，下一个时刻，诗人会离去，一如那开过旋即凋落的辛夷。诸色的生灭如此迅捷而连续不断，我们在生灭相续的瞬间观看、分辨，又在下一个瞬间失去所观照的对象，再下一个时刻，曾经观照的人也将消失，永恒的似乎只有生灭相续的变化本身。开头两句，描述花朵的颜色和形态的时候，诗歌所写还是春天的平常景象，后面两句则呈现了一个灵悟的时刻。我们看到的，仿佛不再是山中一隅的景象，而是整个宇宙，甚至是超越宇宙之上的永恒的宁静。

与王维在无人处领悟到的寂灭不同，庞德的寂静却是从人潮的喧嚣中得到。面对汹涌的人群，他看到疏离、清冷、寂寞和美丽。不断闯入他眼中的面孔，让他想起了花朵。这不是有名有姓、有颜色和身姿的具体的花朵，而是抽象无名的花，像幽灵（apparition）一样的存在。幽灵闪现、消失，花瓣打开、凋落。那一刻庞德一定非常忧伤，只是他的忧伤更像锐利的锋刃划过虚空。

王维和庞德都获得了自己的顿悟时刻。这种顿悟看似灵光一闪，实际需要诗人长久而耐心地凝视生活和存在本身。南朝诗人任昉写自己期待友人："望久方来萃，悲欢不自持。"正可以借来形容灵感和强烈感触的获得，它们都源自深深的期待、漫长的凝望和长久的沉思。诗人得忍耐庸常、观察庸常，就像草木在整年中默默生长，一直等待灵感的花期到来。所以再伟大的诗人也一定会写大量平庸的诗篇，作为日常的速写、草稿和练笔，等到合适的机缘到来，最伟大的诗篇才会喷薄而出。庸常未必能成为伟大，但伟大一定源自庸常。区别是，庸常中的人是否耐心，是否专注，是否以远大为目标。

有元气的诗歌漂亮。昨天午后下楼散步，初夏季节的花并不比春天少，把遇到的花一一做了记录，分别是：石榴，无患子，栀子，月季，毛叶合欢，光叶子花，锦绣杜鹃，夹竹桃，木槿，凌霄，金丝桃，大波斯菊，绣球，飞蓬，蕺菜（鱼腥草），新几内亚凤仙花，苏丹凤仙花，美丽月见草，三叶草，百日菊，万寿菊，翠菊，铁线莲，打碗花，紫竹梅，金边吊兰，白蟾，蜀葵，角堇，兰花美人蕉，忍冬（金银花）。从高大美丽的乔木，到蕺菜、飞蓬这样恣意生长的野草，开着花的它们都那么好看。它们漂亮，因为内在充盈着饱满生机，那些花朵是它们骄傲的、高声的嚷嚷。诗歌也是如此。真正好看的、好听的诗歌，绝不会单止于形式，它们外在的好看、好听一定是与传达的情感、感触、思考，或者与描绘的风景、讲述的故事相结合的。元气内充，自然精神外发。否则单纯的雕章琢句，难免萎靡之感。

汉代《郊祀歌·日出入》："日出入安穷，时世不与人同。故春非我春，夏非我夏，秋非我秋，冬非我冬。"浑灏流转，拙朴深沉。

杜甫《登高》："无边落木萧萧下，不尽长江滚滚来。""落木"与"长江"不但是字面的对仗，也是叠韵与叠韵的对仗；"萧萧"与"滚滚"同样音、形双对。落叶的无边无际，是在为无形的风赋形，让我们看到风的形状，也仿佛看到诗歌第一句在风里回荡的猿啸声的形状。"不尽""滚滚"都是不绝的样子，为什么要重复刻画？"逝者如斯夫，不舍昼夜"，长江的不绝不仅存在于空间上，也在时间上。上一句的落木是一种无情的象征：衰朽和死亡的必然。下一句的长江则是另一种无情："天地长不没，山川无改时。"它们以无情的不朽凝视着注定朽烂消亡的有情生命。在发音上，叠韵有阻滞的效果（所以绕口令通常采用的都是双声、叠韵的办法），而叠音则产生连绵不绝的听感，于是深沉无尽的悲哀被停顿、沉吟，被延续放大。那痛苦顿挫着、震颤着、无尽延续着。

李清照用"寻寻觅觅，冷冷清清，凄凄惨惨戚戚"，把她的萧瑟孤寂停留在了唇齿之间。

形神兼备，好诗本自如此。

书名取自我的一首小诗："尘中龃龉棱嶒者，风味疏疏落落人。但爱松声千尺绿，不随世事一番新。昨宵冬至难为暖，此际诗成倍有神。细看飞虫窗外过，停云舒卷自相亲。"

松树的常绿，让它显得很顽固，也会让人误以为它生长缓慢。其实松树只是在生命的早期生长较慢，一旦进入生命的成熟期，它是会飞快生长的。王维写他的朋友吕逸人"闭户著书多岁月，种松皆老作龙鳞"，只要我们有耐心，守在松苗的身边，给它们二十年、三十年，都会像吕逸人这样在不知不觉中得到一群巨人朋友。千尺之松，漏过阳光，在浓阴之中溅起寸寸碧澜。这时，我们可以"抚孤松而盘桓"，可以在风起的时候静听松之涛声。"蜀僧抱绿绮，西下峨眉峰。为我一挥手，如听万壑松"，琴声可以似松风，而松风又何尝不是自然的琴声呢？

"乌尤庵"是我的自号。有一位同学旧友，少年时代常开玩笑说要以我们家乡的乌尤山做他的道场。后来这位同学志向越来越远大，旧话便不再提及。我却"中二"依旧，一直喜欢这座矗立江心、单椒浓秀的小山，忍不住借占其大名。

"绿影一堆漂不去，推船三面看乌尤。"这是清代张问陶江上看山所写的诗句。浓影一堆，永映江心，不为大水漂去，小山自有其兀傲。

"已识乾坤大，犹怜草木青"，"身云同出没，人海各波澜"，这是近世马一浮山头远眺所作。天地广大，万物巨细不一，着此一山，尽可收揽观望。

2022年夏天,被封在上海家里数月之后,瞅着空隙逃回乐山,再次去乌尤山中游玩。那时连续一个多月每天40度的高温,山上山下,头脚生烟如仙人般的闲人,真的只有我一个。坐在临江的旷怡亭里,口占成绝句三首:

红尘久浣念家山,绿影乌尤不可攀。转眼青山山顶立,故家如梦在尘寰。

江心一点是乌尤,山自青青水自流。时有白鸥波上没,虚空生灭几浮沤。

如此江山如此寺,一番草木一番秋。旷怡亭上看云者,知是人间第几流。

回到家里,还为第三首绝句加了一段长长的自注:

乌尤寺尔雅台前,旧有旷怡亭,明成化间州守魏瀚所建。登亭揽胜,峨眉群峰遥峙于天际,江水、青衣水、大渡水汇流于眼底,隔江则嘉州赤色城郭,炫耀目间,信可旷览者之怀也。三百年中,亭之兴废不一。魏守之亭,不知圮于何时,万历中,州守袁子让复建之。

后复毁没，经丧乱，人不知有此亭矣。民元十五年，寺之主持僧传度据旧志而复建之，既属邑人易曙晖作记，复请于友人赵香宋先生，先生乃作《如此江山》词以贺之。词旋制匾，悬亭中。民元廿八年，马一浮先生避兵燹至，登亭动怀，口占成诗，即"已识乾坤大，犹怜草木青"云云者。诗今播在人口，不录，录赵氏词于后："天开图画乌尤寺，江心一螺孤峭。方外疏钟，秦时片月，万绿孕兹瑶岛。峨嵋翠扫。趁玉宇初揩，铜河先照。如此江山，海天秋色一长啸。　高僧提举一切，旷怡亭故址，阑槛新造。春水鱼天，洞庭龙穴，豁出雷堆杭道。香台缥缈。待日落将西，幽篁更妙。如此江山，一楼天下好。"

遗憾的是，"如此江山，一楼天下好"的景象，它只存留于故纸堆与我的记忆中，而不复奔来眼底。古典与现代在审美上有一个重要分际，古人重在审"美"，现代人美丑兼审。只是严格意义上现代的审丑是审视丑陋，而非欣赏丑陋。今天旅游开发的一般潮流却是奔着制造丑陋、欣赏丑陋去的，乌尤山自身及四望的风景也逃不掉大潮的席卷。

黯然出亭，下山，吃一碗翻沙红糖凉糕；晃晃摇摇，灯下读诗去。

书中不少文章的初稿曾经发表在一些报刊上,包括《文汇报·笔会》《澎湃新闻·上海书评》《中国诗学》《古典文学知识》《中华瑰宝》《光明网·文艺评论》《中华读书报》。发表在《文汇报·笔会》上的文章,还连续四年被选入"笔会年度精选",这对我来说,是莫大的鼓励。

也要感谢构想并编辑这本小书的两位朋友:余静双和李晔。在这个浮沤晨露的尘世之中,是他们一念所及,才幻中生幻,有了这本小书的诞生。

刘奕

甲辰岁首夏廿八日初稿

乙巳年春分日改定

目 录

自序 / 1

向彼岸：也说《汉广》与《蒹葭》 / 1
说《东山》 / 7
孔广森与《诗声分例》 / 17
努力加餐饭 / 29
汉代古辞《饮马长城窟行》 / 35
失路将如何 / 45
嵇康的四言诗 / 57
旷代高才张协 / 63
说"格伩" / 70
古诗改罢自沉吟 / 76
李白的"佯狂" / 82
路长人困蹇驴嘶 / 87
我却何处去了 / 93
王文治和他的诗歌 / 97

走向与世界的和解：陶渊明的行役诗 / 126

作为人生指南的《归去来兮辞》 / 137

陶诗用字二例 / 145

陶渊明会种地吗 / 151

人生南北多歧路 / 160

《桃花源记》答问 / 170

无尽之义
——《诚与真：陶渊明考论》2023年版自序 / 179

春天、欣喜与遗憾
——《诚与真：陶渊明考论》后记 / 190

陶渊明对自由之境的追寻 / 194


岱宗夫如何 / 214

风诗雅意：《自京赴奉先县咏怀五百字》 / 219

辞阙表与中兴颂：《北征》析义 / 229

乾坤一腐儒 / 241

是谁分不清橘与柿 / 256

杜甫的鱼与鸟 / 264

马齿苋 / 271

"荡析"还是"荡折" / 275

《杜甫全集校注》注释献疑 / 282

扁豆花 / 300

乌尤诗思 / 305

蜂窠篙眼 / 318

赵熙和川剧 / 322

《旧话》向谁传 / 336

"我只测算晴天的时间"
——参与《清诗话全编》工作点滴 / 350

记本科时的两位老师 / 359

热爱生活的一万个理由 / 363

呓语 / 366

# 向彼岸：也说《汉广》与《蒹葭》

中国诗歌的抒情传统，源出于《诗经》。尤其《国风》之作，善于写情，总是在具体的情境中展开，把人生的喜怒哀乐淡淡吟叹。所以，相似的情感，在不同的诗歌中表现却各不相同，各有各的身段、姿容与个性。比如著名的《周南·汉广》和《秦风·蒹葭》，两首诗有共同的主题，即企慕而不得；但两个诗人在求不得之后又有着迥异的反应，便能看出人的不同来。个性与共性交织，既有鲜活生命的跃动，又能展现普遍的追求与永恒的向往，伟大的诗篇，本应如此。

佛教讲人生"八苦"，"求不得"是其一。可望而不可即，求之而不可得，这是人类一种基本而永恒的痛苦。《汉广》所写是"南有乔木，不可休息。汉有游女，不可求思"，在汉水的对岸，远远望见美好的女子，却无法去追求她。因为"汉之广矣，不可泳思。江之永矣，不可方思"，汉江啊太过宽广，游不过去，甚至连舟楫也无能为力。诗人只能不断幻想着成亲时去迎亲的场景:"翘翘错薪,言刈其楚。之子于归,言秣其马。""翘翘错薪,言刈其蒌。之子于归,言秣其驹。"又不断陷入幻灭:"汉之广矣,不可泳思。江之永矣,不可方思。"诗歌中的汉水仿佛是传说中的弱水,成为无法逾越的天堑。《蒹葭》中"所谓伊人"则永远"在水一方",任凭诗人如何"溯洄从之""溯游从之",总是无法接近。

我们都知道,无论江河如何宽广,人们总是有办法渡过的,"谁谓河广?一苇杭之"(《卫风·河广》),事实诚如此。但人生中却永远有无法靠近的人,有达成不了的愿望,这才是两首诗真正想要表达的意思吧。这样的意思很哲理,不过诗歌却绝非哲理诗,它们所写的只是毫不犹豫投身其中的生活,在困顿中依然沸涌炽热的情感,所展现的便是遭遇这生活、燃烧这情感的那些活生生的人。

《蒹葭》的诗人是个行动力极强的人。纵然"伊人"仿佛不可接近,他却不放弃尝试,有时逆水而上,有时顺流而下,不断寻找道路,哪怕理性明明白白告诉自己,伊人"宛在水中央"。

古希腊传说中,女祭司希洛在达达尼尔海峡这头的高塔上点燃明灯,对岸的情人利安得则投身黑夜中的大海,游向爱人。某夜风暴吹灭灯火,利安得迷失方向,溺死海中。后世的诗人反复歌唱这个故事。济慈这样咏叹:"侘傺悦忽兮利安得,沦空海兮少年郎,奋身不顾兮向死亡。"(Sinking bewilder'd 'mid the dreary sea./ 'Tis young Leander toiling to his death.)爱的诱惑,让人义无反顾,哪怕那道路通向死亡。《红楼梦》里面,贾瑞不是同样临死仍在贪看风月宝鉴,不肯放手么?不同的是,利安得奔赴的是两情相悦的爱情,而贾瑞赴汤蹈火却只为一点痴念、满腔色欲,自然便有百尺楼上与地下之别。高下之别虽然如此,但遥望着水的那方而上下求索,却是一样的。行动力之有无,区别的本不是高尚与卑劣,而是生命力的弱与强。

这样一比,不能不说《汉广》的诗人热情有余而力量不足,大概算个幻想派。诗歌第一章,写他看到了对岸的游女,然后感叹江永而汉广。试取汉水比较达达尼尔海峡,孰为宽广,孰为衣带之水,应是一目了然的吧。就算泳不可过,舟航总非难事,可是我们的诗人在诗歌的第二章、第三章,就只是幻想着秣马迎亲,然后突然惊醒汉广不可泳,江永不可方。幻想旋生旋灭,真如水上沤沫一般,而实实在在追求的行动,却看不到。这样看来,这个诗人是个胆小自卑而喜欢空想的人,相比《蒹葭》的作者,不免软弱太多。

当然,这只是就诗歌所呈现的抒情主人公所作的比较,如果就诗论,《汉广》却不失为一首可以比肩《蒹葭》的好作品。因为它很成功地表现了那种幻生幻灭而旋起旋伏的情感。空蒙、迷茫、绵长，人的一生之中，少不了品尝这种滋味的时刻，不是么？

不过，也可以换一种角度来理解两首诗的不同。在水那方的伊人，真的可求而得之吗？似乎《蒹葭》的诗人更倾向于积极的回答，而《汉广》的诗人则是悲观的。积极者会认为，美与爱，就算遥远，却并非无路可致。故而他毫不犹豫展开行动。悲观者却会想，美与爱看似可求，一旦靠近，却会失落，甚至会向丑与恨的方向转变；而使美与爱恒久不变的方式只能是让其停留在幻想中，唯有颠倒梦想在我心中，不虞其失落与变质。因此他只幻想。

这第二种理解并非毫无根据。蓬莱、方丈、瀛洲，是大海上的三仙山，它们是神仙居所，象征着永恒与完美，当然也可以视为在水一方的"伊人"。秦汉的方士们如是描绘三仙山：没到跟前的时候，望之如云，盈盈满目；真靠近了，三神山反而像在水下。如果不放弃，还是想上去，就会有风来把山吹走，总之无法登临。（《史记·封禅书》："未至，望之如云；及到，三神山反居水下。临之，风辄引去，终莫能至云。"）如果明白仙山之不可接近，一般人的选择最多也就去到海边，期待亲眼目睹，然后存之心中，作为日中的渴望与夜里的梦想。这近于《汉广》。可总会有秦始皇、汉武帝，相信自己能占有永恒与美好，徒劳地派方士入海访寻仙山和山中的不死药。这是不是有那么一点点类似《蒹葭》诗人的做法呢？

秦皇汉武们不明白，真实的海洋是有尽头的，人心的欲海却茫茫无有涯际。渡不过的不是深水与大洋，而是人心的欲望；得不到的不是美好，而是美好的完满与永恒。于是秦皇汉武终究不能与《蒹葭》诗人相提并论。前者何曾亲眼确认过神仙世界的存在，不过是心里怀着不死的贪欲，便心甘情愿接受欺骗，驱使千万人去为自己的迷狂奔忙，甚至送死。

而我们的诗人并不如此。他真实地望到伊人，看到美，确信值得去追求。于是在萧瑟西风中，在泓峥秋水的这边，他出发找寻渡口，哪怕知道途险难而漫长，却依旧怀抱着美好。他知不知道，凝望着彼岸的，彷徨中伸出手，渴望触摸美好的那个人，置身在天地苍茫间，这也是美好的景象，甚至是更大的美好。正因为怀抱着美好而非贪婪，不停息地梦想与寻求，才不知不觉中步入美好的疆域，化作美好本身。这样的自己终究会与永恒的向往融为一体。那个拿撒勒木匠之子曾说："你们祈求，就给你们；寻找，就寻见；叩门，就给你们开门。因为凡祈求的，就得着；寻找的，就寻见；叩门的，就给他开门。"是否可以如是理解呢？

这样想来，《汉广》的痴想还是与《蒹葭》、与利安得一样吧。虽然个性迥异，力量不同，但是永恒地激发着人类，也最终成就人类的，是相同的对美好的向往。

"揭谛揭谛，波罗揭谛！"让我们都到彼岸去吧，美好在那里。

# 说《东山》

《诗经》中好诗很多,我最爱《豳风·东山》。爱它情思与艺术双美,爱它温柔又热烈,爱它苏醒读者摇荡读者,就像春天打开花朵。

> 我徂东山,慆慆不归。我来自东,零雨其蒙。我东曰归,我心西悲。制彼裳衣,勿士行枚。蜎蜎者蠋,烝在桑野。敦彼独宿,亦在车下。
>
> 我徂东山,慆慆不归。我来自东,零雨其蒙。果臝之实,亦施于宇。伊威在室,蟏蛸在户。町畽鹿场,熠耀宵行。不可畏也,伊可怀也。
>
> 我徂东山,慆慆不归。我来自东,零雨其蒙。鹳鸣于垤,妇叹于室。洒扫穹窒,我征聿至。有敦瓜苦,烝在栗薪。自我不见,于今三年。
>
> 我徂东山,慆慆不归。我来自东,零雨其蒙。仓庚于飞,熠耀其羽。之子于归,皇驳其马。亲结其缡,

九十其仪。其新孔嘉，其旧如之何？

对这首诗，《毛诗》小序保存了一种古老而严肃的解释："周公东征三年而归，劳归士，大夫美之，故作是诗。""我徂东山""于今三年"的诗句，的确吻合周公三年东征的背景。但若说是大夫颂美，一言不及周公，只写归途的思念，却也奇怪。不少清代学者因此推测作者乃周公麾下战士，所写只是一己的归思，似乎合理多了。

让我们先听听这位战士的歌唱：我远征东山，已经好久好久。我从东方归来，蒙蒙细雨落在路上。从东方来的我，望着西归的路途，心里泛起悲哀。终于可以缝一缝日常的衣服，不用再时刻准备作战了。那些正在蜎蜎蠕动的，是桑叶上的青虫吧。啊，是采集野蚕的时节了。妻子是不是也跟我一样，此刻孤孤单单蜷缩着身子，睡在车下呢？我远征东山，已经好久好久。我从东方归来，蒙蒙细雨落在路上。我的家园，现在是什么样子呢？栝楼的藤蔓一定爬上了屋檐，开始结果了吧？墙角阴暗处的蟏蛸小虫，现在是不是在久不开门的房间中乱爬？而喜蛛子，把网结到了门上吧？家的周围，一定野草疯长，早已成了群鹿撒欢的地方。夜里，无数萤火虫忽闪忽闪发着光。它荒凉可怕吗？不，它只是让我怀想。我远征东山，已经好久好久。我从东方归来，蒙蒙细雨落在路上。喜雨的鹳鸟正在小土丘上欢歌吧？而我的妻子，她会发出思念的叹息。她应该已经听到胜利的消息，收拾好了房间，堵上老鼠的洞穴，等待我的凯旋。圆圆的苦瓜，长在柴禾堆上。那是怎样的苦？自从我离去，已经整整三年。我远征东山，已经好久好久。我从东方归来，蒙蒙细雨落在路上。想起我们结婚的那天，阳光如此明亮，黄莺飞过，熠熠生光。那天我骑着花马去迎亲，我和马都光芒四射。我看到你妈妈一边给你系结佩巾，一边唠唠叨叨叮咛告诫，我看到了你的眼泪。那些新婚的时日那么美好！重逢的日子，该是什么样的呢？

《东山》的艺术手法高明极了，在整部《诗经》中实属翘楚。战争胜利，劫后余生，终于可以回家与妻子团聚，这种喜悦何其巨大。而诗歌不直接写胜利的欢呼，不写重逢时的四目相对，而是以忧写喜。"我徂东山，慆慆不归。我来自东，零雨其蒙"四句回旋在四章的开头，构造了一个永恒春雨的场景，将诗人阻滞在泥泞难行的归途之上。家园明明遥遥在望，却又欲归不得，只能把千般思念打叠在万种想象中。此刻思念有多深浓，那未来重逢的喜悦就有多巨大。诗歌的四章，首写彼此的孤独，次写家园的荒凉，再次想象妻子的思念，最后通过回忆新婚而设想重逢。思绪流转变化，前面如溪流江河，涓涓汩汩，归向大海，最后卒章显志，将期待中喜悦海洋的帷幕揭开，却又立即戛然而止，给读者留下巨大的想象空间。这种艺术上的敏锐感、节制力和操控力实在是惊人。

王夫之曾经称赞《小雅·采薇》"昔我往矣，杨柳依依。今我来思，雨雪霏霏"是"以乐景写哀，以哀景写乐，一倍增其哀乐"。另外《小雅·出车》"昔我往矣，黍稷方华。今我来思，雨雪载途"也是同样的笔法。其实《采薇》与《出车》只是四句，远不如《东山》尽通篇之力带给人的震撼感。《东山》的细腻生动，可以为《诗经》之压卷，堪称第一流大手笔。虽然全是想象，但写来历历如绘。反过来，这种细腻的笔致正反映了思念的浓挚。

诗歌的第三章的构思也特别巧妙，从前两章直接写自己想念妻子和家园，转深一层，写想象中妻子如何思念自己。这种写法自然隐含着夫妻感情深厚的意思，这样才能递进到第四章写重逢的期待。在想象所爱之人思念自己这一点上，《魏风·陟岵》采用了同一手法：

　　陟彼岵兮，瞻望父兮。父曰：嗟！予子行役，夙夜无已。上慎旃哉！犹来无止！
　　陟彼屺兮，瞻望母兮。母曰：嗟！予季行役，夙夜无寐。上慎旃哉！犹来无弃！

>陟彼冈兮，瞻望兄兮。兄曰：嗟！予弟行役，夙夜必偕。上慎旃哉！犹来无死！

可惜《陟岵》笔法单调，论艺术性，远远不能比肩《东山》。而这一写法，为后来诗歌开了无数法门。大家熟悉的杜甫《月夜》：

>今夜鄜州月，闺中只独看。遥怜小儿女，未解忆长安。香雾云鬟湿，清辉玉臂寒。何时倚虚幌，双照泪痕干。

构思显然与《东山》同一机杼。当然，伟大的杜甫从来不会机械模仿，他设置了不知"忆长安"的小儿女作为陪衬，便为诗思增加了一层曲折，不能不让人赞叹。

日本有一位了不起的汉学家吉川幸次郎，他谈中国文学，既宏大高明，又精微深刻，时时予人启发。但在谈到《诗经》时，却说其"语言表现方面尚未成熟"，(《中国文学史》第三章)，这就令人不敢苟同了。至少《东山》诗是一篇在构思、结构、情景设置、语言表现力等各个方面都堪称杰出的作品。哪怕仅此一篇，我们也不能说《诗经》"不成熟""原始"，何况《诗经》的佳作远非此一篇呢？

《东山》的好，不但在它艺术上高明，更在于它的感情朴素、真挚又热烈。诗歌所写，纯然一片想象。想象中妻子辛劳而孤独，她在苦苦思念丈夫，而丈夫也在回想新婚的欢愉，向往重逢的喜悦。夫妻之间，特别是丈夫对妻子，原来可以有如此深情，而这番深情的表达又坦荡而自然，这些在后来的中国文学中都是很少见到的。

废名先生在1949年夏天写过一份《诗经讲稿》，里面分析《东山》，说得特别好："《东山》诗写得那么好，一点没有后来士大夫的恶劣气息。"又说："从汉以来诗里的空气已不复有民间的朴素，而民间也沾染了士大夫的思想了。"什么是恶劣气息，什么是士大夫思想？他举了个《列女传》中秋胡妻的故事为例。鲁国人秋胡，娶妻五日即赴陈国为官。五年后返乡，途中见一采桑美妇人，调戏之，遭妇人怒骂。返家后，发现所戏之女即自己的妻子。妻子羞愤难当，怒斥秋胡："子束发修身，辞亲往仕，五年乃还，当所悦驰骤，扬尘疾至。今也乃悦路旁妇人，下子之装，以金予之，是忘母也。忘母不孝，好色淫佚，是污行也，污行不义。夫事亲不孝，则事君不忠。处家不义，则治官不理。孝义并亡，必不遂矣。妾不忍见，子改娶矣，妾亦不嫁。"于是投河而死。后代诗人傅玄、颜延之等纷纷以此故事为题材创作《秋胡行》。傅玄挺可爱，诗歌最后说："引身赴长流，果哉洁妇肠。彼夫既不淑，此妇亦太刚。"既赞颂秋胡妻，又觉得她死得不值。后来颜延之却说："君子失明义，谁与偕没齿。愧彼行露诗，甘之长川氾。"这就是在撺掇秋胡妻们：丈夫那么混蛋，你们赶紧死啊！所以废名先生说："我们试把这个故事同《东山》诗的诗情一比，便可知道什么是封建思想。封建思想是不要人有健康的生活，女子动不动是要'死'的。那么平日所过的勤苦的生活不知为了什么了，真是可怜。"男性不讲道德要受谴责，谴责的方式却是让女性自杀。这既是严苛的道德主义，潜意识里又是把女性视为男性的最贵重的所属物，所以才以毁灭所属物的方式来惩罚该男性。

颜延之在写《秋胡行》的当下，大概会觉得自己持论甚正，已经无可非议了。他想象不到的是，伪道德主义者的底线是可以无限拔高，高到超过贤人烈女的上限的。明清之际有个贺贻孙，作为诗评家，一向被后世学者称赞为有个性，一旦他议论起秋胡妻来，才让我们明白，原来对己有个性与对人无人性是可以密合无间的。在诗话《诗筏》中，贺贻孙说："秋胡妻至以妒死，可谓妒而愚矣。且其临死数语，不责夫以薄幸，乃责以忘母不孝，遂成秋胡千古恶名，则妒而悍且狡矣。"这番话体现出我们文化中一贯的强者对弱者的道德主义。强者可以失德，可以恣意凌辱弱者，弱者哪怕毫无过错,但只要谴责了强者,那就要采用诛心的方式,虚构出弱者内心的"恶",进而将其打入无间地狱。所以贺贻孙最后总结说:"秋胡妇原不应入《列女传》。"在他看来,有反抗倾向的女性,哪怕是自毁式的反抗,也要被谴责。

越到后世,这种不健康的道德主义就越向民间渗透。京剧中有一出有名的《武家坡》,薛平贵投军十八年之后,终于想起来回家找寻妻子王宝钏,他也算有情之人吧。但是薛平贵是什么心理,他有一段念白:"哎呀,且住。想我平贵离家一十八载,不知她节操如何,不免调戏她一番。她若贞洁,与她相会。她若失节,将她一刀两断,回转西凉,也好见我那代战公主也。"认与不认,唯在贞与不贞。明明是自己抛弃妻子十八年,在西凉国还有了一个"备胎"公主,却依旧要求妻子是道德完人。这就是一百年前普通中国人的想法,也就是五四诸先生要极力批判的东西。

与这些腐烂的思想比,《东山》中的爱与思念是如何干净,其表达又是如何自然,而毫无遮遮掩掩。再想一想后世诗歌,诗人们喜欢在妻子去世以后写悼亡诗来塑造自己深情款款的形象,可是他们却总是吝啬向身边的妻子吐露爱意,是限于礼法,还是本来无情?诗人们还喜欢写思妇、怨妇的题材来表达对君王的忠爱,诗作中代女性感伤,往往只是自怜与自恋的投射。"神女生涯原是梦,小姑居处本无郎",写得真美，但巫山神女、青溪小姑，她们的人生除了等待男性，就再无别的价值与乐趣了吗？读熟《东山》这样情感健康的作品，才有可能辨别和祛除后代文学中的毒素。

当然，人格比较健全的后代诗人还是有的，虽然不那么多。所以，偶尔我们也能看到思念妻子、赞美妻子的好诗。除了前面提到的杜甫《月夜》，再比如潘岳的《内顾诗》二首。其二写得最好：

> 独悲安所慕，人生若朝露。绵邈寄绝域，眷恋想平素。尔情既来追，我心亦还顾。形体隔不达，精爽交中路。不见山上松，隆冬不易故。不见陵涧柏，岁寒守一度。无谓希见疏，在远分弥固。

诗人写自己梦见妻子，是妻子也在思念自己，于是精魂追来入梦的结果。这也是对《东山》诗的继承和发展。这里还想举另外一个例子，它写的不是思念，而是相濡以沫的日常生活的辛酸与苦乐，似乎比潘岳、杜甫还要动人许多，它就是清初诗人吴嘉纪的《内人生日》：

> 潦倒丘园二十秋，亲炊葵藿慰余愁。绝无暇日临青

镜，频过凶年到白头。海气荒凉门有燕，溪光摇荡屋如舟。不能沽酒持相祝，依旧归来向尔谋。

陶侃的妈妈、苏轼的妻子，变戏法一般为困窘的儿子、丈夫准备好酒食，是中国文学中有名的典故。吴嘉纪于此更进一层，要为妻子过生日了，"不能沽酒持相祝，依旧归来向尔谋"，是对妻子的赞美，是带着愧疚的自我嘲弄。这在整个古典文学中，都是不多见的。

至于在光天白日之下坦坦荡荡歌唱爱与恨的交织，歌唱对爱情消逝的不舍，那就只能到现代作品中找寻了。比如戴望舒《过旧居》，比如周云蓬《不会说话的爱情》，我想，他们是《东山》的现代遗响。

# 孔广森与《诗声分例》

绝大多数诗歌都是押韵的,理解一首诗歌,离不开对它用韵方式的解读。相对于后世在平仄和用韵上都有严格规定的近体诗,唐前古诗用韵自由很多。而且越是早期的诗歌便越自由。这些自由的韵脚,有些被唐人继承,在他们的古体诗中继续运用,而更多的却逐渐被遗忘。

《诗经》作为中国诗歌的"星宿海",它的韵脚最是自由奔放。那是尚不知一统皇权为何物的先民们,在高天之下,广地之上,天真烂漫的歌声。束缚人的规矩少,歌唱时的变化自然多。

遗憾的是,魏晋以后的古人并不了解自己的发音与先秦古音有巨大差别这一事实,他们总以为凡不押韵的地方,古人都是通过改读字音来强求押韵的。这就是沿袭千年的"叶音说"。用这样的观念去诵读《诗经》,自然分辨不清本来的韵脚,而且很容易强迫万姓归入一族,用整齐划一取代自由多变。

直到晚明陈第（1541—1617）才真正认识到，原来语音在不断发生着流变，由此造成古音今音的不同，也造就了各地的方言。这就是他在《毛诗古音考序》中写下的那句著名的话："时有古今，地有南北，字有更革，音有转移。"认识变了，新的研究才会随之出现。第一个真正建立起古音系统的学者是清初顾炎武。时人称赞他"潜心声韵几五十年，作《音学五书》，而古音乃大明于天下"（李因笃《古今韵考序》）。后来的学者踵事增华，研究手段越来越发展，韵部区分越来越精细。何九盈先生在《中国古代语言学史》中介绍乾隆年间最有贡献的古音学家，提出四位，即老师戴震，三个弟子段玉裁、王念孙、孔广森。师弟四人的古音研究都很精彩，而在此基础上总结《诗经》押韵方式，成绩灿然可观的是孔广森。

孔广森（1753—1786），字众仲，一字㧑约，号顨轩，山东曲阜人，孔子七十代孙。他十七岁中举人，二十岁成进士，选为翰林院庶吉士，散馆授翰林院检讨。"年少入官，翩翩华胄，一时争与之交。然性恬淡，耽著述，裹足不与要人通谒。初以陈情归养，不忍复出。"（孙星衍《仪郑堂遗文序》）"居大母与父丧，竟以哀卒。卒年三十五。"（江藩《国朝汉学师承记》卷六《孔广森传》）

乾隆朝是考据学新范式建立的时期，一批卓越的学者应运登场。戴震、惠栋、钱大昕、王鸣盛、王念孙、段玉裁……这些名字至今仍熠熠流光,深刻影响着当今文字学、训诂学、音韵学、历史学、校勘学、文学、哲学等各学科的学者。孔广森也是这群学术明星中的一员,他天才洋溢,又勤奋著述,刊行的著作有七种六十卷之多,其他未刊的稿本还有多种传世。

在文学上,孔广森是清代骈文名家。另一位骈体名手曾燠选国初至嘉庆间骈文四十二家编成《国朝骈体正宗》十二卷,选文最多的洪亮吉十五篇,其次是袁枚、吴锡麒、彭兆荪的十二篇,其次是胡天游十一篇,再就是孔广森十篇。这代表了时人对他文章的推重。洪亮吉活了六十四岁,袁枚活了八十二岁,要是孔广森也活到六十以上,入选数量,会不会就是第一了呢?尤难得之处在于,他的骈文是"不假师承,自得于己者也"(凌廷堪《孔检讨诔序》)。可见他具有极高的文学天分。此外,孔广森"能作篆隶书,入能品"(《国朝汉学师承记》),书法也颇有造诣。唐代张怀瓘在《书断》中评论书法分为三个等级:神品、妙品、能品。"入能品",即已自成一家了。

在学术上,孔广森少年时受学于戴震,"尽传其学"(凌廷堪《孔检讨诔序》)。他长于《三礼》及《公羊春秋》之学,著有《春秋公羊通义》十一卷《序》一卷、《大戴礼记补注》

十四卷、《礼学卮言》六卷、《经学卮言》六卷，另有算术著作《少广正负术内外篇》六卷。在音韵学上，他的代表作是《诗声类》十三卷。这部书将古韵分为十八部，将冬部从东部分出，并在戴震基础上提出一个相对严密的阴阳对转理论，是备受学者肯定的创见。孔广森不仅研究古韵大有创获，还在此基础上写成《诗声分例》一卷。此书总结《诗经》的押韵方式，一共归纳出通例十门、别例十三门，以及杂例四门，现代著名语言学家周祖谟先生称赞说："可谓详密无间。"

孔广森揭示的《诗经》押韵方式，会带给我们惊奇与惊喜。有些我们认为西方诗歌特有的韵脚安排，其实在《诗经》中已经大量存在。比如交韵（abab 式的韵脚），《诗声分例》称之为"两韵隔协例"，所举例证是《周颂·雝》：

> 有来雍雍，至止肃肃。相维辟公，天子穆穆。於荐广牡，相予肆祀。假哉皇考，绥予孝子。宣哲维人，文武维后。燕及皇天，克昌厥后。绥我眉寿，介以繁祉。既右烈考，亦右文母。

并解释说："凡四句，而隔句相协。《诗》最多，此篇其尤鳌齐者。"所谓"凡四句",即以四句为一个单位,诗歌呈现整齐的单句、双句各自押韵的形式。20世纪40年代写《汉语诗律学》的时候,王力先生是把交韵当作西洋诗歌独有的押韵方法。到了1979年的增订本中,他才指出《诗经》中已经存在交韵,并补充了不少例证。

当然,以四句为单位,abab式押韵,只是《诗经》生动韵脚的一例而已,它并不会凝固,不会去限制别的歌唱,相反,它会激发更多活泼的声音。孔广森深知其义,他发现了更多"变例"。以五句为单位,比如《小雅·四牡》"四牡騑騑,啴啴骆马。岂不怀归,王事靡盬,不遑启处"的ababb。以六句为单位,比如《邶风·柏舟》"我心匪石,不可转也。我心匪席,不可卷也。威仪棣棣,不可选也"的ababcb。以八句为单位,增加第一韵脚的间隔,比如《大雅·大明》"有命自天,命此文王。于周于京,缵女维莘。长子维行,笃生武王。保右命尔,燮伐大商"的abbabbab等等。孔广森总结说:"诗之为道,贵错变,不贵拘整也。"说得真好。

又比如抱韵(abba式),王力先生始终认为"是纯然西洋的形式",这个观点孔广森显然不会赞同。我们看《诗声分例》中有"首尾韵例",如《小雅·车攻》:"决拾既佽,弓矢既调。射夫既同,助我举柴。"佽与柴为韵,调与同为韵，不正是与抱韵完全一样么？孔广森还举了《大雅·抑》的第三章为例："其在于今，兴迷乱于政。颠覆厥德，荒湛于酒。女虽湛乐从，弗念厥绍。罔敷求先王，克共明刑。"四个韵脚：政、酒、绍、刑，也是 abba 的形式。

西式韵脚可以在《诗经》中找到，后世诗歌中罕见的韵脚形式同样如此。比如汉乐府古辞《饮马长城窟行》：

> 青青河边草，绵绵思远道。远道不可思，宿昔梦见之。梦见在我傍，忽觉在他乡。他乡各异县，展转不可见。枯桑知天风，海水知天寒。入门各自媚，谁肯相为言。客从远方来，遗我双鲤鱼。呼儿烹鲤鱼，中有尺素书。长跪读素书，书中竟何如？上有加餐食，下有长相忆。

这首诗的用韵神妙无方，历来为人艳称。萧涤非先生《汉魏六朝乐府文学史》评论说："首八句，两句一韵，一韵一转，在诗歌中亦属创格。"孔广森总结的"四韵例"在《诗经》中找到许多类似的用例，比如《小雅·巧言》："君子屡盟，乱是用长。君子信盗，乱是用暴。盗言孔甘，乱是用餤。匪其止共，维王之邛。"正好也是"两句一韵，一韵一转"。要说创格，那也得归之于《诗经》吧。《饮马长城窟行》后面八句，是前六句五韵，末二句自为韵的形式。《诗声分例》则总结有一种"末二句换韵例"，比如我们熟悉的《卫风·硕人》："手如柔荑，肤如凝脂，领如蝤蛴，齿如瓠犀，螓首蛾眉。巧笑倩兮，美目盼兮。"前五句一个韵，末二句"倩""盼"自为韵。

总之，经过《诗声分例》的详密总结，任后世诗歌韵脚如何变化，似乎都难逃《诗经》笼罩。实际上，《诗经》中很多韵脚形式，是被后人遗忘的。所以孔广森说希望自己的总结能为读《诗》的人提供"依蹈"，为研究音韵的人提供"稽校"，"亦属词者之所规效"，为现实的诗歌创作提供借鉴，以拯救后世诗歌韵脚的贫乏单调。

为什么《诗经》用韵如此变化无方？孔广森在《自序》中提供了一个解释：

> 今之诗主乎文，古之诗主乎歌。歌有疾徐之节、清浊之和，或长言之、咏叹之，累数句而无以韵为，或繁音促奏，至于句有韵、字有韵而莫厌其多。奇者不可偶，偶者不可奇，亏者不可缀，缀者不可亏，离者不可合，合者不可离。错之则变化而无方，约之则同条而有常。

他将《诗经》的押韵与其歌唱的性质联系起来，认为韵的繁简疏密与歌唱的节奏和旋律有关。这是高明的见解。后世汉乐府也是真正用于歌唱的歌词，所以韵脚也往往多变。再后来的词和曲，它们的押韵形式也比一般诗歌丰富得多，原因还是前者用于歌唱，后者只是案头阅读。配合音乐的时候，歌词的韵脚时繁时疏，即便后来音乐失传，我们诵读这些歌词时，仍能感觉到它们的节奏富于变幻，不显得单调。相反，脱离音乐，完全案头创作的后世诗歌，就大体采用了双句押韵，一韵到底，或者歌行里四句、三句一转韵这类齐整的形式，音乐感不免丢失了许多。

其实，韵脚不仅仅具有提供节奏感这类形式作用，它们也和意义相联系。著名文学批评家韦勒克和沃伦在合著的《文学理论》中曾经论述诗歌押韵的作用说："至为重要的是押韵具有意义，因此，是一部诗歌作品全部特性中重要的一环。押韵把文字组织到一起，使它们相联系或相对照，我们就可以把押韵的语义学功能的几个方面区别开来。"当代著名的女诗人简·赫斯菲尔德在分析狄金森的一首诗时为我们提供过一个例证："这一段的音乐性如何？'树'（tree）和'看'（see）是这首诗中出现在预期位置的完全押韵的字，这种稳定性有助于意象的效果表达。然而，另外一种跨行（语法在两行诗和两节诗之间的延续）使得我们所听到的押韵比其他时候听到的更轻。这也使得这首诗的速度再一次加快，仿佛在向'但'所允诺的更广阔的理解延伸。"（《十扇窗·文本细读：诗的视窗》）

韦勒克和沃伦的总结，赫斯菲尔德的分析，并不是现代西方人的独得之秘，有文学天赋的古音学者孔广森早在两百年前便已心知其义，而言之凿凿。比如《豳风·鸱鸮》：

鸱鸮鸱鸮，既取我子，无毁我室。恩斯勤斯，鬻子之闵斯。

迨天之未阴雨，彻彼桑土，绸缪牖户。今女下民，或敢侮予。

予手拮据，予所捋荼，予所蓄租，予口卒瘏，曰予未有室家。

予羽谯谯，予尾翛翛，予室翘翘。风雨所漂摇，予维音哓哓。

孔广森对这首诗韵脚所呈现的意义做了如下分析：

《鸱鸮》一诗，特为危苦之词以动成王。三章、四章皆连句用韵，而"拮据""捋荼""卒瘏""室家"，韵上字亦有韵，而谯谯、翛翛、翘翘、漂摇、哓哓，又皆用双声，它诗音律未有如是之繁密者，故首章可以三句无韵。其后为促节，则其前为曼声，此一篇之法也。然恩与勤，实句中自相协，上三句而无一韵，下两句而有三韵，其前为曼声，则其后为促节，又一章之法也。案，拮、捋、卒、室双字韵也，必令五句皆然，又拘整矣。故"予所蓄租"句独否。末章用四叠字而错以"风雨所漂摇"一句，同此意也。然"蓄租"之"蓄"非韵，"漂摇"之"漂"虽非叠字，犹为叠声。变而愈促，亦有一定之序。听其音者，可以见其词之急、志之切矣。

这首诗，按照《毛诗》小序的解说，是周公所作。成王即位，周公摄政，管叔、蔡叔散布流言，谓周公有不臣之心，周公为了表明心迹，乃作是诗。孔广森所说"特为危苦之词以动成王"，就是这个意思。诗歌如何通过韵的安排，控制节奏，营造"危苦"的情绪效果，上面引文做了详细分析。

孔广森认为诗歌制造了一种越来越急促紧迫的音调，来表现诗人的"词之急"和"志之切"。为了实现这一目的，第一章用韵相对舒缓，而后面三章的韵脚则越来越繁密，直至无以复加。而在第一章之中,也同样遵循这种前舒后紧的安排。前三句不用韵,到了第四句,突然通过"恩"与"勤"形成句内韵,再与第五句的"闵"押韵,于是"两句而有三韵",形成"其前为曼声,则其后为促节"的效果。"恩""勤"是诗人的殷勤,"闵"则是希望得到对方的哀悯,紧密的韵脚将两种意思紧紧相连,并在声音上形成连续的回响,仿佛一声接着一声的哀泣。

　　第二章五句,用了四个韵脚:雨、土、户、予。第三章、第四章进一步变成"连句用韵",即五句五个韵脚。这还不够,第三章还采用了"'拮据''捋荼''卒瘏''室家',韵上字亦有韵"的方式来增加声音上的繁密感、紧迫感。所谓"韵上字亦有韵",是指"拮"与"室"属孔广森总结的脂类(今天学者归入质部),"捋"属歌类(今为月部),"卒"属微类(今为物部),三部旁转通押,所以四个上字构成了第二组韵脚。下字的韵脚与第二章相同,同属鱼类(今天称之为鱼部),主元音是 a。由四个"啊"变成五个"啊",自然是情绪的强化。而上字发音都带有 -t 韵尾,构成一种哽咽的效果。于是第三章在"啊""啊"的号呼声中又带上了凄楚之音。二者叠加,很好地表现了情绪的递进。到了最后一章,不但句句韵,而且采用了四个叠音词和一个叠韵词,把声音的繁密程度推到了顶点。

孔广森还注意到，第三章下字韵是五个，上字韵只有四个，留下一点小小的"疏"。第四章的叠音与叠韵则完整覆盖了全部五句，形成最高的"密"。他认为这是"变而愈促，亦有一定之序"。这时，这种声音上的繁密所形成的压迫感由弱变强，达到顶峰，让人有无处逃遁之感，也就将那种"危苦"的情绪表现得淋漓尽致。

通过用韵的由舒渐促，节奏的由徐变疾，诗歌的"危苦之词"也显得越来越急迫，从而使诗人"词之急、志之切"同时从声音和意义的角度得以完美展现。

前人分析诗歌，往往将声音与意义作各自独立的分析，因而难以深入，像孔广森这样将二者如此完美地结合以分析一首诗歌的，真是不多见。过去我们大多以为清代考据学家，尤其戴震这一派的考据学家与文学关系疏远。他们的古音研究能否改变我们对文学的理解呢？学者似乎并没有给出答案。显然，孔广森就是答案。他不但总结《诗经》的韵例，更尝试分析声音与意义的关系，其高明与深刻，超迈古人，直接今人，是值得我们关注，并大书特书的。

# 努力加餐饭

在无尽等待之中,该如何自处?是在幻梦中永恒沉没,还是清醒面对,究竟哪一个才算是深情?

同样一声叹息,千般人听来,自有千般滋味。

> 行行重行行,与君生别离。相去万余里,各在天一涯。道路阻且长,会面安可知?胡马倚北风,越鸟巢南枝。相去日已远,衣带日已缓。浮云蔽白日,游子不顾反。思君令人老,岁月忽已晚。弃捐勿复道,努力加餐饭。(《古诗十九首》其一)

在妻子的想象之中,游子走向天涯,决绝,不回头。一日行过一日,早已在万里之外。自己的思念也一日深于一日,不知伊于胡底。

"思君令人老,岁月忽已晚",好长好深的一声叹息。在思念海上飘荡过的人,谁的心弦不会因为这声叹息而颤袅。

这两句诗，是所谓"深衷浅貌，短语长情"（陆时雍《诗镜》）最好的例证。热烈的人发自肺腑地呐喊："自伯之东，首如飞蓬。岂无膏沐，谁适为容？"（《诗经·卫风·伯兮》）在思念中变丑变老，她心甘情愿。温婉文雅的表达则是"自君之出矣，明镜暗不治。思君如流水，何有穷已时"（徐干《室思》）。"明镜"较之"首如飞蓬"，委婉曲折，"如流水"用形象的比喻刻画思念，流丽漂亮。但他们都不如"思君令人老，岁月忽已晚"。后者似乎也是化用"维忧用老"的成句，却又让人全然不觉；情感真挚，却不出之以呐喊；语言直白，没有文人的典雅气，却更加哀婉深沉。古人许《十九首》为"惊心动魄，可谓几乎一字千金"（钟嵘《诗品》），恰如其分。

痛苦如斯，何以承受？不如聊且放下，"努力加餐饭"。通常的理解，"加餐饭"是让自己多吃点的"自逸"（吕延济《文选》注）"自遣释"（刘履《选诗补注》）"自宽"（陆时雍《诗镜》）之辞。

由此更进一层，也许妻子所想，不仅是自我排遣，她会不会还怀着最后一丝期望，期待游子突然回来，这时他看到的，依旧是自己的美丽，而非憔悴。清人陈祚明《采菽堂古诗选》、张庚《古诗十九首解》都如是作解。幻灭复幻生，其幻恒存，用张庚的话说，是"孤忠拳拳"，以我们今天的眼光看，不免觉得妻子的自我认同感较低，似乎己身的价值，唯在丈夫的打量。

如果读诗者也是较强的讨好型人格，他也可能做出一种看似相反，实则与陈、张相通的解读，即以为"加餐饭"是对游子的关心与劝勉。如清人张玉榖说："不恨己之弃捐，惟愿彼之强饭。"（《古诗赏析》）纵然被抛弃，所想所念依旧是对方的安好。于诗歌而言，可谓温柔敦厚至极；于人伦言，便是旧式忠臣孝子与贤妻的典范。

五四以后的新人，便不会采取这样的理解。朱自清先生虽然据张玉榖的意见发挥，他解释的精神却大有不同："'加餐'明明是汉人通行的慰勉别人的话语，不当反用来说自己……'弃捐'就是'见弃捐'，也就是'被弃捐'……这'弃捐'在游子也许是无可奈何，非出本愿，在思妇却总是'弃捐'，并无分别；所以他含恨的说，'反正我是被弃了，不必再提罢；你只保重自己好了！'"（《古诗十九首释》）同样是对游子说多吃点，多保重，但张玉榖以为是"不恨己之弃捐"，朱先生却认为其态度是"含恨的"。不恨者，全然接受一己之命运；含恨者，态度转成愤激与决绝，完全另一种性格。

于是有了两组四种解释。第一组是劝自己加餐饭，高自我者以此自宽，低自我者期待再见。第二组是劝对方加餐饭，高自我者愤激讥讽，低自我者逆来顺受。

还能有第五种解释吗？当然有：自劝自勉，固穷修己。在《论语》《荀子》这些汉人熟知的典籍中，"固穷"是君子的精神：

> 人不知而不愠，不亦君子乎。(《论语·学而》)
> 君子无终食之间违仁，造次必于是，颠沛必于是。(《论语·里仁》)
> 不怨天，不尤人。下学而上达，知我者其天乎。(《论语·宪问》)
> 在陈绝粮，从者病，莫能兴。子路愠见曰："君子亦有穷乎？"子曰："君子固穷，小人穷斯滥矣。"(《论语·卫灵公》)
> 夫遇不遇者，时也；贤不肖者，材也。君子博学深谋不遇时者多矣。由是观之，不遇世者众矣，何独丘也哉！且夫芷兰生于深林，非以无人而不芳。君子之学，非为通也；不为求通。为穷而不困，忧而意不衰也，知祸福终始而心不惑也。皆为乐天知命。夫贤不肖者，材也；为不为者，人也；为善、不为善，在人也。遇不遇者，时也；死生者，命也。今有其人不遇其时，虽贤，其能行乎？苟遇其时，何难之有？故君子博学、深谋、修身、端行以俟其时。(《荀子·宥坐》)

作为妻子，若能秉持这样的精神，那游子归来固然好，纵然不归，安时知命，不堕不懈，不因他人的爱憎取舍而自弃，仍要努力加餐，这才是真正的高贵。

想来杜甫读此诗，他的理解必然是这第五种。老杜之为老杜，而卓绝于千古之上，归结言之，首在他一生自爱，而不知自弃为何物。"此身饮罢无归处，独立苍茫自咏诗"（《乐游原歌》），"世路虽多梗，吾生亦有涯。此身醒复醉，乘兴即为家"（《春归》），"纵被微云掩，终能永夜清"（《天河》），"暗飞萤自照，水宿鸟相呼"（《倦夜》），"盘涡鹭浴底心性，独树花发自分明"（《愁》），老杜诗中，此类自爱的意象与自励之辞开卷盈目，不知凡几。

以上对"弃捐勿复道，努力加餐饭"的五种理解，放置诗中，都可以得到贯通的解释，很难说究竟哪种才是原意。或者诗人的情感和意志在写作的那刻本就是混杂不明的，只做一种明晰的解读，反而把复杂的心绪简单化了。这样的时候，解读更多是对读者的考验。自尊自爱，还是自卑自贱，所见所感是大不相同的。

我们的传统文化，特别是儒家文化，在理论上非常强调君子人格的培养，在实践中却总是倾向于摧折独立的人格。汉人提出"三纲"，且贯彻到日常实践中，对于下位者永远泰山压顶，还有几条脊骨不被摧折？"无望其速成，无诱于势利"和"臣罪当诛兮，天王圣明"这样看似矛盾的话，会出自同一人口中，便毫不奇怪了。所以标榜铁骨铮铮，实则重度讨好型人格的古代士人才那么多。他们把依附迎合理解成忠，把执迷不悟包装成爱，陶醉在"温柔敦厚"的迷梦中，代代相传，影响深远。可以想象，对"努力加餐饭"的解读，那些低自我的理解才是古人中最流行的吧。

# 汉代古辞《饮马长城窟行》

《文选》卷二十七收录有三首乐府古辞,第一首是《饮马长城窟行》:

> 青青河边草,绵绵思远道。远道不可思,宿昔梦见之。梦见在我傍,忽觉在他乡。他乡各异县,展转不可见。枯桑知天风,海水知天寒。入门各自媚,谁肯相为言。客从远方来,遗我双鲤鱼。呼儿烹鲤鱼,中有尺素书。长跪读素书,书中竟何如?上有加餐食,下有长相忆。

稍晚徐陵编纂诗歌总集《玉台新咏》,却将其归于蔡邕名下。现代学者更倾向于赞同"古辞"说,除了《文心雕龙》和《诗品》都不曾提到蔡邕的诗歌以外,更因为这首诗风调与蔡邕传世诗歌颇不同。诚如魏源在《诗比兴笺》中所言:"蔡邕所传《琴歌》《樊惠渠歌》《翠鸟诗》,词并质直,视此诗之高妙古宕，殊不相类。"不过，单纯风格判断未必可靠，这里不妨先悬置作者问题，只来讨论诗歌本身。

围绕这首诗，另有一个争议，即它是一篇贯通完整的作品，还是后人拼凑而成？较早的质疑者是清人刘大櫆，他在《历朝诗约选》中怀疑这本来是"青青河边草"和"客从远方来"两首独立的诗歌，被误合为一首。而同时朱乾《乐府正义》则并不否认这是一首诗，只是它并非独创，而是乐工二合一之作。到了1947年，余冠英先生发表了一篇著名的论文《乐府歌辞的拼凑和分割》，他根据刘、朱二位的提示，进而提出《饮马长城窟行》是由两首半诗歌拼成的，前后八句各一首，中间"枯桑"四句是另寻的半首。

诗歌真的意脉不通贯吗？

魏晋之际，善于模拟古乐府的诗人傅玄有一首同题之作：

> 青青河边草，悠悠万里道。草生在春时，远道还有期。春至草不生，期尽叹无声。感物怀思心，梦想发中情。梦君如鸳鸯，比翼云间翔。既觉寂无见，旷如参与商。河洛自用固，不如中岳安。回流不及反，浮云往自还。悲风动思心，悠悠谁知者。悬景无停居，忽如驰驷马。倾耳怀音响，转目泪双堕。生存无会期，要君黄泉下。

傅玄在模拟古辞，一望可知。除了比较典雅，文质有别之外，傅玄的模仿算得上忠实。傅诗的前十二句对应古诗的前八句，描写思妇之思。中间四句对应古诗的中四句，插入象征性的景象描写。最后八句对应古诗的后八句，写思妇的孤独与悲戚。傅玄的诗歌不仅在主题、段落上模拟古诗，他还尽量复现了原诗的用韵。古诗的前八句是两句一转韵，傅诗的前四句也是两句一转韵，第五句至十二句则是四句一韵。古诗和傅诗都是中四句自为一韵。后八句，古诗是前六句一韵，末二句换韵，傅诗则八句一韵到底。总体而言，大同小异。这种比较严格的对应模拟让我们相信，古辞《饮马长城窟行》在傅玄的时代一定早已是我们今天看到的样子，且已跻身（准）经典行列，因此傅玄才会一丝不苟地加以拟写。这样，这首诗就不大可能是魏晋时期的乐工拼合，同时代乐工创作的作品怎么可能入得了傅玄的法眼？

《玉台新咏》卷四还保存了晋宋之际荀昶的一首《拟青青河边草》：

荧荧山上火，苕苕隔陇左。陇左不可至，精爽通寤寐。寤寐衾帱同，忽觉在他邦。他邦各异邑，相逐不相及。迷墟在望烟，木落知冰坚。升朝各自进，谁肯相攀牵。客从北方来，遗我端弋绨。命仆开弋绨，中有隐起珪。长跪读隐珪,辞苦声亦凄。上言各努力,下言长相怀。

荀昶就像一个初学书法的小孩子,做了一番描红的工作。可以想象他对原作的推崇到了何种程度。那么他自然也是觉得原作意思通达可解。

自傅玄以降,到刘大櫆之前,似乎没有人认为这首诗出自拼凑。后世评论家对此诗也一向不吝惜赞美之词。如明人胡应麟说:"此诗之妙独绝出千古,语断而意属,曲折有余,而兴寄无尽,即苏李不多见。"(《诗薮》内编二)清初陈祚明说:"中郎'青青河畔草'一篇,清如独绪抽丝,而随风摇扬,潆回飘转,备极容态。""此篇流宕曲折,转掉极灵,抒写复快,兼乐府古诗之长,最宜熟诵。"(《采菽堂古诗选》卷四)这里胡氏所说"语断而意属"和陈氏所言"独绪抽丝""流宕曲折"是一个意思,都在称赏诗歌的构思婉转变化。可见他们在阅读时,只是觉得诗歌义脉富于变化,但却并没有因此产生断裂感。胡应麟读书精博,陈祚明诗心独深,手眼独具,给他们扣上"勉强串讲"的帽子似乎有些轻率。

其实,平心静气绎读这篇古辞,会发现它不但意思一贯,而且形式与内容的配合已臻绝诣,古今罕有其匹。

开头八句写思念:"青青河边草,绵绵思远道。远道不可思,宿昔梦见之。梦见在我傍,忽觉在他乡。他乡各异县,展转不可见。"一二句思远人。三四句一转,思而不得,幸而昨夜梦中相见。五六句再转,梦醒时分,依旧远别。七八句递进,他乡异县,丈夫究竟在何处也不可知。两句一韵,一韵一意。韵脚的连续转换,正与思绪的此起彼伏互相呼应。换韵是变化,是中断,而顶真修辞格的采用,则生出一种绵绵不绝的语调,于是似断而若连。这种声调不就是诗歌主人公的思绪吗?各种念头蜂拥而来,一波未平一波又起,就像韵脚的不断变化;同时思绪又像流水一样汩汩滔滔,不可断绝,这便是顶真修辞格所造成的效果。

第九到十二句"枯桑知天风,海水知天寒。入门各自媚,谁肯相为言",自然过渡到写怨恨。因音讯全无,不得相见而生出的怨恨。有趣的是,怨恨的对象不是不归家的游子,而是迁怒于归家团聚的旁人,怪他们自得其乐,却无人给捎个消息("言"是问候之意,见赵振铎先生《训诂学纲要》)。这番心理描写,可谓曲尽人情。温庭筠《杨柳枝》其六云:"两两黄鹂色似金,袅枝啼露动芳音。春来幸自长如线,可惜牵缠荡子心。"思妇分明怨恨荡子的变心,却又痴心难舍,最后转头责怪柳丝妩媚如线,牵缠了荡子之心。所写都是同一种痴念。

可能因为"枯桑"二句采用了篇中起兴的手法,让人觉得稍有不衔接之感。其实这种因为意思转换而再次起兴的手法在汉魏诗歌中并不罕见。《古诗十九首》"冉冉孤生竹"一首即在开头和诗中多次起兴。曹植《浮萍篇》开头用"浮萍寄清水,随风东西流"来兴女子身不由己的命运;篇中再次起兴,用"茱萸自有芳,不若桂与兰"来比喻自己淡雅品性与丈夫新欢善媚品性的不同。本诗也是如此。前人对"枯桑"二句究竟何意,有各种解读。我以为前引荀昶诗对应的"木落知冰坚"一句大概最接近原意。即桑叶落尽,以此知天风之盛,海波扬起,以是知天气之寒,用以隐喻思妇索居所感受到的孤寂寒凉,自然引出后面对他人团聚的妒与怨。清代沈德潜分析这里节奏变化说:"前面一路换韵,联折而下,节拍甚急。枯桑二句,忽用排偶承接,急者缓之,最是古人神妙处。"(《古诗源》卷三)这还只是单纯的形式分析。要结合诗歌的内容表达才能真正理解,为什么会有这种节奏上的突然放慢。不正是思绪转到怨恨上,哀怨太深,无法排遣的缘故吗?白居易《长相思》词:"思悠悠,恨悠悠,恨到归时方始休,月明人倚楼。"如何是"恨悠悠"?还是《饮马长城窟行》更能穷形尽相,把人物层层打叠的内心一点一点铺展开来。

之后,诗歌转入最后一节:"客从远方来,遗我双鲤鱼。

呼儿烹鲤鱼，中有尺素书。长跪读素书，书中竟何如？上有加餐食，下有长相忆。"前面写"天风"与"天寒"，后面写远方客来，这的确像朱乾说的，与《古诗十九首》其十七的章法很像：

> 孟冬寒气至，北风何惨栗。愁多知夜长，仰观众星列。三五明月满，四五蟾兔缺。客从远方来，遗我一书札。上言长相思，下言久离别。置书怀袖中，三岁字不灭。一心抱区区，惧君不识察。

不过细绎诗意，会发现二诗意思大不相同，各有其妙，很难说哪首诗出于拼合。"孟冬寒气至"这首写思妇在孟冬十月的夜晚无法入睡，想起来三年前得到过一封来信之后再无消息，心中异常难过。那个"客从远方来"是回忆从前。孟冬为现在，客来是三年前之旧事，诗歌本自贯通一气，所以马茂元说："'客从远方来'，表面上似乎和上文不相衔接，但它的内在联系是如此的紧密！它的结构是如此的谨严！"（《古诗十九首初探》）《饮马长城窟行》的"客从远方来"写的却是当下，这是它与前诗的不同，但潜气内转、意脉贯通这一点上则是完全相同的。

经过漫长等待，终于等到一封来信。"双鲤鱼"，前人本有三说。一说是鱼形书函,一说是结成鱼形的帛书本身,一说是真鱼。真鱼说大谬,而前两说都有可能,因此所谓"呼儿烹鲤鱼"也只是借此做了一番比喻形容,意思不过是发取书信而已。明明此刻一定急不可耐,却偏偏要使唤僮儿慢慢开函,这是妻子在克制急切,在尽量保持端庄,更是她在有意识延迟满足,试图让之后的喜悦一飞冲天。诗人如此行笔,其精细堪比后世之兰陵笑笑生与曹雪芹。

后一句"长跪读素书"是同样精细的笔致。本来诗歌从开头写到"入门各自媚,谁肯相为言",已经把相思的情绪推到极致,好比筑了一个大坝,蓄了满满一库"相见欢"的大水,就等着开闸放水,便要喷薄呼啸,倾泻而下。读者与思妇一起千盼万盼,虽然没有盼来游子,总算盼来一封书信,试想,那心情是何等激动?对书信所述内容是何等期待?即便如此,思妇依然不是马上开读,而是调整姿态,让自己从跪坐的姿态变作跪立的姿态。她的意思当有两层。一层还是延迟满足,另一层则是表达对丈夫的尊重与爱恋,须出以最郑重严肃的态度读信,就像对面迎接丈夫一般。

书中究竟说了些什么?会给妻子带来什么样的喜悦呢?前面说多吃点,好好保重,后面说我很想你。还有呢?没有了。那归期呢?最关键的归期竟是一字未提。于是前面偌多曲折,积蓄的偌多期待,以及最庄重的姿态,陡然之间,化作虚无。前面的期待有多大,这最后的失落感便有多强。真像是烈火烹油之后的白茫茫一片。诗歌突然结束,再多说一个字便不是无法形容的痛苦。这种斩截,体现了诗人高明的艺术手段,更体现了他对人的情感与心灵最透彻的理解与同情。比较而言,"孟冬寒气至"可以视为本诗的"后传"。古人是需要这个后传的,他们需要一种自欺的痴情。但是现代人也许不再需要。就像聂鲁达诗中所言:"是离去的时刻了。被抛弃的人啊!"(王央乐译《绝望的歌》)

这时我们再来看最后这一节的用韵。前六句一个韵,它们讲述女主人公接到书信到发书读信的过程,最后两句写书信内容,突然换韵,用了 -k 尾入声职韵的"食""忆"两字。这两韵所写,既是书信中的内容,也是妻子痛苦到极点而无法言说的痛苦,是喉咙中翻滚的哽咽。我们看全诗的用韵,开头表达思念时如波起云涌,瞬息变幻而又连绵不绝;表达怨恨时隔句用韵,顿挫有致;记叙收信读信的经过时,前六句安排了五个韵脚,再次构造出一种行动上的连续感和内心的迫切感;而最后两句的换韵,如舞台上的聚光灯突然将所有灯光汇聚到思妇的脸上,使我们看到她脸上连续闪过的激动、失落与痛苦,那瞬间变换的脸色,都被这最后的两个韵脚给予了放大、特写。我们不得不惊叹,诗人用韵手段登峰造极,诗情、诗意与诗韵的配合仿佛浑然天成,已臻化境。

　　当我们如此解读全诗的意思时，恐怕会承认，它是前后贯通的。更重要的是，当我们检视全诗的用韵时，会发现从头至尾韵随意转，韵与意的配合，达到了古今罕有的高度，这只能是一笔所为，而绝不可能出于拼凑。称《饮马长城窟行》古辞是一篇杰作，应该没有问题吧。

# 失路将如何

走到无路可走时该怎么办?

阮籍曾经以"行为艺术"的方式演绎这种无路的痛苦:"时率意独驾,不由径路,车迹所穷,辄恸哭而反。"(《晋书·阮籍传》)

穷途恸哭,是对走错道路的悔恨,也是因无路可走而感到的绝望。错误的选择一定意味着"错误"的结局吗?悲观主义者的答案是肯定的。比如战国时著名的道家学者杨朱,《荀子·王霸篇》记载他:

> 杨朱哭衢涂,曰:"此夫过举蹞步而觉跌千里者夫!"哀哭之。

"蹞"即"跬",跬步,半步也。"跌"是差失之意。杨朱站在四通八达的路口,想象着自己选择了错误的方向,踏出了最初的半步,接着一步错,步步错,最终"谬以千里",

便忍不住痛哭起来。

为无法做出的选择与尚未犯下的错误哭泣，也算智者的行为了吧。通常的人们，只能追悔已然。阮籍《咏怀》其五，所写就是这种无尽的悔恨：

> 平生少年时，轻薄好弦歌。西游咸阳中，赵李相经过。娱乐未终极，白日忽蹉跎。驱马复来归，反顾望三河。黄金百镒尽，资用常苦多。北临太行道，失路将如何？

这首诗的主旨，或以为讽刺他人，或以为自悔失身，似以后者为胜。元人刘履在《选诗补注》中说："此嗣宗自悔其失身也。言少时轻薄而好游乐，朋侪相与，未及终极而白日已暮，乃欲驱马来归，而资费既尽，无如之何。以喻初不自重，不审时而从仕。服事未几，魏室将亡，虽欲退休而无计，故篇末托言太行失路，以喻懊叹无穷之情焉。"这个解说虽然不够深入，但大体贴着字面，可以接受。

诗歌有些词句需要稍作解说。第四句"赵李相经过"，是说跟"赵李"相来往。结合上下文看，这个来往即一起吃喝玩乐、花天酒地。所以"赵李"应该是指京城贵势者、贵游子。前人争论这个"赵李"字面上究竟指谁，提出李斯、赵高，赵飞燕、李夫人，赵李外戚家族，宠臣赵谈、李延年，游侠赵季、李款诸说，或者与上下文不合，或者全无典据，强行捏合，都难使人信服。各类词典也据此设立义项，多滋谬误。实际这句话是有明确的出典的，《汉书·叙传》记载汉成帝时，"自大将军薨后，富平、定陵侯张放、淳于长等始爱幸，出为微行，行则同舆执辔；入侍禁中，设宴饮之会，及赵、李诸侍中皆引满举白，谈笑大噱"。所以"赵李"在《汉书》中指皇帝身边的亲信重臣，对应到阮籍时代，就是正始年间的侍中尚书何晏、散骑常侍夏侯玄诸人。何、夏侯诸人既是高官贵戚，又是彼时玄学风潮的中心人物，且以"浮华"著称，完全对得上《汉书》中的"赵李诸侍中"。正始年间，阮籍曾写有《乐论》一篇，夏侯玄则撰作《辨乐论》与之论难讨论。彼时朋友间互相质疑辩难，是盛行的风气。

第八句的"三河"是对河南、河东、河内地区的合称。阮籍的家乡陈留郡正属河南。《咏怀》其十三写道"苏子狭三河"，从前的苏秦也觉得河南家乡狭窄，要去天下实现自己的抱负，最终被忌恨者刺死。我们的诗人离去又归来，望一望这个当初觉得狭小的故乡，是喜还是悲？

第九、第十两句是倒装句法。曾经觉得自己的钱财多得根本花不完，没想到转眼间二千四百两黄金都耗尽了。

最后两句则是著名的南辕北辙的故事。《战国策·魏策》载季梁对魏王说:"今者臣来,见人于太行,乃北面而持其驾,告臣曰:'我欲之楚。'臣曰:'之楚将奚为北面?'曰:'吾马良。'臣曰:'虽良,此非楚之道也。'曰:'吾用多。'臣曰:'虽多,此非之楚之路也。'曰:'吾善御。'此数者逾善,而离楚逾远耳。今王动欲成霸王,举欲信于天下,恃王国之大,兵之精锐,而欲攻邯郸,以广地尊名,王之动逾数,而离王逾远耳,犹至楚而北行也。"

这样,全诗的意思可以得到通贯的理解。诗歌抒情主人公曾经有三重倚恃:青春年华、万贯家资、权贵关系。他大概并没有什么政治野心,想的只是纵情肆意而已,本以为有三重倚恃在,自可以弦歌到地老天荒。不想转眼长日已尽,青春与富贵皆一笔勾销。落魄归来,还望故乡,是什么心情?忽然领悟,一早便已迷途,自以为的倚恃越多,行路越远,到最后猛然回头,才发现已经没有力量,更没有可能往回走。竟然完全错了,无法悔改地错。这一生将就此错失了吧,除了承受这份痛苦,别无其他可能。人生到此,夫复何言!这就是"北临太行道,失路将如何"所蕴含的惊心动魄。

小过易纠,大错难挽。君子日日省思己过,再加上师友的切磋琢磨,为的是过而能改,而不至于转成大错。这番道理懂得人不少，有几个做得到？聪明如阮籍，也悔之晚矣。他锋芒早露，与何晏、夏侯玄一辈名士交游，早早成为名动天下的人物。等到司马氏父子开启了篡权易代的进程，何晏、夏侯玄都被族诛，剩下寥寥几个名士，一举一动都为天下人瞩目，连现实中辞官隐居也会被视为有意对抗，何况其余。彼时的阮籍该何等羡慕置身事外的无名之辈。一旦身入局中，还幻想全身而退，岂不是"北临太行道，失路将如何"？"邦有道则智，邦无道则愚"，阮籍一定觉得自己当愚不愚，才是不智和大愚。

真的是阮籍大愚吗？"愿为五陵轻薄儿，生在贞观开元时。斗鸡走犬过一生，天地安危两不知。"（王安石《凤凰山》）谁不愿意这样过一生呢？少年阮籍身当太平，满以为繁华长久，不正是准备这样过一生吗？怎么忽然间就白日蹉跎，长夜已至。从前的对，怎么就成了错，而且还是穷途失路的错？这样的悲剧该怪谁？一开始当然是怪自己，怪自己走错路。可再想又不知道该怪谁，错的似乎是走路本身，似乎选哪条路都是错，才真是莫可名状之悲。个体在时代面前渺小无助，这才是更大的悲剧。

无关乎选择的穷途，是比选择错误的失路更令人无力和绝望的。

"失路将如何"？这是一个需要直面的问题。

人生已无出路，但生活依旧延续，该如何在了无希望中自处？阮籍给出了两个答案。其一，搞点饮酒任诞的行为艺术。其二，成为一个诗人。

阮嗣宗到后来成为"至慎"的人，开口只有玄远，绝不牵涉现实之分毫。不过压抑的痛苦总要发泄，直接的方法是倾注到怪诞的行为上。这些违背礼法的荒诞举动，在鲁迅先生看来，其实是深爱礼教者的应激反应与抗议行为。他们看不得礼教被谋国篡位的司马氏君臣利用亵渎，"不平之极，无计可施，激而变成不谈礼教，不信礼教，甚至于反对礼教"（《魏晋风度及文章与药及酒之关系》）。此外，越是打心底瞧不起自己的懦弱，就越会任由自己"堕落"。镇日大醉，妈妈去世了也要喝酒吃肉，这何尝不是自证不堪和自我折磨？

怪诞行为的背后，分明深藏着恒河沙数的痛苦，不想却被后辈的贵游子弟学了去，成为装点风流的时尚。阮籍无法分辨，也无力反对，只得任由自己躺在井底泥水之中，瞪视那些永不能愈合的伤口，吟唱起一些不成曲调的谣曲。就这样成了诗人。

在写诗暂时还没成为罪状的时代，许多说不出口的咒骂和苦闷都可以加上韵脚写出来。比如刻画伪君子的姿态："外厉贞素谈，户内灭芬芳。放口从衷出，复说道义方。委曲周旋仪，姿态愁我肠。"比如戳破世界无"人"的真相："独坐空堂上，谁可与欢者？出门临永路，不见行车马。登高望九州，悠悠分旷野。孤鸟西北飞，离兽东南下。"以及刻骨的惊惧感："一身不自保，何况恋妻子。凝霜被野草，岁暮亦云已。"总之，人间世界是一个残破丑恶的世界，这里充满残忍、邪恶、虚伪、丑陋、悔恨和痛苦，这里没有坚固，生命与美好都转瞬即逝。

阮籍更喜欢吟唱的，是幻想中的超越："濯发旸谷滨，远游昆岳傍。登彼列仙岨，采此秋兰芳。时路乌足争，太极可翱翔。""危冠切浮云，长剑出天外。细故何足虑，高度跨一世。非子为我御，逍遥游荒裔。"

与屈原、曹植一样，失路的诗人渴望超乘白云，遨游帝乡。只是屈原执着，处处碰壁，"吾令帝阍开关兮，倚阊阖而望予"，天上不异人间。而曹植孝义忠爱，虽感愤遭遇，渴望仙游，却并不质疑人间。

在诗歌中冲决罗网，批判凡俗，而高出一世者，阮籍竟似第一人。这番志意，他再三道及：

> 一飞冲青天，旷世不再鸣。岂与鹌鷃游，连翩戏中庭。

顾谢西王母，吾将从此逝。岂与蓬户士，弹琴诵言誓。

抗身青云中，网罗孰能制？岂与乡曲士，携手共言誓。

清代学者刘熙载曾说："无路可走，卒归于有路可走，如庄生所谓'今子有五百石之瓠，何不虑以大樽，而浮于江湖'，'今子有大树，何不树之无何有之乡，广漠之野'是也。"（《艺概·文概》）庄子困顿人间，穷愁潦倒，却在精神世界中觅得一无何有之乡，其中尽可以逍遥自在。人间万事，如雁过寒潭，再不放在心上。阮籍做不到庄子的逍遥，但他同样硬生生在无路的大夜中开出一路，那便是成为诗人。不是吟风弄月、润色鸿业的诗人，而是舔舐伤口、向月长嚎的诗人。

诗到屈原，始作生命的洪流，到海方止。诗到阮籍，始为英雄的归路，天地同秋。

少年阮籍，一定是以英雄自居的。"壮士何慷慨，志欲威八荒。""弯弓挂扶桑，长剑倚天外。泰山成砥砺，黄河为裳带。"没有吞吐宇宙的胸胆，写不出这样诗句。这番志气,迎头撞上玩弄阴谋、"时无英雄,使竖子成名"的时代,终成泡影。"阴阳有舛错,日月不常融。天时有否泰,人事多盈冲。园绮遁南岳,伯阳隐西戎。保身念道真,宠耀焉足崇。"潜龙难用,遁世者闷头隐遁,终能由有闷而至无闷,这才是英雄的觉悟与力量。

英雄失路,人诗俱老,凡此辈人物,都是阮籍的苗裔。陶渊明是,杜甫是,苏轼也是。即如渊明采菊,常人只觉其淡,却不知这淡逸是绚烂浓挚的极致。苏轼赞他"质而实绮,癯而实腴",一语破的。黄庭坚则看出其英雄本志:"凄其望诸葛,肮脏犹汉相。时无益州牧,指挥用诸将。平生本朝心,岁月阅江浪。空余时语工,落笔九天上。"(《宿旧彭泽怀陶令》)他以为渊明本心不异诸葛孔明,命运的差别在遇不遇刘备而已。明初诗人张以宁发挥此意,写得更加明白:"世无刘豫州,隆中老诸葛。所以陶彭泽,归兴不可遏。凌歊燕功臣,旌旗蔽鞔鞳。一壶从杖藜,独视天壤阔。风吹黄金花,南山在我闼。萧条蓬门秋,稚子候明发。岂知英雄人,有志不得豁。高咏荆轲篇,飒然动毛发。"(《题海陵石仲铭所藏渊明归隐图》)清代诗人舒位复以两句概括之:"仕宦中朝如酒醉,英雄末路以诗传。"(《向读文选诗爱此数家不知其人可乎因论其世凡作者十人诗九首》)

"英雄末路以诗传",不失为古典世界解决"失路将如何"问题的好办法。其中贯彻的是大《易》随时,"天地盈虚,与时消息"的思想。他们相信的是"无陂不平,无往不复",当时势不在我一边时,需要做的便是固穷、修身、等待。成为诗人,写作诗歌,既是在无尽等待中消磨时光的方法,也是发抒情性,自我激励的方法。绝大多数人并不会等到使屈者伸、使枉者直的时代,但至少,他们留下了诗歌。古人渴望不朽,其实朽与不朽难以预期,但至少诗歌使不朽成为一种可能。

"英雄末路以诗传",作为君子固穷的一种方法,在悲观的背后潜藏着一种乐观,相信历史循环、人世往复,相信圣君贤相的时代终会来临,而蕴蓄于诗中的心事终会遇到异代知音,得以大白于天下。


历史真的循环往复吗?现代思想已经不再抱持这种古典的信念。现代诗人也不再渴望在这套循环往复的秩序中获得不朽。相反,清醒而决绝如鲁迅,渴望速朽。

鲁迅也有很强的失路感。在散文诗《影的告别》中,鲁迅说:"有我所不乐意的在天堂里,我不愿去;有我所不乐意的在地狱里,我不愿去;有我所不乐意的在你们将来的黄金世界里,我不愿去。""我不愿意,我不如彷徨于无地。"这是一种深具现代意识的失路感:旧世界是自己所憎恨的,但自身分明源自旧世界,因此注定无法进入新世界。身在新与旧的夹缝之中,好像历史的"中间物",命运便只能是彷徨,"彷徨于无地"。

"彷徨于无地",是鲁迅的穷途痛哭。痛哭的结晶也是诗——散文诗集《野草》。一九二七年,鲁迅为《野草》写就《题辞》:

> 我自爱我的野草,但我憎恶这以野草装饰的地面。地火在地下运行,奔突;熔岩一旦喷出,将烧尽一切野草,以及乔木,于是并且无可朽腐。但我坦然,欣然。我将大笑,我将歌唱……我以这一丛野草,在明与暗,生与死,过去与未来之际,献于友与仇,人与兽,爱者与不爱者之前作证。为我自己,为友与仇,人与兽,爱者与不爱者,我希望这野草的死亡与朽腐,火速到来。

对死亡与速朽的呼唤,是将自己作为献祭,献给那个六十年一甲子无限循环的历史,希望与之一起毁灭。

"让他们怨恨去,我也一个都不宽恕。"既不曾宽恕自己,又何须宽恕他们。

循环的历史中,失路的英雄以诗歌作为归路;现代世界里,召唤地火者用诗歌献祭自己,而成为英雄。循环的历史中，失路自我复制，与历史一道循环；现代世界里，失路者希望以自己的绝路造就他人的生路。

这是对"失路将如何"的崭新回答——不接受。不接受必然失路的命运，更不接受制造命运的天罗地网。

大地上杂劲生长的野草，对着那看似神圣的、坚固的、环环相扣的、生生不息的庞然大物，放声大笑：

>潮湿的路极其分明，仰看太空，浓云已经散去，挂着一轮圆月，散出冷静的光辉。
>
>我快步走着，仿佛要从一种沉重的东西中冲出，但是不能够。耳朵中有什么挣扎着，久之，久之，终于挣扎出来了，隐约像是长嗥，像一匹受伤的狼，当深夜在旷野中嗥叫，惨伤里夹杂着愤怒和悲哀。
>
>我的心地就轻松起来，坦然地在潮湿的石路上走，月光底下。(《孤独者》)

# 嵇康的四言诗

汉以后的诗人写四言诗，大多模仿《诗经》，写得板正无味。魏晋六朝人，写四言能于《诗经》之外写出自己的声音的诗人大概只有三位：曹操、嵇康和陶渊明。

曹操的四言诗，跟《诗经》比有什么不同？他不再重章叠句，而是直接抒情叙事，一路往下写。也就是说，曹操采用了五言诗的写法写四言诗。《诗经》的歌谣性，主要就是由比兴和重章叠句的手法来体现的。直到今天的山歌和流行歌曲，这两种创作手法依然是最基本的。比兴是即兴式创作的典型手法。重章叠句是一问一答和群体合唱所呈现的样子，现在曹操把它们全都取消了。不妨试着把《步出夏门行》中的"东临碣石"改成五言的形式：

> 东临碣石，以观沧海。水何澹澹，山岛竦峙。树木丛生，百草丰茂。秋风萧瑟，洪波涌起。日月之行，若出其中。星汉灿烂，若出其里。幸甚至哉，歌以咏志。

东来临碣石，将以观沧海。海水何澹澹，山岛皆竦峙。树木丛以生，百草尽丰茂。秋风萧瑟瑟，洪波汹涌起。日月经天行，乃若出其中。星汉何灿烂，乃若出其里。幸甚而至哉，高歌以咏志。

这就变成建安风格的五言诗了。这样我们就明白曹操四言诗的创造性何在。其一，他取消了《诗经》四言诗的歌谣性，改集体的歌唱为个人胸怀的抒发。诗人写政治抱负，这类似《大雅》，但是又不是《大雅》那样长篇地讲大道理，而是采用抒情写景的方式；抒情写景固然是《国风》诗歌的传统，但《国风》诗歌的歌谣性又不见了，变成一种政治家的写景抒情。也可以说，曹操鲜明的个性完全表现在了诗歌中。其二，不同于《古诗十九首》这样的古诗，主题比较集中在游子思妇的沉沦和寂寞，较具大众性；曹操畅所欲言，既不受诗歌传统的束缚，也不受社会规范的束缚，他只是敞开心胸，歌唱真正属于自己的歌，这就为后来的诗歌创作，真正开辟了道路。在拓宽创作道路这个意义上，我们可以说，曹操之于诗歌，正如苏轼之于词。

嵇康四言诗的声音又是什么样的呢？首先他跟曹操一样，摆脱了《诗经》比兴的固定写法，叙事抒情，往往放笔而来，中间也不故作萦绕回旋。这是五言诗的作法，对四言来说，却是表现手法的创新。更重要的是，嵇康把老庄的玄妙之思与超逸之致贯注到了四言诗中，加上他耿直任性的个性，诗中便有质朴又超妙的风味。所以，嵇康的四言诗往往情深而意远，淡逸而隽雅。情深源于真性情，意远源于不染尘俗，淡逸出自思致高妙，隽雅则是造语不凡。通俗地说，嵇康是那种有痴气的天才，而四言诗因为文体比较古老而典雅，能压抑他在相对通俗的五言诗中控制不住的吐槽欲和啰嗦劲，很好地平衡了他的憨直与才气，所以才能独造高格。

我们看《兄秀才公穆入军赠诗》中的几首：

> 浩浩洪流，带我邦畿。萋萋绿林，奋荣扬晖。鱼龙瀺灂，山鸟群飞。驾言出游，日夕忘归。思我良朋，如渴如饥。愿言不获，怆矣其悲。

这一首写孤独出游而见鱼鸟各自成群，览物思人，想到与哥哥分别，心中怀伤。就构思而言，不过睹物、思人，并不曲折，的确出自一位直肠子诗人。而前面六句写得特别好，写万物的勃勃生机，真是兴高采烈而文辞壮丽。《世说新语·文学》："郭景纯诗云：'林无静树，川无停流。'阮孚云：'泓峥萧瑟，实不可言。每读此文，辄觉神超形越。'"

嵇诗此六句，王夫之同样形容为"峥嵘萧瑟"。都是说其意境深远超越。郭诗所蕴含的，是大化不息之理，而嵇诗则有万物自然自得之义。景语之后各有理趣，所以深远超越。

再看另外一首：

> 息徒兰圃，秣马华山。流磻平皋，垂纶长川。目送归鸿，手挥五弦。俯仰自得，游心太玄。嘉彼钓叟，得鱼忘筌。郢人逝矣，谁与尽言。

"息徒"一首想象哥哥嵇喜止宿于兰草丛中，放马在光华四溢的山下，在岸边射鸟，在水中钓鱼，纵目游心，别在超玄之道，故手挥五弦而目送归鸿。最后说，我不在身边，你所感所悟，向谁去说呢？

这首诗大概是玄学意趣浸润到诗歌中最早也是最好的例证之一。所谓"得鱼忘筌"，是道家学说的一个重要命题，即"道"是无法经由语言来把握的。因为一旦开始通过语言来言说"道"，就少不了定义、少不了逻辑和论证，可是道家之"道"就是万物自然存在的这种存在方式，它是无所不在的，无法通过部分的方式把握这全部，所以只能彻底放下社会自我、经验自我，放下自我意识与逻辑思维，而经由直觉体验的方式与天地万物相融相合，即让自己毫无间隙地成为全部的一部分，"磅礴万物以为一"，这种状态才是体道的状态。而一旦开始言说，开始审视自身，开始想从某一点上来把握这种状态，就立刻从这种无间隙的融合状态中跌落出来。因此道不可言说。但是诗歌就是言说，那该如何言说道？那就去描述，不要定义，不要论证，用尽量简朴的语言对体道的这种状态本身进行描述。比如这里"挥"字状其潇洒，"送"字写其闲远。"目送归鸿，手挥五弦"可以说是对一个忘我时刻的精彩捕捉。这两句真不知嵇康是怎么想出来的，与"采菊东篱下，悠然见南山"，同一风神意趣。稍不同的是，陶诗更淡远，而嵇诗兴致更浓，可见其性格之不同。

可是嵇康为了提示读者，这是悟道的状态，他又加了一句"俯仰自得，游心太玄"，这其实就是从体道的状态中跌落出来了，因为理性开始发生作用了，他在判断、在定义。后来的玄言诗人很笨拙地继承了直接写玄理，即直接判断、定义的方式，这在根本精神上是对道的背离。相反，陶渊明才是嵇康真正的继承者。《饮酒》其五最后说"此中有真意，欲辨已忘言"，就是为了提示读者这是悟道状态，又要避免从这种状态中跌落而采取的取巧的方式。但是我们知道，诗歌写作本身既然是对语言的运用，就不可能完全脱离理性，一旦开始写作，即无法避免从体道状态中跌落。这是陶渊明也无法解决的写作悖论。

最后再看一首：

> 流俗难悟，逐物不还。至人远鉴，归之自然。万物为一，四海同宅。与彼共之，予何所惜。生若浮寄，暂见忽终。世故纷纭，弃之八戎。泽雉虽饥，不愿园林。安能服御，劳形苦心。身贵名贱，荣辱何在。贵得肆志，纵心无悔。

这首诗，嵇康在运用理性的声音来论证自己的选择，所以从艺术上讲，它无法与前面两首比，其价值主要在帮助我们了解嵇康的人生态度和思想意趣上。另外，这首诗也可以视为玄言诗在诞生阶段的典范，让我们知道，后来的玄言诗人走在了怎样一条道路上。

# 旷代高才张协

张协（？—307），字景阳，安平观津（今河北武邑境）人。他是西晋著名的诗人，与兄载、弟亢并称"三张"，而才华居首。《文选》所收录的其《杂诗》十首，是他诗歌的代表作。

在西晋文坛中，张协是可以与陆机、潘岳、左思并肩的大诗人，故钟嵘《诗品》将四人同列于上品。钟嵘如是评价张协："文体华净，少病累。又巧构形似之言。雄于潘岳，靡于太冲。风流调达，实旷代之高才。词彩葱蒨，音韵铿锵，使人味之亹亹不倦。"这里讲到了张协诗歌的三个特点。

其一，总的特点是华美而能简净，不伤于繁冗。我们在陆机、潘岳的作品中常常见到同意重复的表达，而且他们有点乐此不疲，但在张协的诗歌中就很少了，即便是对偶的句子，也大都是一句一意。这既显示了张协语言运用的能力，也反映了他审美上的节制感。

其二，这个华美的具体表现是"词彩葱蒨，音韵铿锵"。

"葱蒨"本来是草木青翠茂盛的样子，又指那种青绿的颜色，所以这种华美就不是春花的那种浓艳，而是草木的郁郁苍苍。后来清代学者陈祚明在《采菽堂古诗选》中用"苍蔚"来形容张诗的风格，正是这个缘故。形成这种葱蒨苍蔚的风格，当然首先与张协相对简净质朴的个性有关，使他能够中和浓艳华丽的时代风气。其次也与他的修辞手段有关。钱基博先生曾说："协之丽偶，与陆机同；特其工于造语，丽而能遒，偶而不滞，所以风骨警挺，音韵铿锵。"

其三，张协的写作还有一个鲜明特征，写景写物细腻生动，鲜明贴切，即钟嵘说的"巧构形似之言"。自建安以来的五言诗创作中，诗人们当然都会或多或少地描写景物，但其写法更像是我们随手拍的人物照、风景照，里面的花草风物只是作为背景存在。而张协的不同在于，他有时会聚焦在微小的物体上，给予特写。比如《杂诗》其一的"蜻蛚吟阶下，飞蛾拂明烛"，蟋蟀的声音，《诗经》里已经有了，而扑火的飞蛾，大概是张协首次写到的。其三的"腾云似涌烟，密雨如散丝"，其四的"翳翳结繁云，森森散雨足"，其九的"泽雉登垄雊，寒猿拥条吟"等等，都是非常细致的观察和细腻的描写。这一特点被后来的谢灵运、鲍照等诗人加以继承和发展，所以钟嵘评价谢灵运"杂有景阳之体。故尚巧似"，陈祚明也说张协"风气微开康乐"。钟嵘又说鲍照"得景阳之诙诡","善制形状写物之词","贵尚巧似"。这些都是很有文学史眼光的评价。

有这三个特点,所以张协的诗歌比潘岳多了雄杰之气,比左思则显得华丽流美,可谓"风流调达,实旷代之高才"。

这里不妨以《杂诗》其二为例,看看张协诗歌所达到的艺术成就。诗云:

> 大火流坤维,白日驰西陆。浮阳映翠林,回飙扇绿竹。飞雨洒朝兰,轻露栖丛菊。龙蛰暄气凝,天高万物肃。弱条不重结,芳蕤岂再馥。人生瀛海内,忽如鸟过目。川上之欢逝,前修以自勖。

"坤维"指西南方。"大火"是《诗经·豳风·七月》"七月流火"的"火",即二十八星宿的心宿三星中的心宿二,为红色的一等亮星。先秦时人们以大火星为授时主星。每年农历三月的黄昏时分,大火星开始出现在东边的天空。到五月,大火星会运行到天空正中。等到七月,大火星开始向着西边地平线的方向运行,流而向下,这就是"流火"。所以首句描述的是农历七月的星象,表示夏天结束了,秋天开始了。次句"西陆"是秋天太阳所在的位置,也代表秋天。两句话都写秋天的到来,但一句就夜空的星象而言,一句就白天太阳的位置而言，表达上还是有变化而避免了简单的重复。因为是初秋，天气仍有余热，诗歌便接着写阳光照射的依然是绿林，回风吹动的依旧是翠竹。但这绿色大概不会太久了。秋兰开花的季节里，雨水带着凉意而来。露水也渐渐多起来，早晚凝聚在菊叶上。等到天再冷些，天上的苍龙星座就会沉入地平线以下而不可见，而空气中最后一点湿热之气也会凝聚消散。《说文解字》云："龙，鳞虫之长。能幽能明，能细能巨，能短能长，春分而登天，秋分而潜渊。"所以龙蛰的时节，已经是秋分以后，在农历就到了八九月之交了。这时秋意正浓，天空将变得高远，万物会呈现肃穆的一面。那些柔弱的枝条可能会在深秋隆冬的严寒气象中折断，无法等到春来复生，我们也就无法看到枝条上重新开满鲜花。人生不就如此吗？我们生在这瀛海环绕的九州之中，天地那么广大，而我们却那么渺小，像飞鸟，忽然飞到眼前，又旋即飞走，无影无踪，连痕迹也不会留下。所以孔子才在川上感叹"逝者如斯夫，不舍昼夜"。人生短暂，活着要尽力做点什么，这是前贤的自我勉励，那我们呢？这是诗歌大致的意思。

　　这首诗的意思说不上新鲜，难得的是他的艺术表现。首先作者的思路是流动的，由初秋的景象一路想到深秋，想到冬天，最后再归结到人生之叹。其中翠林、绿竹是眼前景物，而想到他们不会长久，想到雨打寒催，很快就会木叶萧条，万物肃清。进而想到死亡，想到人生的终结。这层层递进的意思并不直说，而是在景物描写中暗藏转换，这就是古人所说的"潜气内转"。所以字面看是景物的平列，仔细体会却是时节变化，是诗思的流转，这不能不让人感叹其高明。

其次，与陆机、潘岳诗中常见的同意重复不同（比如潘岳《内顾诗》其二："不见山上松，隆冬不易故。不见陵涧柏，岁寒守一度"），张协诗歌"大火"二句、"飞雨"二句，意思都类似，但表达上却有变化，能生新，就不会让人觉得繁冗了。

再次，"龙蛰暄气凝，天高万物肃"，意思与宋玉《九辩》"泬寥兮天高而气，寂寥兮收潦而水清"类似，却能以俊爽的笔调自铸伟词，十个字写尽秋天的况味。"浮阳"以下六句都可谓"形似之言"，而"天高"一句以五字状秋空之景，又超出形似之上，而能得神理。

最后，"人生瀛海内，忽如鸟过目"，这样的比喻，不能不让人击节。这个比喻的直接源头是曹丕《大墙上蒿行》中"人生居天壤间，忽如飞鸟栖枯枝"二句。"飞鸟栖枯枝"有二义，一是形容人生短暂，而是强调这短短人生的醒目感，毕竟曹丕一直是他人目光的中心。张协借用过来，去掉了醒目感这层意思，专在第一义上用力，飞鸟过目，转瞬即逝，与走兽留迹，游鱼漾波不同，当我们在天空中找寻，不会找到一丝一毫飞鸟的痕迹，也许转念再想，还可能生出这样的疑问：适才是否真的看到飞鸟，会不会是幻觉？那人生是什么？是注定消失无痕的闪现，还是根本只是幻觉？曹丕的比喻本就漂亮，张协化用后，更令人触目惊心。类似的比喻在七世纪英国史学家比德《英吉利教会史》中也可以看到：

> 吾人生世间，为时极短，生前若死后，俱神秘莫可知。亦如冬夜中，风肆雪虐，吾人相聚欢饮，壁炉之火，炽然而燃，而于此际，偶有一雀，自门外飞入，逗留片刻，遂复由窗飞去。当彼在屋中时，受屋之庇，略无风雪之侵，然亦只此一瞬，倏忽之顷，自暗夜而来之雀，又复归于暗夜中矣。人生世间，亦略如是，一弹指顷耳。生之前，死之后，俱如大夜，不可知也。（王培军《钱边缀琐》译文，浙江大学出版社，2013年，第17页）

虽说东海西海，心同理同，但张协毕竟早生三百多年，可谓拔得头筹。

当然，张诗也还称不上完美。首六句的句式完全相同，略无变化，这在后世就要算严重的诗病了。不过这种早期五言诗歌还不够完善的地方反而成为其特色,后人在模拟古诗的,也有专门这样写,以显示拙朴之气的。

总之,无论就其"潜气内转"的写作手法而言,还是警句的创造而言,《杂诗》其二都可算是张协的代表作,清人何焯评为"骨气挺拔,不徒工于造语",是一点不错的。

# 说"格佞"

沈约《宋书》卷六十四《郑鲜之传》云:

> 高祖少事戎旅,不经涉学,及为宰相,颇慕风流,时或言论,人皆依违之,不敢难也。鲜之难必切至,未尝宽假,要须高祖辞穷理屈,然后置之。高祖或有时惭恧,变色动容,既而谓人曰:"我本无术学,言义尤浅。比时言论,诸贤多见宽容,唯郑不尔,独能尽人之意,甚以此感之。"时人谓为"格佞"。

这段记事清通明白。刘裕掌权后切慕风雅,效名士清谈,他人都有意逊让,唯独郑鲜之与之辩难,必使词穷而后已,于是时人目为"格佞"。有疑难的只是"格佞"的理解。《汉语大词典》解释为"破除谄媚阿谀"。这一释义的依据似在模棱之间。

"格"有格斗、击打之义,又有阻隔、搁置之义(《史记·梁孝王世家》:"窦太后议格。"如淳、张晏、服虔、苏林诸家或训为"止也",或径以"阁"释"格")。这后一义项,王念孙认为是"阁"的通假。《广雅疏证》卷三下"阁,止也"条,王氏先引如淳诸家注,下云:"凡言阁者,皆止之义也。凡止与至义相近,止谓之阁,犹至谓之格也。止谓之底,犹至谓之抵也。止谓之讫,犹至谓之迄也。""格"的本义是至,"阁"则是托底板、搁置,二字音同而义近,故得相通。"格斗"或"搁置"的结果与"破除"近似,但意思终究有一定距离。不过,依据模棱,尚是小疵,更有大不妥者在。

大不妥者,不能与人情事理相通。郑鲜之一贯与刘裕相辩难,本不得为佞,则这里破除的显然不是鲜之之佞。刘裕非不知他人"多见宽容",这一层也无需鲜之来揭破。再试想,郑鲜之出,他人便不再曲为逊让乎?甚或效尤,纷纷使刘裕词穷乎?往古来今,尘中绝无此事,绝无此理。那这里破除、搁止了谁的媚谀?

如要表彰鲜之不佞,何以要用一个"格"字?"格"在魏晋南北朝口语中的常用义,一是格斗之格,一是表示龃龉的扞格,一是风格、格调、品格,一是表示法则、准则的格言之格,再有就是条例格式之格。表阻隔义的"格"在这一时期的文献中很难找到用例,看来不是口语词,照理不该成为"时人"的品目用词。比如今天我们说某某人在呻吟,谁会按"刘子政玩弄《左氏》，童仆妻子，皆呻吟之"这个"呻吟"来理解呢？词义是有时代性的，有些义项在某个时代与日常用语绝缘。那么，在训释口语词时，就不能不加分别地套用。准此，阻隔这一义项不宜采用，只剩下格斗之意。郑鲜之不依违刘裕不假，要说这就是在与佞人媢行格斗，未免夸大其词，引申太过。《宋书》原文可看不出这层意思。

对"格佞"，我以为此处可深求，可不深求，但不宜作不深不浅如《大词典》之解。如何是不深求？刘裕虽然"有时惭恧，变色动容"，后来却又觉得郑"尽人之意，甚以此感之"，所以时人半是嫉妒，半是调笑，谓鲜之为有格调之佞、高雅之佞，是为"格佞"。时人好佞，自然觉得郑以不佞佞之，这才是人之常情。

如何是深求？则当细察鲜之一生行事，看看这位老先生究竟是不佞，还是不佞之佞。《宋书》说他"性刚直，不阿强贵"，又说"为人通率，在高祖坐，言无所隐，时人甚惮焉"，似乎并非佞人。只是《庄子·列御寇》中曾有深达人心之语："凡人心险于山川，难于知天。天犹有春秋冬夏旦暮之期，人者厚貌深情。故有貌愿而益，有长若不肖，有顺懁而达，有坚而缦，有缓而悍。故其就义若渴者，其去义若热。"刚直不阿强贵的人，未必不阿比强贵更强者。

仍看《宋书》郑氏本传。东晋末，有数年刘裕、刘毅二雄争强的局面。郑鲜之的"性刚直，不阿强贵"，所指是他"尽心高祖，独不屈意于毅"，甚至弹劾外甥刘毅。后来某次二刘拗蒲，刘裕险胜，"鲜之大喜，徒跣绕床大叫，声声相续"。纵然盲瞽之人也能了然，此乃投身于刘裕阵营，为其尽心效力而已，何尝是真正的刚直不阿。至于在刘裕坐前"言无所隐，时人甚惮焉"，定是讲他人的不好，而不是刘裕的不对，否则忌惮的就应该是刘寄奴，而不是什么"时人"。

可见，郑鲜之是三国华歆这类人物的嫡系传人，外饰清节，而内怀华荣。以谄媚为逢迎，人主收获的只是短暂而雷同的快感；以刚直为逢迎，则如榴莲，以刚强多刺为外壳，以软糯"香浓"为内心。当然，前者人人可效法，后者权衡重轻，拿捏分寸，需要的功力非常人所能企及。

比如劝谏二次北伐，就是一次极其成功的合作"表演"。刘裕北伐攻克关中，稳固统治的措施一毫都没展开，执掌朝政的心腹刘穆之突然去世，他担心朝中生乱，急急回军。留在关中的是几个矛盾对立的大将和名为统帅的十二岁次子义真。于是自相残杀在前，赫连勃勃的攻击在后，转眼间土崩瓦解，关中父老目中再无汉官仪可睹。这当然是刘裕的责任，更是他的耻辱，二次北伐，看来势在必行。只是当时情形，有必出兵之势，也有必不出兵之势，前者为面子，后者为里子。盖当初克定长安，刘裕已"受相国、宋公、九锡之命"，按照魏晋以来禅让的惯例，篡位的进程已经由暗转明，大戏正式开锣。这时北伐，弊大于利。其一，有内部生乱的可能性。其二，北伐胜利犹可，如果失败，禅让之事必生变数。为了面子，刘裕要盛怒作北伐貌，而真正体己的大臣应该极力劝阻。第一个劝谏的是亲信谢晦。一个人当然不够，再说谢晦还太年轻，威望稍欠。哪一个重臣能体会刘裕的苦衷？郑鲜之。他上了一道在情在理的表，但言江南诸州局势未宁，不宜远行。稍后刘义真平安归来的消息传来，刘裕便顺势下坡，再不提北伐之事，开始全心全意为刘宋的建立准备起来。清人黄恩彤在《鉴评别录》卷二六（清光绪三十一年家塾刻本）中说："裕之刻日北伐，特示威于众耳。明知关中不可复得，得之亦必不能守，且志在篡夺，亦无暇他及。即微鲜之言，义真竟不获免，亦必不出师也。"黄氏官至广东巡抚，宦情练达，所以言谈微中。

南朝的很多高门世族子弟，是不屑体察皇帝心思的，其命运也多不堪。而郑鲜之家族唯家中枯骨足可傲人，父祖辈则备员之官，不足语权要。正是这样的人物，才会对刘裕以揣以摩，务求洞察入微。刘裕仰慕名士风流，人所共知。他附庸风雅，参与清谈，大家让着他，他却未必真高兴。盖刘裕英察之人，自尊心也强，他自知水平不够，却谈无敌手,那不是诸人不屑与谈又是什么。只有郑鲜之,虽不以谈著名,却尽心尽力,相与辩难,这才是不轻视刘裕,且真正帮他提高的做法,所以刘裕有时也会羞愧,内心却领了这份情。

相反,后来梁武帝萧衍与沈约比赛背诵关于栗的典故,"与约各疏所忆,少帝三事"。这时真的必须让着皇帝。萧衍本来是名士,一生文人自居,他和沈约的比赛是文人间的竞争。沈约智及相让,却盛气不能平,于是出而宣言:"此公护前,不让即羞死。"(《梁书》卷十三《沈约传》)这下肯定要倒霉了。

让与不让,要体察君主心思而行之,总之要准确找到对方痒处,使其大受用,方得佞中三昧。《韩非子·二柄》有云:"人主好贤,则群臣饰行以要君欲。"王夫之《诗广传》卷三亦云:"三代而下,有爱天子者乎?吾不得而见之矣。汲黯之诚,情未浃也;魏征之媚,机未忘也。天子曰:从吾游者吾能尊显之。是附其所自显者而已矣。"古人自有能窥破其中奥妙者。如此说来,称郑鲜之为"格佞",可谓肖其面目矣。想来当时标目者,必是善清谈又达人情的高人。

史书释词,不但要通训诂,还需体察人情,细味史笔,岂易言哉。

# 古诗改罢自沉吟

日间读诗,又读到王绩的《野望》:"东皋薄暮望,徙倚欲何依。树树皆秋色,山山唯落晖。牧人驱犊返,猎马带禽归。相顾无相识,长歌怀采薇。"诗是初唐名篇,诗风亲切,超出于六朝绮丽习气之外,又是成熟的五律,具有文学史的意义。但从前便觉得尾联意思拘泥,承接乏力,不能开拓意境,导致全诗韵味有些淡,这次再读,还是这个感觉。明人陆时雍在《唐诗镜》中许之为"朴茂",其实朴则有之,茂便未必了。忽然间灵机一动,如果拆成两首五绝,诗味是否更浓些?一首是:

> 东皋薄暮望,徙倚欲何依。相顾无相识,长歌怀采薇。

四句皆"我",远望、徘徊、相顾、长歌,不安之貌,可谓浓挚。另一首则全然无我,只是深静之景:

牧人驱犊返，猎马带禽归。树树皆秋色，山山唯落晖。

我调换了颔联、颈联的次序，是觉得牧人已返，猎马皆归，然后树树秋色，山山落晖，空寞寂寥之感，尽在风景之中，不必再直白抒情。这样的《野望》二首并置，一浓一淡，一动一静，有我无我，互相映发，其效果是否好于原诗情－景－情的简单转换？

如此抖了抖机灵，便收获了一整天的欣然之喜外加自鸣得意，王无功先生地下有知，定然浑身颤抖。以我小抖，致彼大抖，思之又是一乐。其实王老先生未必会生气。他另有一首五绝《秋夜喜遇王处士》："北场芸藿罢，东皋刈黍归。相逢秋月满，更值夜萤飞。"不是与我改的《野望》其二同一意境吗？而且四句两两对仗的写法也相同。所以老先生兴许还会因此浮一大白。

我这样改诗，并非什么创举，自古选诗家，常常一边选一边改，这是古典文学研究者的常识。最著名的改诗之例，当属明代李攀龙选唐诗，将李白的"床前看月光"改为"明月光"，将"举头望山月"改为"望明月"，从此中国人三岁解吟的，竟是改作。再举个极端的例子，清人沈德潜《明诗别裁集》卷一选了一首刘基的《薤露歌》：

人生无百岁，百岁复如何？古来英雄士，俱已归山阿。

且评曰："悲咽。"乍看诗不错，评得也不错。但这不是刘基诗的原貌。原貌如何呢？林家骊先生整理的《刘伯温集》卷十七有此诗：

蜀琴且勿弹，齐竽且莫吹。四筵并寂听，听我薤露诗。昨日七尺躯，今日为死尸。亲戚空满堂，魂气安所之？金玉素所爱，弃捐箧笥中。佩服素所爱，凄凉挂悲风。妻妾素所爱，洒泪空房栊。宾客素所爱，分散各西东。仇者自相快，亲者自相悲。有耳不复闻，有目不复窥。譬彼烛上火，一灭无光辉。譬彼空中云，散去绝余姿。人生无百岁，百岁复如何。谁能将两手，挽彼东逝波。古来英雄士，俱已归山阿。有酒且尽欢，听我薤露歌。

竟是从 32 句中选出 4 句拼贴而成的。句子还是刘基的句子，诗就不敢说是刘伯温的诗了。沈德潜胆气真够壮的？其实也不是。始作俑者，大概还是李攀龙。李氏《古今诗删》卷三二中，《薤露歌》就已经只剩这四句。清初朱彝尊编的《明诗综》卷三选此诗，一仍李氏删改之本。再到沈德潜，就不知道他是抄李还是袭朱了。

我这里改王绩之诗，只是为了好玩，可没有"创作"唐诗选的野心。不过我有时也会为了别的目的删改古诗，比如教课。讲到西晋张协，他的《杂诗》其九原作：

> 结宇穷冈曲，耦耕幽薮阴。荒庭寂以闲，幽岫峭且深。凄风起东谷，有渰兴南岑。虽无箕毕期，肤寸自成霖。泽雉登垄雊，寒猿拥条吟。溪壑无人迹，荒楚郁萧森。投耒循岸垂，时闻樵采音。重基可拟志，回渊可比心。养真尚我为，道胜贵陆沈。游思竹素园，寄辞翰墨林。

这是典型的西晋诗风格，典雅骈俪，微伤繁冗。同时，"泽雉"以下六句，写景华净明丽，自然生动，又是典型的张协自家特色。钟嵘《诗品》称赞他"文体华净"，"巧构形似之言"，一点不错。这种写景的手法，以及结尾说理的方式，都为谢灵运所继承。后面讲谢灵运山水诗的来历就容易多了。我改了改，给学生们看：

> 结庐在山隈，躬耕兰泽阴。荒庭寂以闲，幽岫峭且

深。凄风起东谷，停云霭成霖。泽雉登垄雏，寒猿拥条吟。溪壑无人迹，荒楚郁萧森。投耒循岸垂，时闻樵采音。脉脉望春山，怀古一片心。

有些典丽之字改成平易之字，有些为了追求典雅效果而用典的、对偶句子也或删或改，同样出之以平易。"泽雉"六句保留，一字不易。末尾说理的六句统统删掉，模仿陶渊明的"遥遥望白云，怀古一何深"，代之以"脉脉望春山，怀古一片心"，便有余韵袅袅，一往而深。问同学像不像孟浩然、韦应物，大家都点头（当然，同学们也许是出于好意，照顾我的面子，也可能是慑于我的淫威，顾念着自己可怜的绩点，这才点的头）。唐人精熟《文选》，道理何在，唐诗与六朝诗的关系，继承处、改易处，唐人又是如何融陶谢于一手的，似乎这样瞎改一通以后，更容易直观地传达给大家。一番瞎改，娱乐自己，有益（有害？）教学，似乎也不坏。

不过轻改前人诗作总是不够体面的，不论目的是选诗、教学还是娱乐。这里面多少包含着一点争胜的心理，要胜过前人，自己创作才是正道。改诗不是不能显示高明，但最好当面改了，被改的还服气。就像郑谷给齐己改了一个字，令齐己拜倒那样。否则欺负逝者不能起而反驳，自说自话，自高自大，未免胜之不武。所以我要向王无功、陆士衡、张景阳诸老表示忏悔。

而选诗改诗，在我看来尤其不可。改好改坏是一回事，尊重历史，尊重古人本来面目是另一回事。强人就我，欲以一己之审美整古诗之容，终究有点过了。庄子讲过一个小故事，有一位中央之帝浑沌，曾经热情款待过南海之帝儵与北海之帝忽，为了答谢主人，儵与忽决定为浑沌凿开七窍。二位爷雷厉风行，袖一挽，斧凿一扬，"日凿一窍"，七天之后，浑沌死了。真我不复存，可不是跟死了一般么。儵爷与忽爷，是不是让我们倍感亲切？他们行动的号角，并不只在选诗的时候才吹响。

# 李白的"佯狂"

友人向我诵杜甫《不见》诗:"不见李生久,佯狂真可哀。世人皆欲杀,吾意独怜才。敏捷诗千首,飘零酒一杯。匡山读书处,头白好归来。"然后下问道:"杜甫说李白'佯狂',莫非李白平素的狂态是假的?且老杜于太白,向无间言,那该如何理解这里的'佯狂'呢?"我思考之后,感觉这个问题难以一二言作答,似乎撰成小文以奉对友人比较好。

"狂"字,《说文》解释为"狾犬也",即今天所说狂犬、疯狗。段玉裁注云:"假借之为人病之称。"所以古人云"狂",多以为是疯癫之疾。《逍遥游》中接舆讲藐姑射山神人的故事,肩吾"以是狂而不信也",即以为接舆讲的是疯话。而汉乐府"公无渡河,公竟渡河。堕河而死,其奈公何"之诗,也源自"有一白首狂夫,被发提壶,乱流而渡,其妻随而止之,不及,遂堕河而死"(崔豹《古今注》)。直到鲁迅先生作《狂人日记》,仍是为一疯人写真。大概因为疯者必傻，唐代孔颖达疏释《诗》《书》，以及慧琳作《一切经音义》，又多以"愚"训"狂"。

查阅古今学者对杜诗的注释，此处或者不出注，或者承袭宋代赵次公的注："箕子避纣而被发佯狂。唐新史载，白以永王璘之累，长流夜郎。会赦，还浔阳，坐事下狱。"又解释第三句云："浔阳之狱，盖亦众人欲杀之证。"箕子大约是书上记录的第一个佯狂的人。他的故事，《论语》《天问》《史记》都有提及，汉人文章，也屡屡引之，都说箕子"被发佯狂"。把头发披散开来的"佯狂"，正是装疯卖傻之义。所以杜公是讲李白因先后遭逢流放和狱事，不得不假装癫狂，以求全身保命，故云"可哀"。（太白天才，人所共知，这时再扮傻，自是八月十五看花灯——晚矣，故只能装疯。）

装疯须毕肖，方为全身良方。明初名诗人袁凯，辞了朱元璋的官，每日把面粉做成狗矢状，暗置街衢，当众捡拾大嚼，这才免于追究（戴冠《濯缨亭笔记》）。其他不能降志辱身的文士，无论在官的还是辞官的，都不得其死，唯独袁凯蝼蚁一命，苟全于盛世。后来宁王欲反，唐伯虎思从府中逃归，沿袭故智，阳狂自处，至发露下体，这才被放归（张萱《西园闻见录》）。非得把自己搞成"吃屎狗""露阴癖"才能免难，佯狂至此，再无一丝半点尊严可言。李白真有过"装疯"的举动吗？史无明文。多半他拉不下脸面，吃不得屎，脱不得衣，所以终究一不免于流放，再不免于牢狱。佯狂堪哀，却不能彻底地疯了，疯到被遗忘，依然遭人憎恶与折磨，所失万千，所得几何？人生到此，情何以堪，更何况是千年一遇的天才。

《不见》一诗，自当依据赵注为正解。此外，似乎还可以别作一解。这一别解虽非本义，但未尝不能从现实和诗中引申而出。盖"狂"字很早就有了进取、放荡、傲慢的引申义。孔子屡言"吾党之小子狂简"（《论语·公冶长》）、"不得中行而与之，必也狂狷乎！狂者进取，狷者有所不为也"。（《论语·子路》）后人云狂傲、狂放、疏狂、轻狂，莫不由此而来。后一句，梁代皇侃《论语义疏》引东晋江熙的解释说："狂者知进而不知退，知取而不知与，狷者急狭，能有所不为，皆不中道也。然率其天真，不为伪也。季世浇薄，言与实违，背心以恶，时饰诈以夸物，是以录狂狷之一法也。"李白平日之狂，半出天性，在己本是天真自然，乡愿之辈却不能理解，便觉得是"佯狂"。

有天才，生命力强盛的人，往往像春天里疯长的野草，很是让喜欢整饬有序的园丁恼火。假如这天才还有远大的理想，有高尚的品格，那就更加不幸了。他称心而行，一言一动，无不光彩四射、磊落皎洁，可是下至蜩与学鸠，上到鹓鸮，以己度人，便会以"满腹机械"（叶方恒形容顾炎武语）目之。《笑傲江湖》里面，天下英雄先是相信令狐冲结交匪类、玩弄女尼，后来又以为他窃取《辟邪剑谱》。金庸先生于世情可谓透彻。当然，这并不是什么稀罕道理。"木秀于林，风必摧之。堆出于岸，流必湍之。行高于人，众必非之。"这是西晋李康《运命论》中的名言。又东晋虞预《会稽典录》载，文种遣吏谒奉范蠡，该吏回报说："范蠡本国狂人，生有此病。"文种笑曰："吾闻士有贤俊之姿，必有佯狂之讥。内怀独见之明，外有不知之毁。"（张守节《史记正义》）

李白醉不上船，让高力士脱靴、磨墨，风流如仙，可高力士会不会对玄宗说，这是佯狂自高、矫饰取誉？玄宗容不下写"不才明主弃"的孟浩然，自然也容不下"佯狂"的李白。天子不容，顺理成章，便是世人欲杀。

前文云太白之狂，半出天性，另一半恐怕便是应激于世事之狂。世中沉浊，世人昏恶，会刺激得狂人愈加狂傲。鲁迅先生在著名的演讲《魏晋风度及文章与药及酒之关系》中说，阮籍、嵇康之徒，觉得曹操、司马懿们借礼教之名杀人，"亵渎了礼教，不平之极，无计可施，激而变成不谈礼教，不信礼教，甚至于反对礼教。——但其实不过是态度，至于他们的本心，恐怕倒是相信礼教，当作宝贝，比曹操司马懿们要迂执得多。"于是一天天狂起来，甚至狂成了魏晋风度的宗师。钱锺书先生在《管锥编》中进一步区分了嵇、阮。他说阮籍尚是"避世之狂",不过借以免祸;而嵇康却是"忤世之狂,故以招祸"。"狂狷、狂傲,称心而言,率性而行,如梵志之翻着袜然,宁刺人眼,且适己脚。既'直性狭中,多所不堪',而又'有好尽之累','不喜俗人','刚肠疾恶,轻肆直言,遇事便发',安望世之能见容而人之不相仇乎?"

若挪鲁迅、钱锺书的分析以解杜诗,那么"佯狂"是世人对李白的品目,"可哀"是杜公对太白的同情。人世容不下真正的天才,以至人人欲杀,而怜才者不过"乾坤一腐儒",千载下读来,仍然令人酸楚泪落。而不论本义与别解,诗人"独怜才"的胸怀,都那么动人。每次沉郁中读杜甫的诗,都像经过严冬与春天重逢,这就是原因吧。

# 路长人困蹇驴嘶

今天河南省三门峡市下面有一个渑池县,位置在洛阳之西,三门峡市之东。宋仁宗嘉祐元年(1056),苏轼和父亲、弟弟到京城应试的时候曾经路过这里。到渑池之前,父子三人的老马已经累死,改骑蹇驴。他们借宿老僧奉闲的寺庙,颇受款待,于是题诗院墙。到了嘉祐六年(1061),苏轼赴任凤翔府签判,苏辙依依不舍,从开封直送至郑州。后来苏辙寄给哥哥一首七律,追怀兄弟俩在渑池的经历。苏轼一路西行,重过渑池,发现人物皆非,大有触动,于是依照弟弟的原韵,写下一首大受后人欣赏的诗歌,这就是《和子由渑池怀旧》:

人生到处知何似,应似飞鸿踏雪泥。泥上偶然留趾爪,鸿飞那复计东西。老僧已死成新塔,坏壁无由见旧题。往日崎岖还记否,路长人困蹇驴嘶。

诗歌前四句是成语"雪泥鸿爪"的出处，诗思源自佛学，而譬喻与造语皆超妙。鸿飞冥冥，机缘凑巧，在雪泥上留下脚印，旋即飞去。雪有融时，泥也将干涸而作尘扬，无端而来的印记便将悄然消失。人生在世，何尝不是这样？重到渑池，老僧奉闲已化作一盒骨灰，埋于新塔之下，寺院墙壁倾圮，当日题诗不复可睹。烟云变灭，可谓无常。真的题过诗吗？莫非也只是幻梦一场？宋初天衣义怀禅师有言："雁过长空，影沉寒水。雁无遗踪之意，水无留影之心。"假如真的这样无意无心，那梦生梦灭，又何足挂怀，有禅心者合当作如是观。

诗人却不如是。他紧紧拥抱记忆，不想失去。也许将来生命消逝，曾经存在世间的印记也一一消泯，可是只要还活着，那父子兄弟的亲情便须臾不能忘怀，人生的梦想便值得什袭而珍藏。往日的艰难跋涉已成陈迹，却被记忆谱成曲吟作诗，成为此刻和未来行路者悠悠的力量。所以在尾联中，诗人沉思往事，漫漫长程，行人困顿，道路仍然无头无尾地铺展在眼前。如此艰难，单调，让人倦怠。突然，同样疲乏的毛驴开始扬声长鸣，那声音刺破一成不变，穿过崎岖艰难，越过仆仆风尘，成为这段旅途的印记，定格在人生的记忆里。

人们一般喜欢这首诗的前四句，我最喜爱的却是这尾联二句，因为诗人在其中表达的不再是空幻无常之感，而是存在的真实。存在纵使消泯，但其曾经存在过这一事实却不容抹杀。雪泥鸿爪固然不可复见，在寂灭之前，不也有过触动人心的声色吗？因此它们依旧存留于记忆之中，一如那声蹇驴之嘶，依旧清晰如在耳边。心灵被打动，再将这份感动传递给其他的心灵，一波才动，万波相随。世间心灵就像大地山河一样起伏变化，有万千姿态。触动了心灵的世界，便和改变了大地山河一般。我们不知道这改变是轻微还是剧烈，是风过山冈还是海变桑田。重要的是凝视，记忆，表达，传递。怀着这样的心情凝视生命的流逝和印记的寂灭，诗人会于痛苦中感到欣悦，于空虚时感到充实吧，因为他对人生充满肯定与热爱。

钱锺书先生曾经以李白、杜甫、贾岛、郑綮和陆游为例，说明在中国文学中，毛驴早"变成诗人特有的坐骑"（见《宋诗选注》陆游《剑门道中遇微雨》诗注）。这些例子中，毛驴并不驮负所有诗人，它只属于其中的落魄者。杜甫"骑驴三十载，旅食京华春。朝扣富儿门，暮随肥马尘。残杯与冷炙，到处潜悲辛"（《奉赠韦左丞丈二十二韵》），何等酸辛。晚唐宰相郑綮写不出新诗，解释说："诗思在灞桥风雪中驴子上，此处何以得之？"（孙光宪《北梦琐言》卷七）"此处"何处？富贵处也。富贵中人安得驴背诗人的酸辛与"闲情"？

后来明代徐渭写过一首《侠客》："结客少年场，意气何扬扬。燕尾茨菰箭，柳叶梨花枪。为吊侯生墓，骑驴入大梁。"徐渭曾经在浙直总督胡宗宪幕府中，为抗击倭寇出谋划策。诗歌前四句所指即彼时的军幕生涯。"燕尾茨菰箭"是明军使用的响箭（鸣镝）。梨花枪，据崇祯时兵部侍郎毕懋康在《军器图说》中的记载，是胡宗宪的新发明。在靠近枪头处系一个笋尖形状的火药喷射头，先喷射，再戳刺。从诗歌看，真正的发明人很可能就是徐渭。当年辅佐胡宗宪何其意气扬扬，转眼胡氏被逮，死于狱中，而徐渭也变得癫狂、萧索、落寞。只能想象着自己跟其他穷诗人一样，骑驴就道，去大梁凭吊战国时曾辅佐信陵君的侯嬴。一旦跨上驴背，侠客的徐渭便已死去，只剩下作为骚人墨客的青藤老人。

大多数古人骑驴诗的焦点都是骑驴的自己；《和子由渑池怀旧》也写人生的艰难，风调却有所不同，诗歌的聚光灯不再对准驴背上的穷诗人，而是聚焦给了突然嘶鸣的驴。这驴蹇跛困顿，却不自卑，不一味忍耐，它痛极而呼，向无边的艰难与困乏宣战，那是属于小毛驴的不屈服的意志。那人呢？是不是也可以在长久的压抑之后扬声长吟，然后继续前行？我爱苏诗，正因为其中有一个昂昂然倔强又"顽皮"的灵魂。正是这个灵魂，选择了在记忆中保留小毛驴嘶鸣的场景。纵观苏轼的人生，这段记忆更像一个预言，预示了诗人的坎壈长路、仆仆风尘，更预言了他的倔强嘶鸣。

元符三年（1100）正月，宋哲宗去世，徽宗即位。数月之后，苏轼在海南的流放生涯结束，渡海北归。次年建中靖国元年（1101）五月，行至镇江，再上金山寺。寺中存有昔年李公麟所绘苏轼画像，令诗人感慨系之。他在画上题下一首六言绝句：

> 心似已灰之木，身如不系之舟。问汝平生功业，黄州惠州儋州。

再过区区两个月，诗人便将去世。此刻，他真的心如死灰了吗？"心似已灰之木"，更像是为了衬托"身如不系之舟"所写。"身如"之喻是实情，也是自嘲，而"心似"之喻更像是对自嘲的自嘲。管他怎么漂泊吧，反正早就死心了。心真的死了吗？"问汝平生功业，黄州惠州儋州"，这岂是死心人言语？三州流放，有何功业？不过是多写了千百篇诗文而已。然而苏轼清楚地知道，这些穷途末路的蹇驴之嘶，就是自己的平生功业。

再早两个月，诗人路经江西虔州，次知州江公著的韵作

诗二首,其中有句云:

> 浮云时事改,孤月此心明。

苏轼到人生的终点,仍如少年一般,如此明亮而纯粹。

# 我却何处去了

贾米（Jami，1414—1492），是波斯诗坛上最后的杰出者，也是苏菲派的名学者。最初在潘庆舲编的《郁金香集——波斯古典诗选》中遇到贾米，翻译者张许苹。当时并没有惊艳到，摘录的诗句不过寥寥数行。最近读康有玺翻译的《苏莱曼和艾卜斯》《春园》的时候，倒是时时发现趣味，有些内容颇可与我们的古人相印证，足证东海西海心同理同之说。

这里摘录两则，以见其趣。

其一见于《苏莱曼和艾卜斯》的引子。贾米讲述了一个古老的传说：一个单纯的阿拉伯人，来到巴格达，"他被那些数不清的人弄迷惑了：这里，那里，跑着的，来的，去的，会见的，分手的，嘈杂，喧闹，而且混乱"，"因为旅行而疲倦了的，被喧嚣而弄得头晕目眩的那个单纯的阿拉伯人，不得不去睡一会儿"。临睡前，他自言自语："醒来之后，在这么多人中间，我怎么能够再认出我自己呢？"他需要一个标识自我的标记，于是拴了一个葫芦在脚踝上。有一个狭促鬼为了捉弄他，在他睡着后，摘下葫芦，拴在自己脚上，并躺在了阿拉伯人旁边。这个单纯的人醒来后寻找葫芦，却发现它在另一个人脚踝上，不禁大哭着问："我是否是我，或者不是！如果是我——那么这只葫芦怎么在你身上？如果是你——那么我在哪里？我是谁？"

这个故事，可能大家都会觉得眼熟。明代赵南星《笑赞》中有一个绝相似者：

> 一个和尚犯罪，一人解之，夜宿旅店，和尚沽酒劝其人烂醉，乃削其发而逃。其人酒醒，绕屋寻和尚不得，摩其头而无发矣，乃大叫曰："和尚倒在，我却何处去了！"

如果"我"仅仅依靠外物来标记，那"我"的迷失大概是必然的了。

第二个故事和诗来自《春园》。贾米如是说：

> 埃及人左侬拜访麦厄勒布的一个圣徒，目的是向他

提问。那个圣徒对他说道:"你为什么来这里?如果你来是为了获得古今大师们的知识:那这做不到。因为只有创造者知道那些。如果你来是为了寻找创造者,那么他自身就在你出发的那个地方。"

以前,我想象你在我之外:

我设想你会在我

旅途的终点等着我;

现在我知道

我已经找到了你,

我抛弃了你,

自从我迈出第一步之时。

赫拉特的圣徒安萨里宣称:"他和那些寻找他的人一起旅行;拉起寻找者的手,他激起他去寻找他自己。"

在诗歌中,贾米说"你"不在"我"之外,"你"就在"我"起步的地方,又引用安萨里的话说,二者始终是在一起的。这是苏菲派人、主合一论的基本观点。在中国的传统中,这种归向本始,向内找寻的表达,更加常见,无论儒家、道家还是禅宗,皆俯拾皆是,不可胜数。据说有悟道之尼作偈曰:"终日寻春不见春,芒鞋踏遍陇头云。归来笑拈梅华嗅,春在枝头已十分。"这是茫茫大地寻他不见,归来

原来自在的表达。不过这个偈子里春与我犹是二分,便不如另一个属于黄庭坚的禅悟故事那么透彻:

> 隆兴府黄龙祖心禅师因黄山谷太史乞指径截处,师曰:"只如仲尼道'二三子以我为隐乎?吾无隐乎尔',太史居常如何理论?"公拟对,师曰:"不是,不是。"公迷闷不已。一日,侍师山行次,时岩桂盛放,师曰:"闻木犀花香么?"曰:"闻。"师曰:"吾无隐乎尔。"公释然,即拜之,曰:"和尚得恁么老婆心?"师笑曰:"只要公到家耳。"(《禅宗颂古联珠通集》卷二十)

本来只要自家领会,所以何尝有"隐"。这木樨花香,祖心和尚闻到,黄山谷也是自己闻到,却不是祖心和尚能教付给谁的。闻到那刻,便是对自己的回归。这是真的禅悟之境,比起把溪声比作广长舌、把山色比作清净身的苏东坡,那是透彻高明太多了。

# 王文治和他的诗歌

《双城记》开篇,是一段精绝的话:"这是最好的时代,这是最坏的时代,这是智慧的时代,这是愚蠢的时代;这是信仰的时期,这是怀疑的时期;这是光明的季节,这是黑暗的季节;这是希望之春,这是失望之冬;人们面前有着各样事物,人们面前一无所有;人们正在直登天堂,人们正在直下地狱。"狄更斯所描绘的这个时代,是法国大革命爆发前后,而在中国,斯时正是乾隆皇帝御宇多年,"四海升平"的"盛世"。这个"乾隆盛世",仿佛一朵在暴风雨前夜盛开的花朵,绚烂至极,却已是"亢龙有悔",不久便即黄萎,更经雨打风吹去,风流转眼已是前尘梦影。神州后人,饱经沧桑巨变,追究起前朝的功过得失,一时毁誉各趋一极,或盛赞其开疆拓土的宏伟气魄,或细数其专制腐朽的种种罪恶,而莫能衷于一是。其实古人智慧早已通透这一层,是非功过,原本相待而成,大美与大恶,也是如此。这乾隆盛世,又何尝不是一个最好而最坏、智慧而愚蠢的时代呢?盛世中的人为时代风会所推动，他们的风神气韵，处处透着高华洒脱，只是这潇洒背后，是否也有熟视无睹、醉生梦死的逃避呢？这样的盛世文人，袁枚是一个代表，王文治也是。

一

王文治，字禹卿，号梦楼，江苏丹徒人。他生于雍正八年（1730），卒于嘉庆七年（1802），一生岁月几乎都在乾隆朝度过，是当时著名的书法家、诗人，书名与刘墉、梁同书、翁方纲相埒，诗歌则颇能与袁枚、赵翼、蒋士铨并称。他的书法纯为帖学一派，风神秀逸，妩媚多姿，时人以为"天下三梁（梁国治、梁同书、梁巘），不如江南一王"，又特与刘墉对举，称"浓墨宰相，淡墨探花"。所谓探花，是因为王文治于乾隆二十五年（1760）以殿试一甲三名进士及第。

及第之前，王文治曾于乾隆十八年以拔贡赴试京师，得与姚鼐、朱孝纯结为至交。三人日相聚首，过的是"酒酣歌呼，旁若无人"（王文治《海愚诗钞序》）、"高歌不知更漏促，酒痕往往污衣袭"（朱孝纯《送王梦楼先生出守临安》）的生活。酒精、诗歌、音乐，血气方刚的青年往往借以挥洒狂傲，古今中西本是一辙。只是王文治的傲气并不像20世纪60年代的摇滚青年，在诗与乐与酒中寄托许多的叛逆与反抗。姚鼐如是描绘彼时的王文治："昨君新愈幸来过，依旧雄谈间歌诵。短袖百尺光熊熊，未出霜缣目先送。千帆寒水下金陵，一雁秋声横铁瓮。远思暝浦落帆还，苦怨骚人薄寒中。旧游曾对孙登啸，新诗欲作唐衢恸。"(《王君病起有诗见和因复次韵赠之》)豪气不少，却绝无立心立命继绝学开太平的责任；哀怨也多，尽是落第归隐的牢骚。也许对于诗人不能苛责，只是比之纯粹诗人的李太白、杜子美，少了那些个安世济民的梦想，胸襟、气度终究嫌他不够大。饶是这样，王文治还是在京城中赢得了最初的声名。

乾隆二十年，朝廷命使册封袭任琉球国王，册使全魁邀请王文治入幕。京城本是居大不易之地，百物腾贵之外，万人如海，白眼如潮，此时的王文治困顿落魄，感到"迫隘思远游，烦渴成内热。何当怀抱宽，暂使樊笼脱"(《将往琉球留别诸同学》)，于是慨然应允。于次年六月出洋，至乾隆二十二年二月返舟至福州。两百多天的海外生活，固然风涛备尝，九死一生，但是琉球诸岛独特的风土人情，以及国中亲贵对他的礼敬有加，都让他一开胸襟。这次经历不但成就了他诗集中《海天游草》一卷，也成为其一生的骄傲与追忆，此后反复在诗歌中道及。

归国后，王文治很顺利地乡试、会试连捷，高中探花，开始了数年的翰林院生涯。乾隆二十八年（1763）大考詹翰，他获得一等一名，由正七品的翰林院编修擢为从五品的侍读，第二年更被检授为云南临安府知府。知府为从四品官，两年间连升三级，可谓官运极佳。翰林向来清贫，却是清华之职，诗酒生涯，正自风流；而且在中央的政治前途也大有可望。而知府虽然有大笔的养廉银和其他收入，却是事务官，需要相当的行政才具和官场经验。钱泳《履园丛话》曾经记载："王梦楼侍讲出为云南太守，参见督抚，始到官厅，至于腹饥口渴，欠伸倦坐，终不得一见者。尝有诗云：'平生跋扈飞扬气，消尽官厅一坐中。'"初为部属，已经让疏狂成性的王文治大为不堪。又按《清史稿·地理志》，临安府是繁（政务纷纭）、疲（赋多逋欠）、难（民刁俗悍、命盗多）三者兼具的要府，直接由毫无行政经验的翰林侍读出临要府，这实在是极大的挑战，未来仕途的穷达，就看这任知府的政绩了。而王文治也表示"无能縻廪粟，簿领敢辞频"（《初入临安郡》），是打算尽心为官的。只是王文治运气欠佳，乾隆三十年岁末起，中缅之间战事爆发，之后便是清军屡战屡败的局面。临安虽然远离战场，但是兵卒、夫役、钱粮，都陡然成为云南各府县的巨大负担。王文治在诗中说"羽书日日征兵急，鸟道家家转饷难"（《瑶生曲》），又描绘当时士兵伤亡之重与征发之难，"可怜九龙江，伏尸塞流水。

纵或逃亡归，瘴疠熏肤髓"、"由来伤弓禽，闻弦胆即麏。太守劝谕频，就道犹伈俔"（《止练》）。羽书征檄，已让王文治疲于应付，三十二年初，又受命督运军粮到永昌军营。他崎岖滇南，途中染上痢疾，困顿至极。回临安的路上，王文治感叹："艰难为外吏，辛苦向兵间。拙避时流竞，生从绝域还。"（《自永昌归再过青华洞》）同年秋，王文治因属县钱粮亏空而漫无察知，被新任巡抚汤聘参奏，获镌级处分。康乾本是盛世，但是其间州县亏空一直是普遍现象，官吏贪腐与国用频繁，让地方财政捉襟见肘。临安本来就是赋税多逋欠之地，又赶上战事突起，地方官便于上下其手，亏空更容易出现。正巧该年正月，乾隆皇帝因湖南亏空案，严斥各地督抚清查下属亏空事项，王文治便撞到了枪口上。

三年知府，"尘务丛如猬，官书杂似麻。边烽俄倥偬，羽檄更纷拏"（《昆明逢朱子颖六十韵》），王文治虽然尽力而为，但他疏狂已久，从未有实际行政经验，想来这个太守做得一定是左拙右支。他自己也一再说"典郡新恩岂不盛，边陲重任殊难荷。有如猴狲入布袋，又似老兵挽官笱"（《解郡》），"顾我诚迂阔，殊恩负渥洼。疏应干吏牍，病合解腰绔"（《昆明逢朱子颖六十韵》），应该不只是自谦之辞。何况，初任太守即被镌级，显然不能算能员，未来仕途颇觉黯淡；而滇西南烽火不绝，前后两任总督已因此得罪而死；诗友元江太守商盘也病卒在戎行之中，凡此种种，无不给予王文治强烈冲击。思来想去，王文治称病解官了。乾隆三十三年（1768）春天，三十九岁的王文治回到故乡丹徒，从此再不复出，开始了后半生的自在生涯。

归里后，王文治曾有四次远游，分别是乾隆四十年的甘肃之游（依甘肃布政使王亶望），乾隆五十二年（探望三弟文明，依湖北布政使陈淮）、五十四至五十五年（依湖广总督毕沅）、五十七年（探望三弟文明，依湖广总督毕沅）的三次湖北之游。其余的时间，他来往于镇江、杭州、苏州、南京、扬州等地，与当地文人雅士、地方长官都有较密切的联系。后半生的王文治，把精力主要花在了三件事上：书画、戏曲、禅修。

王文治在生前后世，始终以书名最盛。作为帖学的代表人物，他的书法早年学赵孟頫、董其昌，于晋唐诸帖，用功很深，对董其昌更是终身服膺；中年以后，书法参用了两宋米芾、张即之笔意。时人钱泳曾评价说："太守则天资清妙，本学思翁，而稍沾笪江上习气，中年得张樗寮真迹临模，遂入轻佻一路；而姿态自佳，如秋娘傅粉，骨格清纤，终不庄重耳。"（《履园丛话》卷十一）虽然意在讥刺，但很能描述王氏书法的特点，比喻也有趣。王文治少年时清逸、狂傲兼而有之，狂傲本之血气，不免与年俱衰（姚鼐《食旧堂集序》："先生豪纵之气，亦渐衰减，不如其少壮"）；清逸则根于天性，所以"清"之一字，行之终身，于书法、诗歌中时时显露。清逸清妙者，往往不能坚韧刚强，是以王文治在官场上略受挫折，就全身而退，固然因为他本来无意治国平天下，更是由于其性格使然。中年以后血气渐退，又禅修日深，中国禅宗本来是有易于导向空疏轻易的流弊的，王文治似乎也未能免俗。他论书宗旨，推崇"平淡天真"，以之为董其昌至高境界，但是既然以放纵为禅意，其书法便免不了要由天真变得轻佻。他评论米芾书法时说："米书奇险瑰怪，任意纵横，晋人之风韵，唐人之规矩，至是皆无所用之，而一往清空灵逸之气，与右军相印于毘卢性海中。正所谓般若如大火聚，无门可入者，以涂毒鼓作醍醐浆，用贪嗔痴为菩提种，自非夙世真大慧根人，何能领受哉？不能呵佛骂祖，不可谓之禅；不能驾唐轶晋，不可谓之书。米公于右军得骨得髓，而面目无毫厘相似。欲脱尽右军习气，乃为善学右军。此理吾儒亦有之，所谓反经合道是也。"（《快雨堂题跋》卷四）又说："米书魄力虽大，而平淡处尚有未至……香光深得右军平澹之趣，其临米书……米之奇肆处，又是香光平日所少。以奇肆入平澹，所以愈妙也。"（《快雨堂题跋》卷五）识见如此，师法米芾、参以禅意的张即之为王文治所取法就不足为奇了。姚鼐称其诗歌"为文尚瑰丽，至老归于平淡"（姚鼐《丹徒王君墓志铭》），平淡不过是率意的委婉说法，其病痛正与书法一致。王文治本意是"转飞动为静深，化奇险为平淡"，书法也好、诗歌也罢，都是如此，希望于平淡中包含奇险，却最终滑入轻佻一路，应该说，其佛学修为的浮薄是最重要的认识原因之一，这是时代的病痛，王文治也无法摆脱的。

创作之外，王文治也精于书画赏鉴之道，经他品题的古今书画，登时身价倍增。甚至同时画家潘恭寿的画作，如果没有王文治的品题，就乏人问津。今存王文治《快雨堂题跋》八卷，就是收藏家汪承谊根据王文治的书画题跋手稿整理编订而成的。

至于度曲听歌，也是王文治一生的爱好。他晚年助友人校订刊刻《冰丝馆重刻还魂记》，助叶堂审订《纳书楹曲谱》和《纳书楹玉茗堂四梦曲谱》，都成为名山之作，足见他在审音度曲上的深湛功力。而尤为时人津津乐道的，是王文治从云南回来以后，就"买僮教之度曲，行无远近，必以歌伶一部自随。其辨论音乐，穷极幽渺。客至君家，张乐共听，穷朝暮不倦。海内求君书者，岁有馈遗，率费于声伎，人或谏之不听，其自喜顾弥甚也"（姚鼐《丹徒王君墓志铭》）。这一点，取王文治《梦楼诗集》与同时人的诗文翻看，可以找到大量证据，自非虚语。只是润笔所得尽费于家伶，就有点让人难信了，只怕还是像清初李渔那样，也要兼借家伶以谋生吧。

　　王文治的家伶，最有名的当属"五云"，钱泳曾记载其逸事："五云者，丹徒王梦楼太守所蓄素云、宝云、轻云、绿云、鲜云也。年俱十二三，垂髫纤足，善歌舞，余时年二十五六，犹及见之。越数年，五云渐长成矣，太守惟以轻云、绿云、鲜云遣嫁，携素云、宝云至湖北，送毕秋帆制府。审视之，则男子也。制府大笑，乃谓两云曰：'吾为汝开释之。'乃薙其头，放其足，为僮仆云。"（《履园丛话》卷二十三）钱泳同时之人，又亲见"五云"，这一则记载当是事实。按照某些思想史家的看法，袁枚大量招收女弟子是其男女平等观念的表现，是明清启蒙思潮的组成部分。如果根据这一说法，袁枚好友，也收有不少诗学女弟子的王文治自然也在时代的进步者之列，只是钱泳的记载却让这样的判断大为尴尬。试问将男童裹脚为伶，又将其转赠权贵，这种"男女平等"进步之处究竟何在？类似做法，不过是乾隆"盛世"的风流点缀，却绝非有时代感、家国忧的士人应有的行为。由此倒是提示我们，对王文治也好、袁枚也好，评判时恐怕需要更全面审视其生平，而非急着下判语。

　　王文治在生前给许多人留下最深刻的直观印象，恐怕还不是书法、戏曲之艺，而是他一边耽于繁华声乐，一边又吃斋持戒，礼佛不辍。伍子舒在《随园诗话批注》中曾描绘他眼中的王文治："乾隆辛亥，余省亲福建，见梦楼于京口。留饭听戏，三日而别。其演戏用家乐约三十人，外有女子四人。所演《西楼记》《长生殿》俱精。而梦楼僧帽儒衣朱履，兴复不浅。"最后一句极富趣味。而姚鼐也在《丹徒王君墓志铭》中记载："然至客去乐散，默然禅定，夜坐，胁未尝至席。持佛戒，日食蔬果而已。如是数十年，其用意不易测如此。"这当然不是王文治的"行为艺术"，大概他是受了维摩诘的影响，想做一个自在广大的居士菩萨吧。王文治是在乾隆四十四年（1779）五十岁生日前一天，在杭州天长寺中羯摩受具的，法名达无，字无余。从此他禅修日深，最后跌坐而逝，无愧优婆塞。他对自己的佛学造诣是很自信的，自称"吾诗与字，皆禅理也"，在《快雨堂题跋》中也多处提及自己的禅学观，笔者另辑得有关佚文多篇，读者自可参看。今天看来，王文治的佛学造诣其实无足称道，其作用更多表现在对自己的书法、诗歌艺术影响上，这一点，前面已有所提及，后面将再作申论。

二

王文治的风神性情，在书法、戏曲诸艺中无不处处呈露，而最能淋漓表达的，还是其诗歌。《梦楼诗集》二十四卷，是王文治生前唯一手订的著述，共存诗1888首。王文治在今天诗名不彰，但是论当时声名，颇曾与袁枚、赵翼、蒋士铨一争先后，洪亮吉《北江诗话》中记载说："乾隆中叶以后，士大夫之诗，世共推袁、王、蒋、赵。"（卷五）而这一齐名，也正好说明王文治诗学近于袁枚一派。

这种接近首先是性情与身份的相近。王文治与袁枚都是以率性适意为高的文人，看他们同样中道辞官便可知道。作为乾嘉时期的文人，他们感受到来自汉学家阵营极大的压力，进而对汉学产生强烈反感。文人与学者，在职业分化的今天，尽可各行其是，不易发生冲突。但在传统社会，本来无所谓职业化一说，文人与学者都是士人，都应该"志于道，据于德，依于仁，游于艺"，诗文书画不过都是"艺"之一端，对于"艺术家"，宋明理学家会指责他们玩物丧志，乾嘉汉学家则讥笑他们不究经学，不学无术。一旦汉学形成潮流，那么明的暗的轻蔑文士的声音就会越来越大，这让后者情何以堪？第一代乾嘉汉学家如戴震、钱大昕、王鸣盛，他们大都对袁枚还保持着表面上的客气，而汉学后辈如孙星衍、汪中、凌廷堪、焦循、江藩等人，就将这种嘲弄公开形诸言辞。比如孙星衍，这个袁枚曾经极其欣赏的诗学后辈，就因歆慕汉学而放弃诗歌专心治学，后来甚至反过来教训袁枚。自然，袁枚也在其文字中时时表达着对汉学家不满。而王文治正是袁枚的亲密战友。《随园诗话》中曾特别引述王氏之语以自壮声势："王梦楼云：'词章之学，见之易尽，搜之无穷。今聪明才学之士，往往薄视诗文，遁而穷经注史。不知彼所能者，皆词章之皮面耳，未吸神髓，故易于决舍。如果深造有得，必愁日短心长，孜孜不及，焉有余功旁求考据乎？'予以为君言是也。"（卷六）这里，王、袁二人言外所指，恐怕正是孙星衍吧。

王文治对汉学家的厌恶之情，似乎比袁枚表现得更为强烈。他保存在《快雨堂题跋》中的书画题跋不过八卷，其中攻击考据家的言辞就达十多处。如说："考据之学盛行，而天下无真学者，不独鉴定书画为然也。"（卷一）"沾沾焉考订于谱录，较量于题识，其实赝鼎在前，茫乎不辨，此好事家往往如此。"（卷六）他甚至指名道姓嘲笑翁方纲，把潘恭寿临仿的画作当作真迹。书画题跋中有如许愤激，真是大煞风景。反过来却也说明王文治所感受的压力之大，以考据的方法鉴定书画与凭书画家的经验鉴定书画，二者在那时一定构成某种激烈的冲突，才让王文治如此愤愤不平。这种心态形诸诗歌，表现得更堪玩味。大概作于乾隆五十五年（1790）的《家西庄光禄闭户著书图》中，王文治大赞王鸣盛考据经史，可配享文庙，诗歌最后则说："贱子早休官，所事唯儿戏。脚下空万里，眼中无一字。出处两何成，对公发深愧。"

这固然是古人谦辞,却失去了一贯的潇洒,而表现得近乎自卑,由此也许可以窥见王文治面对汉学家时的心态。而在同一时期,王文治另有一首《冯巽泉太守秋矼补读图》诗,态度可就大不相同。诗里说到:"古人观大义,卓荦无羁绊。今人泥考证,琐屑肆争辨。古人德与功,青史何焕烂。今人所成就,猥鄙良可叹。说文九千言,欲了读书案。苦伸许郑说,宁与周孔叛。入主而出奴,挂一或废万。"却是不指名地把王鸣盛等人大骂一通,与前诗两相对照,真是趣味横生。钱大昕有一首同题之作,大概写于王文治之后,特别强调经济之学而避开了文人、学者之争,称"许郑韩苏互嘲弄,一笑任尔蛮触争",最后勉励冯巽泉"愿公恢宏经世学,补衮三殿泽八纮"(《潜研堂诗续集》卷六)。钱大昕的恬淡,反衬出王文治的焦虑。这更近于弱势者的焦虑,可以揭示出,乾隆后期开始,江南士人集团内部所存在的巨大裂痕。这绝非仅仅是袁枚一人与汉学家的矛盾而已。

指明这一层,可以知道王文治诗学近于袁枚,一半出于天性,一半出于现实环境。正是乾隆时学术与文学的互动,推动着王文治与袁枚走到一起,形成一个鼓吹抒写性灵的诗歌派别。王文治晚年总结自己的诗学主张说:

    古人作诗以禅喻,正法眼藏难为传。掀天掷地逞诡变,非魔即外徒唐捐。木有根荄水有本,诗源乃在三百篇。须知诗成乐始作,心声闇教金石宣。五言七言肇汉魏,近体偶俪由唐贤。百千亿万任幻化,权中有实偏中圆。宋人以文为韵语,吹之无孔弹无弦。所欣真气独流动,川岳自解生云烟。祧唐祖宋谁作俑?如水趋下无由旋。俚词猥语恣狼籍,僻书难字夸新鲜。高者夭斜下钉饵,风雅道塞吁可怜。繄余耽诗五十年,此心炯炯孤月悬。词征瑰怪非斗力,语涉纤丽非矜妍。使事不为示该博,刊肤非欲穷幽玄。老来禅理差有进,略倩文字相沿缘。兴之所至莫可遏,性之所定谁能迁。(诗集卷二十一《题杭州朱青湖抱山堂诗集后》)

五十年诗学经验,处处与袁枚若合符节。稍有不同处,在于王文治强调诗禅相通,认为只要本性已定,则不妨随兴所至,其诗自有禅意。除此以外,主张诗写真情真意,反对刻意摹古,反对诗歌卖弄学问,追求语言的修饰等等,无不与袁枚如出一辙。王文治年辈与袁枚相若,诗歌成名甚早,他的主张自然不是承袭自袁枚,而可看作有激于时代的同声相应、同气相求。

性情相近、理论相似,但才气与禀赋不同,所以王文治诗歌的风貌与袁枚还是大不相同的。袁诗有宋人风趣,而王诗更多唐音，姚鼐称他"吟咏之工，入唐人之室，与分席而处"（《王禹卿七十寿序》）。正如钱锺书先生所说，这是人分唐宋，而非诗分唐宋，是王文治天性近于唐诗的缘故。

王文治诗歌有清雅与豪宕两种风格，无论何种面貌，又都是讲究法度的。袁枚论其诗云："弹丝吹竹谱宫商，刻意推敲格调苍。不许神通破禅律，遗山心早厌苏黄。"（《仿元遗山论诗》）特许其风流之中不废格律法度。又说："裴晋公笑韩昌黎恃其逸足，往往奔放。近日才人，颇多此病。惟王太守梦楼能揉之使遒，炼之使警，篇外尚有余音。"（《随园诗话》卷七）则指出王文治重锤炼，追求遒劲、警策与篇外余韵的特点。袁枚所举的例子是《寄怀宋小岩兼柬曹竹虚祝芷塘四首》，中以"棋局居然更甲子，酒垆真自邈山河"一联最警策。"棋局"句明用烂柯之典以自喻，暗用老杜"闻道长安似弈棋"之意以兼喻京城，"酒垆"句则自然承接上一句生死异世之意，追悼去世的同年董潮，当得起遒劲、警策之评。又如《岁暮遣兴八首》其三："前明议礼有孤臣，六诏风烟寄此身。妇孺尽知张桂佞，文章未要李何论。鸿过通海无余雪通海有升庵先生题壁，壁今圮矣，水隔罗江不到春。典郡殊恩非谪宦，敢将词赋拟骚人？"颔颈四句概括杨慎的事功文章，今古遭际，坚贞之质、苍凉之感自出，尾联自抒身世之叹，平实之中自有低徊之意，很能体现袁枚的评价。

前面所举都是七律，王文治的七律格调近中晚唐，不是明人那种专学老杜雄浑顿挫的风格。如《皋兰秋望》："长城回绕大河遥，莽莽云天正沉寥。绝塞尚传秦郡县，奇功曾识汉嫖姚。征鸿中夜霜千里，牧马西风柳万条。羌管莫吹离别曲，江南词客鬓全凋。"虽然有壮句，但全诗风格明净，句意承接，脉络分明，显得工稳有余而气韵不足。类似的题目，若比较李梦阳《秋望》："黄河水绕汉宫墙，河上秋风雁几行。客子过壕追野马，将军韬箭射天狼。黄尘古渡迷飞挽，白月横空冷战场。闻道朔方多勇略，只今谁是郭汾阳。"则王文治的风格特色可以看得更清楚。李梦阳此诗有意追寻杜诗沉郁顿挫的风格，却失之肤廓；而王文治诗却切景切事，虽无盛大之气，自有工稳之格。只是袁枚称许王文治推敲格律，其实王诗法度有之，格律却偶尔失于轻易。即如《皋兰秋望》，首句"绕""遥"同韵涩口，同样的毛病又出现在第五句，"鸿中"又是叠韵，而七句"离别曲"三字，两个齐齿呼，一个撮口呼，调涩声哑，实在不够好。而此诗为王豫选入《江苏诗征》，也算王文治有一定代表性的篇目了。其实前面所举《岁暮遣兴》又何尝没有这种遗憾呢？也可见袁枚吹捧友朋的话，确实不能尽信。

王文治的诗风，聂铣敏将其概括为"修洁自喜之致"（《蓉峰诗话》卷三）。这种"修洁"，其实正是王文治性格中清雅之气的体现，因为清雅，所以七律不走雄浑一路。七律之外，清雅之气在王诗中，更多也更好地表现在五言律绝和七言绝句上。沈其光称王文治"五言律句学王孟，最擅胜场"（沈其光《瓶粟斋诗话》初编卷五），大要得之。王文治的五律，有时颇能见到盛唐气韵，如《舟夜》："旅客三更夜，空江万里天。水涵星不动，帆正月同悬。远树攒春荠，平芜入晓烟。近乡无限意，倚棹未能眠。"虽略觉眼熟，倒也是首好诗。佳句如"清江归大海，红日落平原"（《初夏同程衡帆韩思穆鲍雅堂饮北固山下》）、"城压平原迥，天低古木繁"（《过商丘访陈澄之》）、"树密常疑雨，窗虚恰受风"（《次韵题黄鹤山庄》）、"雪积大江暗，云开众岭明"（《雪后初晴同左瑶圃及令子兰城登西津阁远眺》）、"残日将沉海，乔林不记春"（《郭霙堂舍人招同人集吐纳烟云阁翌日莲巢为图以纪其胜而系以诗余次其韵》）等等，都让人低吟不已。不过正如沈其光所说，王文治五律风格，主要还是接近王孟的。如《八公洞纳凉》："白云生古洞，赤日隔林丘，松籁千山雨，泉声一壑秋。茗香闲自酌，花落坐还流。他日诛茆处，支公为我留。"《繁昌旧县》："经旬宿江渚，过此爱清空。山翠横天外，烟村落镜中。绿阴深似雨，白鸟远翻风。却望维舟处，星星渔火红。"前者似王，后者近孟，淡雅之味，盈人齿颊。

但是王文治的五律，同样有所不足。一是才力单薄，以至多有雷同，读其五律十首之后，必有相似之感。类似"野钟""夕阳""深林""清波"的词语，"残""寻""轻""回""寒""苍""疏""荒"这样的字眼，满坑盈谷，让人生厌。此外，王文治的清雅出于锤炼，这一点同王士禛一样；有时不免锤炼过度，却不能自知。如"日落暮山静，悄然秋月生。清辉不觉远，但与凉波平"（《东淘舟次同严东有家少林夜话时少林将归宝应》），既曰"静"，又曰"悄然"，既言"清"，又道"凉"，直把清静变成了寒寂，这是修饰太过，用力太猛所致。钱锺书先生曾在《谈艺录》中批评阮大铖之诗："余尝病谢客山水诗，每以矜持矫揉之语，道萧散逍遥之致，词气于词意，苦相乖违。圆海况而愈下；听其言则淡泊宁静，得天机而造自然，观其态则挤眉弄眼，龃齿折腰，通身不安详自在。《咏怀堂诗》卷二《园居诗》刻意摹陶，第二首云：'悠然江上峰，无心入恬目'，显仿陶《饮酒》第五首之'采菊东篱下，悠然见南山'。'悠然'不足，申之以'无心'犹不足，复益之以'恬目'，三累以明己之澄怀息虑而峰来献状。强聒不舍，自炫此中如镜映水照，有应无情。'无心'何太饶舌，着痕迹而落言诠，为者败之耳。"前举王文治诗的毛病也是这样。类似的例子还有，如"最爱城南路，无人自往还。孤舟残雪岸，独树夕阳山"（《城南晚步》）。盖风流自喜，而非实证平淡者，往往不免此病。

通过锤炼形成清雅的诗风，自然不是仅仅王士禛和王文治如此，只是读罢王文治全集，颇令人感到二王的相似并非偶然，王梦楼是自觉学习过王渔洋的。比如王文治有七律《秋草》四首，就是显然摹仿王士禛《秋柳》四首之作，如其四："半是霜痕半雨痕，更无人处易黄昏。明妃去日应回首，陈后愁时正掩门。荒冢泥香余旧路，空阶辇迹记前恩。秋怀旅思俱难遣，落日驱车向古原。"取昭君、陈阿娇被弃之事以喻秋草将黄陨，又想象香冢、空阶之情境以写其哀怨与忠爱，进而用这种想象中的情态来隐喻秋草娇柔摇曳的样子，妙在空中着笔，似像非像，而用典在不离不即之间，恍惚迷离，正是渔洋神韵诗的故技。而渔洋空灵摇漾的诗风，也同样能在王文治的即事写景绝句中看到。如《丹阳口号》："春潮未满客行迟，花堕清波鹭不知。一局残棋帘乍卷，丹阳城外雨如丝。"这首诗是王文治从京赴福州出海琉球的路上所写，将惶然迷惘的心绪都付与清波丝雨之中，正是渔洋宗风。又如《真娘墓》"武丘山畔石参差，不见生公讲法时。一夜真娘坟下雨，桃花落尽土花滋"，其写法与王渔洋《再过露筋祠》"行人系缆月初堕，门外野风开白莲"正同。所以袁枚又曾说王文治的诗风"细筋入骨，神韵悠然"（张怀滋《梦楼选集序》），确是的评。

只是王士禛的诗风虽然讲神韵，但毕竟生于易代之际，其诗中仍时时流露出"空中传恨"的意味，所谓兴亡之感，在若有若无之间。王文治的诗却绝没有这一层的意蕴，有时便不免让人感到清新淡雅之韵足以移人，而其中之意却更加依稀缥缈。所以专学王士禛是行不通的，王文治的绝句更多还是接近中晚唐气格，以恬淡新巧见长，且极富画面感与质感。如《过老鹰崖》："立铁阴崖背夕阳，苍藤古木闲修篁。尽将空翠吹为雨，衣上犹闻掩冉香。"《安宁道中即事》："夜来春雨润垂杨，春水新生不满塘。日暮平原风过处，菜花香杂豆花香。"如果倩长于画笔者写出诗意图，一定颇足观的。而晚年之作，更加自然生动，如《板子矶》："板子矶头江水清，荻花港畔炊烟轻。斜阳已逐暮云敛，犹向蒲帆转处明。"究其原因，大概与王文治长于写题画诗有关。王文治绝句中数量最多的正是题画诗，题画诗贵在与画作相应相生，写出画面之后的意蕴，王文治书法高妙，是以题画最多，久而久之，其即事绝句也写得与题画诗一般无异，而形成自己鲜明的风格。王文治诗集传至日本，最为日本人欣赏的正是其绝句，日本今存宍户逸郎编选，林安之助于明治十四年（1881）在东京刊刻的《王梦楼绝句》二卷。

中国古诗人，日本人最爱白居易，于清人则最喜李渔、袁枚，其审美趣味可知，所以他们特别看重王文治的绝句，而忽视王诗中更多体现其豪宕雄伟风格的古体与乐府歌行，也就不奇怪了。王昶《蒲褐山房诗话》说："时全侍讲魁、周编修煌，奉使琉球，挟以俱往，故其诗一变，颇以雄伟见称。"王豫《京江耆旧集诗话》云："侍读天才豪纵，音节宏亮。《南诏》《洮河》诸集中雄杰瑰丽之篇，不愧唐音。"都是称赞王文治诗风中雄奇的一面，而这种风格主要就体现在古体和乐府歌行中。王昶在《湖海诗传》，王豫在《群雅集》《京江耆旧集》《江苏诗征》中都选了不少这一类的代表性篇目，五言如《将往琉球留别诸同学》《函谷关》《登万寿阁望华山》《送叶书山先生归里》《东平道中见曹竹虚辛巳题壁诗即次其韵并以寄曹》《南郊同黄月波作》《潼关》《游顾龙山》，七言如《君马黄》《题毕秋帆同年倚竹图》《木芙蓉》《个旧厂》《常熟顾氏芙蓉庄红豆树歌》《陈澄之招饮寓斋出其先少保于庭处士贞慧息侯朝宗吴次尾冒辟疆诸先民遗迹见示有感东林旧事因赋长句》《题友人南唐杂事诗后》。王昶是沈德潜弟子，王豫则在诗学上仰宗沈德潜，因此二人所选都是声调铿訇，篇章流动，具有盛唐气韵的诗歌。除了上述诗歌，王文治集中的佳作还有不少，特别是在《海天游草》《南诏集》《洮河集》诸集中，诗歌颇能得山川帮助，跳宕之气，郁郁可见。

这种跳宕之气，在七古歌行中表现得尤其明显。王文治的七古歌行是从学李白入手的，今存早期的诗歌如《登高丘望远海》等篇，模拟太白的痕迹显然可见。王文治最爱的是太白开阖伸缩的句法，终身乐此不疲。"有所思，乃在碧海之曲，青云之西。非关迢递穷远道，窃恐大块以内不能称我夙昔之襟期"（《有所思》），这是早期诗句；"不论化狗之苍、飞乌之赤、城头之黑、岭头之白，一齐锁入洞天中，蒸作玲珑好颜色。我闻上古小有天中秋雨滴，娲皇炼石补秋碧。云耶石耶谁得知，但见虚空一气无留迹"（《飞云洞歌》），这是中期诗句；"人生不能餐霞乘雾逍遥五云之仙楼，即当浮家泛宅啸傲五湖之扁舟……此时若有所思而无所思，恐是临风觅句欲得仍疑猜。我昔浮槎海东国，欲向九州岛之外穷奇特。神灵忽作儿童嬉，性命几被蛟龙得。归来俯视寰中江汉流，几上一杯徒涽涽。君合是米元章书画之舫闲徜徉，又疑是欧阳子顺风恬波日千里"（《舸斋图歌为张翙和作》），这是晚年疏放不知检束的诗句。其实三者一脉相承，不过变本加厉，由控制变作失控而已。

除了伸缩的句法，王文治也能参用古乐府或宋人的声调、句法成其变化。如《题赵仲穆虬髯客图》："李杨宫阙俱成尘，扶余国王尚写真。当时若逐太原起，仅偕褒鄂图麒麟。四海之隅复四海，帝废王兴君莫骇。中原龙战几百年，天外相看如傀儡。君不见汉宫第一王明妃，画图失意无容辉。琵琶出塞信豪举，犹堪朔漠称阏氏。人间得丧夫何有，鸡口终须胜牛后。不然蓄异成阘干，操莽千秋为贼首。赵家父子擅笔精，丹青摹绘如平生。英雄气概已磊落，美人意态还娉婷。因知一妹亦人杰，眼底奇才能识别。盛名一代坎坷多，公卿惜不如青娥。"这首诗显然是宋调，自不入王昶等人法眼，却不失为一首比较好的诗歌。最后两句的感慨，可为千古失意人同悲。稍微让人觉得有些遗憾的是，诗中"不然蓄异成阘干，操莽千秋为贼首"的议论真是百分百"政治正确"，却未免平庸肤浅了点。当然这个毛病仍然是时代病，笔者后面还要分析。

至于参用汉乐府古拙句法的诗，也有佳作，如《望之苍茫独立图》："世界不可尽，古今不可穷。风驰云卷顷刻去，我乃偶然寄兴于其中。纷红骇绿尽在吾目，洪宫纤徵尽在吾耳。须弥大海与微尘，森罗尽在吾之身。春何为而娇姹？秋何为而零谢？少何为而昂藏？老何为而迁化？公非咏杜老诗，亦非赋屈子辞。本来不与万法为对待，自觉之智谁能知？苍狗浮云儵故忽新，碧浪长鲸倏险忽平。孑然一丝不挂体，超出日月扬光明。吾观此图笑而复吁，非公壁立万仞之巨力，安得一条挂杖自倒自起而不倩人扶！""春何为"四句，于无可问处有问，正是汉人笔法；而全诗如老树着花，繁华古拙俱见，其中自有流动之气不可遏止，正是合汉唐为一手的清人笔调，笔者以为实不让于王昶、王豫所选诸诗。

这首诗还涉及另一问题，即诗中禅意。王文治中年以后一意修禅，越到后期，越自信自己的诗歌、书法已与禅相通，论禅之语就时时见于其诗。譬如这首诗，"一丝不挂"与"自倒自起"都是禅宗和尚常用的话头，其意至为显豁。钱锺书先生曾经引沈德潜之语说："诗贵有禅理禅趣，不贵有禅语。"所以着意谈禅，可能反落下层。倒是有时题画写景，于明媚淡雅中，禅意禅趣自在其中。如《为高青士题莲巢写生二种其二》："长夏阴阴万绿排，杖藜转过别峰来。方塘水静无风动，一朵白莲随意开。"《湖上口号》："门外澄泓湖水流，门前独树系渔舟。晚来放棹波心去，便似江山万里游。"自会心者观之，诗中禅心自在，意趣无穷，这样的诗句，也只有参禅有得的人才能写出吧。

前面已经提到，王文治晚年书法，以平淡天真为旨归，而其诗也由瑰丽变为平淡。这种变化关乎血气之衰与禅修之进，王文治同时之人多已论及。如许宝善称"有时高洁如枯禅，有时绰约如飞仙。清奇浓淡种种各臻妙，随物赋形无不肖。乃知君以佛法为诗法，芥子须弥随意造"（《放歌行赠梦楼》），法式善称"诗情老更狂，禅心枯未改"（《王梦楼前辈寄诗翰至》）、"诗参书画禅，风格似梅野"（《叹逝诗二十首·王梦楼太守》），都道出了其晚年诗歌受禅修的影响，变得更加"狂放"，似乎高洁、绰约都是信手拈来，随意而造，这种变化就是王文治自己所说的"平淡天真"了。禅趣入诗之妙，前已论及，但相较而言，坏的影响恐怕更大些。这种归于平淡天真，其实就是吃饭穿衣都是禅悟，于是锤炼、修洁之功少了，颓唐疏放的诗句自然就多了，再加上王文治"晚年多应酬之作"（王豫《京江耆旧集》卷九），更容易流于浮滑。像"莲巢莲巢好身手，收拾真空作妙有"（《陆包山花鸟小幅潘莲巢为唐耀卿临仿绝似》）、"潘郎潘郎下笔亲，特为佳士一写真"（《潘莲巢为唐耀卿写蕉林淪茗图余为记之》）这样近于儿戏的句子，一再出现；又前面提过的《舸斋图歌为张翊和作》那样不知检束的诗句在晚年也是触目可见；更有陋劣不堪的应酬语，如"此画一何奇？生之家翁手所为。笔迹留遗重圭璧，风木回想增涟洏。古人写真必佳士，今之佳士佳儿是。当时但爱兰茁芽，何意儿之所诣乃至此"（《为吴松厓题画像兼寄延啸崖公子》），几乎让人失笑，更足令人警戒。

当然，晚年败笔，不足以影响王文治一生的成就；不过如果要衡定王文治诗歌在乾嘉，在清代，甚至在整个中国诗歌史上的位置，那么他诗歌的优长与短处就都需要拿出来晒晒。王文治诗歌的佳处，也就是他的特点，前面已分别简述，概括言之，他转益多师，讲求法度，风格有清逸、雄杰两种，而清气则是贯穿始终本末。而他一生的病痛，则可以归纳为两个字：狭、浅。

所谓浅，是王文治诗歌的性情浅、用意浅、见识浅。恽敬曾与友人谈及王文治诗歌，说："梦楼诗名五十年，岂无所得？然敬颇有未当意者，以其意太浅，词太华，用笔太巧也。"（《与徐曜仙》）笔者深以其言为然。本来词华笔巧都是好处，但是情浅、意浅、识浅，则诗歌意蕴不丰，其味不厚，其境不深，读完以后只让人觉得"太华"、"太巧"。前面提到，王文治学习过王士禛。王士禛诗歌的缺点，正是词胜于情，往往以缥缈之致，掩盖其单薄之情。古人云情深则不寿，王文治优游卒岁，自然难求其情深了。至于意浅、识浅，也不能不说是乾嘉的时代病。明朝皇帝是政治集权，清朝皇帝又加上了思想集权，宸语圣旨便是真理所在，全体臣民谁敢提着脑袋来怀疑呢？所以清人长于学术而短于思想，这已是后人的共识。这种情况下，一般士人的思想是浅薄的，见识也是卑下的。就像王昶、王豫所欣赏的《函谷关》《潼关》这两首诗，笔者就不大喜欢，不是因为其声调不够流利，气势不够雄壮，而是因为其中所表现的见识实在平庸的缘故。再比如《三闾大夫庙》，也是冬烘得紧："天教三户归嬴政，郑袖张仪俱听莹。谁知泽畔苦吟身，九死甘心为同姓。残膏剩馥倍有灵，千秋兰芷扬芳馨。漫言词章乃末技，本之忠孝堪为经。可惜洛阳汉年少，才高量浅空伤悼。涉江投赋吊骚魂，迁谪虽同不同调。著书投阁尔何人？露才扬已嗤先民。试问美新贪苟活，何如哀郢遭沉沦？綮余疏贱邀殊遇，属草三年玉堂署。一麾外擢岂飘零，梦里春明也回顾。扁舟夜过左徒祠，云惨星昏月堕时。美人不见瑶台影，香草犹闻露气滋。"班固早就说了，屈原是"露才扬已，竞乎危国群小之间，以离谗贼，然责数怀王，怨恶椒兰，愁神苦思，强非其人，忿怼不容，沉江而死，亦贬洁狂狷景行之士"，也就是说他忠于楚国，对君主可不够尊重。王文治却好像忘了这一点，以他"忠孝"之眼看来，处处是忠孝之迹，便要借对屈原"忠孝"的表彰以表曝对皇帝的一片忠爱赤诚，乾隆如此精明、敏感，这样做是不是有点危险？且不说王文治对屈原、贾谊、扬雄的评价问题，仅这一点，也可以看出他见识的不够高明。

至于说狭，是指王文治诗歌内容上的贫乏狭隘。《梦楼诗集》二十四卷，近两千首诗，所写内容却不出酬赠、行旅、即事、题画等范围，民瘼政情，只在出任临安知府时的部分诗歌中有所提及，辞官以后真的是不在其位不谋其政，这类诗就绝迹了。不但如此，连咏史诗都非常少，偶尔述及古人，那就如前举《三闾大夫庙》那样，是不会给人以借古讽今的口实的。一篇作品的好坏，本来无关乎它的内容，只要不是反人类的，任何内容的作品都有可能成为经典。但是一个作家是否伟大，就与他的心胸、境界密切相关了。尤其在中国的文化传统中，当得起"伟大"之称的作家，无不是胸怀天地苍生，包融宇宙万物的人物。所以一草一木到他笔下，也能生意盎然；一颦一笑在他腕底，俨然古今人情。乾隆后期，在上者贪腐盛行，横征暴敛，挥霍无度，十全武功也建立了，盛世大典也编成了，国库也见底了，巨大的社会危机也埋好了，就等着后来的守成庸主来收获西洋的条约、太平天国的战火了。而此时的士风也同样是习于苟且，恬于淫佚，作为四民之首的士，肩负着在朝治理国家，在乡维护地方秩序、教导民众的责任，可是大家都在享受"烈火烹油，鲜花着锦"的最后繁华，有谁从诗酒生涯中探出头来看看这千疮百孔的国家，来关心一下国计民生呢？王文治与袁枚时时嘲笑汉学家迂腐，但是这时批判统治者"以理杀人"的是戴震，上书直斥皇帝的是洪亮吉，大声疾呼经世济民的是张惠言、凌廷堪、焦循，他们无一不是汉学家。而如果用广义的"诗学"统摄诗词的话，则开创常州词派的张惠言的诗学地位必然远高于王文治，恐怕也高于袁枚，究其原因，是心胸境界不同。

依笔者愚见，王文治的诗歌成就的确不可估之过高，限于胸襟、才气，尚不足以在诗史上与前人、后人一争短长。不过，就像前面已经分析的那样，如果选出集中佳作一一解读，却也自有可人篇什，其清雅之气，也足以在炎炎夏日生作纸上清风。称王文治为一时名家,也不为过。乾隆诗人,后人喜爱袁枚、黄仲则,他们的诗歌的确非王文治能及,但与赵翼、蒋士铨、张问陶诸人相比,王文治自在伯仲之间,他们的优点各不相同,病痛只怕相去不远。

# 走向与世界的和解：陶渊明的行役诗

陶渊明从二十九岁出来做江州祭酒起，到四十一岁从彭泽令上辞归为止，断断续续一共做了十三年的官，前后担任的官职有江州祭酒、镇军参军、桓玄参佐、建威参军和彭泽令。这里面江州祭酒与建威参军在本地，其他则在外地，不过做建威参军时也曾奉使建康。这样他做官的时候，基本是漂流在他乡的，于是有了不少的行役诗。今存的诗作主要包括：《庚子岁五月中从都还阻风于规林》二首、《始作镇军参军经曲阿》、《辛丑岁七月中赴假还江陵夜行涂口》、《乙巳岁三月为建军参军使都经钱溪》，此外《饮酒》其十，《杂诗》其九、其十、其十一也都是描述行役生涯的作品。

徐公持先生在《魏晋文学史》中分析这批诗歌，指出《始作镇军参军经曲阿》是这些作品中最早的一首，"诗中对于出仕，尚无强烈厌恶态度流露，与若干年后弃官时明显不同，总体上心态尚称平稳。尤应注意者'时来苟冥会，宛辔憩通衢'二句，含有委运顺化之意，视出仕为时运体现，不无欣然接受心情……而'投策命晨装,暂与园田疏'二句,则透露一种轻快情绪,对于前程显示信心,可知其时陶渊明少年'猛志',有所保留,至少尚未消蚀殆尽。然而未几,陶渊明即对官场生活表现出明显抵触情绪……退隐之心,日有所增。在出仕稍后时期,所撰诗文几乎每篇皆述归意"。这个把握与概括很准确。

显而易见,所有的这些诗歌,大都表现身心的交战,表达归去的渴望。《始作镇军参军经曲阿》的"望云惭高鸟,临水愧游鱼。真想初在襟,谁谓形迹拘。聊且凭化迁,终返班生庐",《庚子岁五月中从都还阻风于规林》其二的"静念园林好,人间良可辞。当年讵有几,纵心复何疑",《辛丑岁七月中赴假还江陵夜行涂口》的"商歌非吾事,依依在耦耕。投冠旋旧墟,不为好爵萦。养真衡茅下,庶以善自名",《乙巳岁三月为建军参军使都经钱溪》的"一形似有制,素襟不可易。园田日梦想,安得久离析。终怀在归舟,谅哉宜霜柏",无一例外,都出现在诗歌的结尾处。

行役、飘泊而思念家园亲人,这是人之常情,也是自《诗经》以来的文学传统题材。《诗经》里有名的行役诗,如《魏风·陟岵》"陟彼岵兮,瞻望父兮。父曰:嗟,予子行役,夙夜无已,上慎旃哉,犹来无止",《豳风·东山》"我徂东山，慆慆不归。我来自东，零雨其蒙。我东曰归，我心西悲。制彼裳衣，勿士行枚。蜎蜎者蠋，烝在桑野。敦彼独宿，亦在车下"，都是行役者由眼前之景而设想家人情形，由此反衬思家之切。汉乐府中有《长歌行》一首："岩岩山上亭，皎皎云间星。远望使心思，游子恋所生。驱车出北门，遥观洛阳城。凯风吹长棘，夭夭枝叶倾。黄鸟飞相追，咬咬弄音声。伫立望西河，泣下沾罗缨。"汉末《古诗十九首》其六："涉江采芙蓉，兰泽多芳草。采之欲遗谁，所思在远道。还顾望旧乡，长路漫浩浩。同心而离居，忧伤以终老。"也都是游子因眼前所见而触动思亲之愁肠。这是游子思乡这类诗歌的一般模式，陶渊明的行役诗却是有所不同的。

首先引起注意的是，陶渊明诗歌的模式除了"眼前景—故园情"这种二重模式以外，他还有另一类写作模式，是由追忆从前的田园生活开始，然后描写此刻的景象，最后刻画自己必将回归田园的意志。即过去—现在—未来的三段式。比如《辛丑岁七月中赴假还江陵夜行涂口》："闲居三十载，遂与尘事冥。诗书敦宿好，林园无俗情。如何舍此去，遥遥至西荆。叩栧新秋月，临流别友生。凉风起将夕，夜景湛虚明。昭昭天宇阔，皛皛川上平。怀役不遑寐，中宵尚孤征。商歌非吾事，依依在耦耕。投冠旋旧墟，不为好爵萦。养真衡茅下，庶以善自名。"诗歌中，过去与将来的田园生活都是真的、善的、美的，而现在的行役与仕宦生涯则相应是假的、恶的、丑的。这时行役不是简单飘泊的痛苦，而是在价值判断上作为负值的一极与田居构成一条完整的价值链。

现实中诗人的情感模式应该是因为现在行役的情境而追想从前，进而展望将来；但是表现在诗歌中，却是在时间上展开的一种类似于正反合的辩证法模式的结构。时间之流发源于真善美之乡，却在此际流经恶的土地，但是它的源头在冥冥之中指引方向，决定了时间的河流必将重新流入善的海洋。"林园无俗情"，说明善自心出，"怀役不遑寐"是心的扰乱，最后"养真衡茅下，庶以善自名"，则是心的回归。而这也是与儒家、道家的思想相吻合的。因此，陶渊明的这类诗歌不会只是以情动人，而是同时充满一种思考的力量，原因即在于此。

更值得注意的是，早期的行役诗中，山川基本是一种外在于己的、充满障碍的形象。如"我行岂不遥，登陟千里余。目倦川涂异，心念山泽居"（《始作镇军参军经曲阿》），"山川一何旷，巽坎难与期。崩浪聒天响，长风无息时"（《庚子岁五月中从都还阻风于规林》），"势翳西山巅，萧条隔天涯"（《杂诗》其九），"驱役无停息，轩裳逝东崖。沉阴拟熏麝，寒气激我怀"（《杂诗》其十）等等。这些动荡的意象显然反映出诗人内心的动荡。内在的波动除了"以心为形役"的悔恨、厌倦之外，又何尝没有少年时的"猛志逸四海"呢？心中本有起伏，便注定了他不会安于平静无事的田园，一定要到人海与江湖中走上一遭，得失与苦乐都尝过之后，才会清理内心、反省自我、看淡得失，而后由驿动重归平静。

罗素在名文 *How to Grow Old* 中说道：

> 人生一世，须如彼江河。其始也涓涓然，为溪为涧，曾不盈溢。继而惊涛裂石，瀑落千尺。渐则江岸空阔，江水沉沉无声。及其终程，茫茫乎无涯无际，消泯大海中，无知觉，终无尔我之别。（An individual human existence should be like a river—small at first, narrowly contained within its banks, and rushing passionately past boulders and over waterfalls. Gradually the river grows wider, the banks recede, the waters flow more quietly, and in the end, without any visible break, they become merged in the sea, and painlessly lose their individual being.）

其实这种空阔无声只是人生的境界，未必一定要老了才能体会。有些人终身不能企及这种境界，陶渊明却在中年时已庶几近之。

庶几近之的标志便是最后一首行役诗《乙巳岁三月为建威参军使都经钱溪》。诗中，诗人与山川和解了，行旅途中的风云草木非但不再险恶凄凉，反而生机勃勃、让人难以为怀，自然已经与内心彼此融摄。诗歌云：

> 我不践斯境，岁月好已积。晨夕看山川，事事悉如昔。微雨洗高林，清飙矫云翮。眷彼品物存，义风都未隔。伊余何为者？勉励从兹役。一形似有制，素襟不可易。园田日梦想，安得久离析。终怀在归（壑）舟，谅哉宜霜柏。

乙巳是义熙元年，这年春天，四十一岁的陶渊明做了江州刺史建威将军刘敬宣的参军，之后受命出使建康，在途中写了这首诗。诗人说，我上次经过这里之后，时间已经过了好久。"岁月好已积"的"积"字就是长久的意思。不过"积"的本义与常用义是聚积、累积，词语积年、积日就是累年、累日的意思。那么，这些累积起来的岁月都去了哪里呢？"晨夕看山川，事事悉如昔"，分明江山形胜如昨，草木依前繁盛，看来岁月只能沉淀在人的身上了。这层意思诗人并未说出，却已包含在诗句中，意蕴可谓深厚。岁月积淀，智慧渐增，过去不能相亲相近的自然，到了此际便生出无尽滋味来。林木经细雨洗刷，尘埃都尽，而空气清爽，便有飞鸟乘着清风云间翱翔。云行雨施，和畅之气盈溢于天地之间，万物森然欣然，让人念念动怀。江山风物皆自在，诗人问，何以偏我不得自由而要被迫行役如此呢？不过形体看似受到拘束，我的襟怀却不会改变。田园日思夜想，回归之日，大概不远了吧？我的归志不可动摇，真的就像那可经霜雪的松柏一样。

附带说明一下，"在归舟"，有异文作"在壑舟"。壑舟，是《庄子·大宗师》的一个典故："夫藏舟于壑，藏山于泽，谓之固矣！然而夜半有力者负之而走，昧者不知也。"这里借来比喻短暂而倏忽的生命。如果是"在壑舟"，那末两句该解释成：最让我触动的还是岁月如流，人生苦短，但我会像松柏那样坚挺，最后实现我的夙愿的。这时，"终怀在壑舟"呼应一开始的"岁月好已积"，也避免与"素襟不可易"重复，同时使得全诗的意蕴与层次更加丰富。

诗中，诗人观看山川之眼已经颇不同于以往。《辛丑岁七月中赴假还江陵夜行涂口》虽然写到新秋月夜的景色，"凉风起将夕，夜景湛虚明。昭昭天宇阔，晶晶川上平"，很是空灵阔大；但是美景当前，这份空阔之感不能真正浸润胸怀。诗人紧接着写自己的感受竟是"怀役不遑寐，中宵尚孤征",忧伤、焦虑之感瞬间吞没眼前景色。显然,诗人能欣赏此刻夜景之美,但并未能平复其心境而驱散焦虑。风景与欣赏者之间并未融合无间,此时的诗人与自然之间还有隔膜。

《乙巳岁三月为建军参军使都经钱溪》却大有不同。微雨、高林、清飙、云翮,凡此种种,呈现出"义风都未隔"的景象。前面"清飙"已经是风了,所以这里的"义风"不是具体的东风春风,而是天地之间无私化育的风气。"义风未隔"是造化作育万物,无差无别的意思。而"眷彼品物存"则是天地无私,风云舒卷而草木生长的景象让诗人有动于中怀,而特别感念。我们从诗歌中可以感知,曾有那么一段时刻,宇宙生生不息的图景与诗人心中生生不息之意相应和。此后,诗人突然意识到,天地万物元气淋漓,自在自为,那我为什么不得自由?于是诗歌自然转入回归的主题。只是这一次,诗人没有被焦虑感吞噬。所以他除了表达将最终归隐的愿望外,更在结句前所未有地强调"谅哉宜霜柏"。以霜柏自喻,是坚韧与自信的表现。为什么突然坚韧自信乃尔?古语云"无欲则刚",虚淡无欲方能容纳万物而不挠于己。而恰好,"微雨洗高林,清飙矫云翮。眷彼品物存,义风都未隔",正是诗人品物观化,吐纳宇宙的感悟。有此虚静自然之心,自然能有坚毅不挠之志。

诗歌让人感到，陶渊明最后归隐的时刻指日可待了。因为他已经与外在的世界和解，物与我不再是那么对立的存在。当人生境界达到这个层次时，外在的官爵、俸禄再不可能真正束缚他了。心灵的自由必将导致行动的自由。所以陶渊明永归田园不可能在此之前，而只能是在这年年底，这绝非偶然。心挣脱了束缚，人生的境界有了质变，那生命轨迹的改变也就是迟早的事了。《古尊宿语录》卷四十七曾经记载这样一个故事："深、明二上座同行，见捕鱼。忽见一鱼跳出网。深云：'俊哉，一似个衲僧相似。'明云：'争似当时不入他网。'深云：'你犹欠悟在。'明行三十里方省。"叶嘉莹先生在分析《饮酒诗》时曾经引用过这个故事，然后说："只有被网住又能够跳出来，那才是真正得到了大自由、大解脱，今后再也没有什么东西把他网住了。同样，陶诗之所以丰富、深刻，也是因为他经过了这样的矛盾挣扎，而终于找到了自己的一个立足之地。"彼时，站在钱溪江岸俯仰宇宙的陶渊明，就是那条积蓄力量，准备跳出罗网的鱼吧。

对于陶渊明诗歌的写作来说，这首诗也是一个标志。朱光潜先生在《诗论》中分析陶渊明的人品与诗品说："渊明打破了现在的界限，也打破了切身利害相关的小天地界限，他的世界中人与物以及人与我的分别都已化除，只是一团和气，普运周流，人我物在一体同仁的状态中各徜徉自得，如庄子所说的'鱼相与忘于江湖'。他把自己的胸襟气韵贯注于外物，使外物的生命更活跃，情趣更丰富；同时也吸收外物的生命与情趣来扩大自己的胸襟气韵。这种物我的回响交流，有如佛家所说的'千灯相照'，互映增辉。所以无论是微云孤鸟，时雨景风，或是南阜斜川，新苗秋菊，都到手成文，触目成趣。渊明人品的高妙就在有这样深广的同情；他没有由苦闷而落到颓唐放诞者，也正以此。"陶诗在质朴的外表后面深藏丰厚意蕴，因为他的诗歌包含的整个的宇宙。而陶渊明现存的诗歌作品中第一个达到并表现出这个境界的，我们认为就是《乙巳岁三月为建军参军使都经钱溪》。孔子云"四十不惑"，看来陶渊明的确是在四十岁的时候，人生进入了不惑的境界，这使得他的物欲更加淡泊，人格由此变得更加深厚，心灵也更加空寂，于是物与我的分别与隔膜便较之从前日渐稀淡。从这首诗之后，陶诗的杰作便开始不断涌现了。

当然，我们讲陶渊明日后还会遇到精神危机，这也并不矛盾。他要纵浪大化中，便免不了随着人生的浪涛起起伏伏，免不了心境的百转千回。但每经历一次困顿与痛苦，陶渊明的人生便蜕化一次，境界便深广许多，直至最后，一叶浮萍归大海，再没有任何尔我别了。朱光潜说："渊明并不是一个很简单的人。他和我们一般人一样，有许多矛盾和冲突；和一切伟大诗人一样，他终于达到调和静穆。我们读他的诗，都欣赏他的'冲澹'，不知道这'冲澹'是从几许辛酸苦闷得来的。"这话是最有见地的。

# 作为人生指南的《归去来兮辞》

东晋安帝义熙元年（405）仲冬，江州寻阳郡彭泽县的县令突然辞去官职，准备回家隐居。这位县令大人走马上任才不过区区八十余日，怎么说不干就不干了呢？直接的理由大概是接踵而至的两个坏消息。一个是嫁在武昌程家的妹妹病逝，一个是郡里派来的督邮到了。督邮的任务，平时巡查属县，紧急时催派赋税、征调夫役，现在战争期间，来者不善，手里握着的自然是后一个"索命符"。烽烟连年，百姓死的死，逃的逃，要彭泽令像他的同僚们一样，眼睛一闭，心肠一硬，苦一苦百姓，完成上峰的任务，博一个朝廷的嘉奖，他实在做不到。何况他早已厌倦官场中的贪婪竞进、蝇营狗苟和周旋委蛇，觉得官场生活，实在不适合单纯天真、秉性自然的自己。这年春天他就想好，谋个县令的官职，领到一年的禄米，之后就永别官场，归隐田园。那时县令的主要收入是一年一发的公田禄米，按照汉代以来几百年的惯例，这禄米都得入夏以后才发放。所以当初的设想中，无论多么不情愿，这个县令怎么也得坚持做到明年夏天的。不承想苍天并不轻易遂了人愿，还是怪自己太幼稚，战乱之中，哪有无事县令可当，反而陷入了两难抉择中。良知与官职不可得兼，既然良知与夙愿一致，那放弃官职和官俸的决心只在转念之间便已下定。督邮的到来作为导火索，妹妹的去世则是不错的理由，我们的彭泽令将就此归去。检点行装，去时并不比来时重。与十三年来断续为官的生涯告别，曾经重如千钧的压力如今说放下就放下，真如鸟投茂林、鱼归巨壑般自在。瞻望前途，卸任县令决定为自己写一篇归途指南，也许将来也有跟他一样有心走出迷途的人可以用上。今天的我们都知道，这位彭泽令姓陶，名渊明，字元亮，他的归途指南题目叫作《归去来兮辞》。

悬崖撒手，中年赋归，也难也容易。嵇康曾说："流俗难悟，逐物不还。至人远鉴，归之自然。"（《四言赠兄秀才入军诗》其十八）要超然流俗之上，独得"至人"之道，这似乎是至难之事。但嵇中散转头又道："身贵名贱，荣辱何在？贵得肆志，纵心无悔。"荣辱贵贱都是与他人比较的结果。高于人，使人仰望便是贵与荣，低于人，为人鄙视便是贱与辱。是荣是辱，总是取决于他人的目光。不觉悟则俗情为阵、物欲为矛，任你左冲右突，在在皆是杀机，焉能不难？一朝醒悟，我身我心才是真实不虚的实在，他人目光何其虚妄。于是肆志纵心，忘怀得失，似又不难。只是如何才是真实的我身与我心？

西晋学者郭象提出，完全按照天性生活就是逍遥。郭象并没有像几百年后的朱熹那样，把性定义为纯善之物，而是认为群生人类都是各有本性的。就像大鹏抟扶摇而上九万里，蜩与学鸠跳跃榆枋之间，这都是由各自本性决定的，只需各顺其性，即各自逍遥。这套理论当时最为流行，它使大多数士大夫顺理成章地把欲望当作本性，而以纵欲为顺性。这种思想与实践中，身与心都是欲望的载体，故合一而不违。陶渊明也服膺郭象的思想，但他再三确认的本性却是"不慕荣利"（《五柳先生传》），是"少无适俗韵，性本爱丘山"（《归园田居》其一）。在《归去来兮辞序》中，他明确总结为："质性自然，非矫厉所得。饥冻虽切，违己交病。"这时，他对世间的荣名利益以及相对应的欲望都是否定的，于是更多承载了欲望的身体便与渴望顺遂本性、超越世俗的心灵发生了冲突。

沉溺于欲望之人身心"和谐"，渴望摆脱欲望束缚的人反而首先遭遇身心交战的痛苦，岂非奇怪？其实所谓"和谐"只会导人堕落，在欲望的泥淖中越陷越深，结局必然是心灵日渐空虚，最后被身体和欲望彻底吞噬。而感受到身心交战的痛苦，却正是迷途知返的契机，也才有最后走向超越的可能。故而《归去来兮辞》开宗明义：

> 归去来兮，田园将芜胡不归？既自以心为形役，奚惆怅而独悲！悟已往之不谏，知来者之可追。实迷途其未远，觉今是而昨非。

虽然只是短短几句话，其中蕴含的人生之理却重如千钧。

勘破既往之过失需要见识与智慧，承认自己的错误需要格局与勇气，而跳出旧世界、另辟新天地则需要强大的力量。唯有同时具备见识、智慧、格局、勇气和力量，才能避免庸常的人生。所以哲人智者，并非不会犯错，而是犯错之后能醒悟，能坦然接受并另开新局。他们懂得陈迹无需流连悲悼，当把握的只是现在，值得期待的总是未来。就像歌德说的："你若要建造一个美好的生活，/ 就必须不为了过去而惆怅，/ 纵使你有一些东西失落。/ 你必须永久和新降生一样；/ 你应该问，每天要的是什么。"（歌德《格言诗》，冯至译）东西方的智慧，并无二致。可知陶渊明的归去来，虽然在空间上是归于昔日的田园，但在本质上却是归向心灵、归向当下、归向未来。

所以，归去的田园固然是旧田园，但田园主人已经脱胎换骨，他心中所念、眼中所见便是崭新的世界。如何见得是新世界？归去之前，"田园将芜"，"三径就荒"；归来以后，庭园则日涉成趣、云飞鸟还，山野农田则草木荣发、清泉涓涓。这是景与物的更新。在官场之中，与人格格不入，心心念念是"归去来兮，请息交以绝游"；一旦归来，却变得热爱起人类来，既"悦亲戚之情话"，又乐农人之交游。这是人事转变，情与俱迁。而这个眼中的新世界，全由心中的新认识所生。禅宗有一个著名公案：

> 师（金陵奉先深禅师）同明和尚（清凉智明）到淮河，见人牵网，有鱼从网透出。师曰："明兄，俊哉！一似个衲僧相似。"明曰："虽然如此，争如当初不撞入网罗好！"师曰："明兄你欠悟在。"明至中夜，方省。（《五灯会元》卷十五）

鱼儿如果从来在江湖中畅游，只会习焉不察，并不如何以身在江湖为幸。唯有经历了入网又透网的历程，才会从生命深处解悟何谓自由。这时的江湖，便由从前居住的故乡升华为自由之域，也就是心灵的故乡。变的并非物理世界的江湖，而是生命与认知。陶渊明的田园也是如此。《归去来兮辞》全篇写得何其兴高采烈，根本原因便是生命获得解悟之后感到大自在。

因为自在,所以发自内心感到喜悦。"载欣载奔",无往不乐。而万物也与我同一快乐,由我观之,莫不闪闪发光,莫不生动多趣。茅屋之内,稚子的欢笑声漂浮在杯中酒上,湛湛荡漾,使人不饮自醉。庭院之中,暮色如潮水,在青松与黄菊之上汹涌。等到了春天耕种的时节,还将经过更幽深的山林溪流,去到西边的田畴。沿途看万物得时,无限生机如锦绣铺盖大地,宇宙的美何其盛大。

归来如此美好,究竟什么样的人才能获得智慧与力量,透出尘网,获得解脱的自在和喜悦呢?《归去来兮辞》中同样隐藏着答案。那就是一个拥抱孤独的人。这个人有明确的主体意识,有顽强的意志,清楚地知道自己的目标与道路,能清晰地划定人我边界;如果机缘凑巧,真善美的光芒照进了这个人的心灵,他被点燃,那么,这样一个人,最终一定会获得智慧与力量。在真善美的光芒之下,世俗的标准就像洞穴墙壁上晃动的影子,可怜复可笑。所以"世与我而相遗,复驾言兮焉求",抛弃虚幻的影子,有什么难的呢?这时,孤独只是相对于世俗交游而言的状态,沐浴在日月光华之下,身心与之俱化,又怎么会真的孤独?

一切的前提,便是拥有一个清醒而坚定的精神自我。在《归去来兮辞》中,这个自我有一个化身,那就是"孤松"。

纵然田园荒芜，但"松菊犹存"。松树默默等待着迷途之人返回，等待他依靠南窗，"眄庭柯以怡颜"，等待他百感盈怀，"抚孤松而盘桓"。后来在《饮酒》其四这首诗中，陶渊明对这棵象征心灵的孤松有了更真切的描述：

> 栖栖失群鸟，日暮犹独飞。裴回无定止，夜夜声转悲。厉响思清远，去来何依依。因值孤生松，敛翮遥来归。劲风无荣木，此荫独不衰。托身已得所，千载不相违。

鸟是曾经迷失的肉体的我，松是不曾改变的精神的我。迷途知返，一朝归来，原来那棵松树不但依然挺立，而且愈发高大苍翠。身心合一，从此再不相违。

《归去来兮辞》不仅仅是归途指南，它更是一篇人生指南。当然，这不是那种教科书式的指南，它不会说教，它的作者从不自居人生导师，更不会抛出唯一的人生方案逼人就范。《归去来兮辞》只是用最生动的语言描述想象中的归途，同时也描述了作者的人生志趣。大概其潇洒出尘的意趣、生机勃勃的生活景象和高远的见识、深沉的思想如此奇妙地融为一体，才会如此打动读者。它像一首协奏曲，用直击心灵的音乐语言呈现给我们，充满智慧和力量的、超然于尘世之上的人生如何可能。

　　论主题,第一篇歌咏归隐田园的辞赋作品大概是东汉张衡的《归田赋》,论辞采,魏晋以降,华辞丽语过于《归去来兮辞》者不知凡几,何以人们偏偏以《归去来兮辞》为魏晋第一篇大文章呢?答案大概很清楚了。

# 陶诗用字二例

## 翼

陶渊明《时运》诗云："有风自南，翼彼新苗。"一般的理解是取"覆翼"之义，谓南风披拂覆盖着新苗。清初学者王棠提出一种新的理解，是把"翼"当作使动用法，即南风使新苗舞动如翼。这种新说颇被今天的学者所认可，但我认为它是不对的。

先从训诂看，翼的本义是翅膀。翅膀是飞行的工具，可能有学者觉得飞行需要扇动翅膀，所以把陶诗的"翼"解释为使扇动。但是他们却忘了，鸟类飞行的姿态有两种，一种是扇翅，一种是展翅滑翔。一般小型鸟飞动时需要不停扑扇翅膀，而鹰、天鹅、信天翁这样的大型鸟类，往往善于借助风力滑翔，他们的飞行的姿态大多数时候都是伸展羽翼，并不上下挥动的。也就是说由翅膀的本义引申的话，很难说一定是扇翅还是舒翅。如果看古人的用例和注释，会发现"翼"并没有引申出扇翅一义，它由翅膀本义直接引申出的义项是飞、疾飞、迅疾。如嵇康《琴赋》"骈驰翼驱"，李善注："翼，疾貌。"王褒《圣主得贤臣颂》"翼乎如鸿毛遇顺风"，《文选》五臣注之张铣注曰："翼，飞疾貌。"硬要把"翼彼新苗"解释为使苗扇动如翼，得不到古人用例和训释上的例证支持。

再从诗意表达上看，第二种理解也是欠妥当的。我读瑞典诗人特朗斯特罗姆的诗集时，正好在《五月暮》这首诗中看到这样的诗句："盛开的苹果树樱桃树协助这里在甜美龌龊的／五月之夜飘浮，白色救生衣，思绪飞扬。／草和杂草固执地扇动无声的翅膀。／信筒平静地闪烁，写下的信无法收回。"（李笠译）引文中"草和杂草"一句不正好与后一种解释相吻合，可证东海西海心同理同吗？可我认为，特氏的诗句恰好说明陶诗当作第一种理解。

读诗摘句是我们每个人都会做的事，但在贯通理解全诗之前就匆忙摘句读诗，则容易割裂语境，结果既误会句意，也误会诗意。所以对特氏的诗，我要多引几句，庶几呈现全诗的语境。从引文已经可以看出，诗人要刻画的是一种骚动不安的气氛和心理。最后"信筒平静地闪烁，写下的信无法收回"点明原因，原来有一封充满期待又担心拒绝的信被寄出，写信此刻满是骚动和紧张不安，所以他看到的才是"草和杂草固执地扇动无声的翅膀"。

让我们再回到陶诗,陶诗写的是什么呢?"迈迈时运,穆穆良朝。袭我春服,薄言东郊。山涤余霭,宇暧微霄。有风自南,翼彼新苗。"是春天到来,万物和畅的景象。这是时运所致,是良朝所现,所以此南风是天地化育之气,是抚育良苗、生长良苗的风气,如果仅仅是让良苗舞动舞动,那作育的意思就没有了。而且从艺术效果看,作披拂覆翼解,朴素大方;作使苗舞动解,尖新小巧。追求尖新小巧是明末清初竟陵派推崇的文学风尚,用来理解陶诗,就不大合适了。陶诗既不是要表现骚动不安的心情,又不是尖新小巧的风格,所以从诗意本身和艺术效果讲,第一种解释也要好上许多。

## 挂

《饮酒》其八:

青松在东园,众草没其姿。凝霜殄异类,卓然见高枝。连林人不觉,独树众乃奇。提壶挂寒柯,远望时复为。吾生梦幻间,何事绁尘羁。

这首诗所写，是现实家园中实有的松树。它还幼小，春夏百草丰茂的时间，甚至会掩蔽它的身姿。只有岁寒之后，才会显出它的丰采。同样，如果在松林之中，这棵小松也并不出奇，把它移种到东园之中，孤身挺立之时，它的品性才会被特别注意到。

前人都知道此诗从"岁寒然后知松柏之后凋也"中生出，却没有人注意到陶渊明诗人之笔，妙在生发变化。青松后凋，这是本性，诗歌由此更生发出两个意思。一是这个本性是天生的，在长在幼皆如此，即屈原《橘颂》"嗟尔幼志，有以异兮"之意。二是秉赋奇姿的松树其实并不稀罕，难得的是它的品性不会随环境变化而变化，如果因命运的安排而孤生独立，它也依然保持自我。诗歌之妙，不仅仅在于赋予了"岁寒然后知松柏之后凋也"这句话具体的形象，更在于短短数语，却能从多方面写出新的意思。正是借由对此青松本性的体认，陶渊明才能自信地拥抱孤独，并细细品咂其滋味，而自得其乐。"提壶挂寒柯，远望时复为"是一幅绝佳的风景画，诗人有意识地让自己成为画面中最显眼的形象，向读者展现。而诗句所写，即是这种孤独中的乐趣。什么样的乐趣呢？拿着心爱的酒壶，与小小的松树相依相靠，眺望远方，陷入沉思。所思者，人生如梦幻，所以执着追求，到最后也不过是梦醒幻灭，归于虚无，那牵缠世网，执着追求是为了什么呢？还是如青松那样，活成自己比较好。

"提壶挂寒柯"的"挂"字，有一个异文作"抚"，学者笺注时根据《归去来兮辞》"抚孤松而盘桓"，认为"抚"字更好，甚至径改为"抚寒柯"，这是不对的。

其一，"抚孤松而盘桓"是描写用手击打按压树干如拍抚朋友，并流连徘徊树下的情态。《礼记·丧服大记》："君抚大夫。"郑玄注曰："以手按之也。"郭璞《江赋》："抚凌波而凫跃。"刘峻《广绝交论》："抚弦徽音。"《文选》李善两处注皆与郑玄同。可见"抚"是用力按压之义。可是"柯"的意思不是树干，是树枝。"寒枝"是不好用力按压的，会压断。如作"抚寒柯"，诗人便成了去公园晨练的老大爷。还是把酒壶挂到寒枝上比较合宜。

其二，《归去来兮辞》所写是旧家园的景象，其中的松树应该年深日久比较高大，而《饮酒》所写是搬来南村后新居的景象，这棵小松能被一两米高的野草遮蔽，那高度正好可以挂上酒壶，如此，最见诗人细微的乐趣。"提壶挂寒柯"，将最爱之酒托付给这棵小小松树，人和树便生出一种互动的亲密感，从文学表达的效果而言，也显得生动活泼。

无论就本句训诂而言，还是就诗篇语境及文学效果而言，"挂"都是唯一正确的文本。可能是后世陶集的整理者、抄写者熟读《文选》而熟知《归去来兮辞》，所以怀疑"挂"

应该作"抚",而误注于句下。其实《饮酒》诗与《归去来兮辞》各有其真切,各得其妙,正可并存。这种地方的校勘非常具有典型性,它说明诗歌的校勘不能简单校对文字,更要求校勘者不忽略训诂,且具有诗心,否则必然理解不到诗人的深心,而鲁莽从事。

# 陶渊明会种地吗

今天许多读者因为《归去来兮辞》和《饮酒》其五的影响,可能会觉得陶渊明的田园诗都是后来王维、孟浩然那样的,透过滤镜,描写田园生活的诗情画意。只有诗情画意,是因为王、孟几乎都是站在旁观者的立场,用自己闲逸的心来观照农民的田园生活,看到的或者说想看到的只是田园的美丽。其诗歌表现的出世法要大于入世法。这种超出尘世的美的追求,更多是二谢法脉,也正是王维被称为"小的大诗人"(钱锺书《七缀集·中国诗与中国画》)的原因。

陶渊明是真正的大诗人,他有直面生活、不逃避痛苦的勇气。他于尘世,有一种不离不即的态度。他躬耕,了解田家生活的苦与乐,他欣赏其乐,接受其苦。他的人生,既超旷又沉着;他的诗歌,语淡而味浓,言浅而理茂。因此,他的田园诗,非常真实地描绘了他的日常劳作,也生动刻画了苦乐并作的人生况味。这里想以两首诗为例,看看陶渊明田园劳作的真实场景。

第一首当然是被误会最多的《归园田居》其三：

> 种豆南山下，草盛豆苗稀。侵晨理荒秽，带月荷锄归。道狭草木长，夕露沾我衣。衣沾不足惜，但使愿无违。

这首诗与陶渊明其他描写田园生活的作品一样，写农事真切，而情思深广，真如苏轼所言，非老于农事者不能道也。只是今天不少读者以此诗为例，证明陶渊明疏懒不通农事，不免令人哑然失笑。这里不揣浅陋，愿稍作分疏，代闲静少言的陶公辨白几句。

全诗既是发挥典故，也是写实。就用典讲，《汉书》卷六六《杨恽传》载杨氏诗曰："田彼南山，芜秽不治。种一顷豆，落而为萁。人生行乐耳，须富贵何时！"这是种豆南山表达隐逸之志的出典所在。但诗歌同样写实，有虚有实，切古切今，所以既踏实又高妙。

所谓写实，首二句"种豆南山下，草盛豆苗稀"尤其需要讨论。大豆本来是北方的农作物，它能提供丰富的植物蛋白，同时干豆子可以久储不坏，很适合备荒，所以其种植区域渐渐向南方扩大。学者根据长沙走马楼吴简，发现三国吴时，长沙地区豆类作物的种植已经相当普遍。再到陶渊明时代，又有一百多年了，南方肯定早已普及大豆种植技术。所以我们不能像有些学者那样以为大豆这时刚传到南方，陶渊明还没有很好地掌握种植技术。

《归园田居》其一说"开荒南野际"，可见南山下是新开荒的土地，为什么要在其上种豆呢？农业常识告诉我们，新开的生地肥力不够，产量低。一般要种上好几轮，才会变成高产量的熟地。而我们知道，豆科植物的根系有固氮作用，可以增加土壤的肥力，等种上几年豆子，生地变熟变肥，就可以再种其他农作物。看来陶渊明也像其他农夫一样明白这个道理，才在南山下种豆。所以，"种豆南山下"正是对陶渊明精通农业的认证。

既然这么懂行，那为什么会出现"草盛豆苗稀"的情况呢？其实，这不是不懂耕种、随心种豆的结果，而是所有人种豆都必然会碰到的现象。原因有二。其一，种豆跟种果树一个道理，要保证日照充足，所以需要株与株之间，行与行之间，都保持足够的间距。这一点《齐民要术》里也有专门说明，可见古人是明白的。其二，古人开荒，先是放火烧掉地面的草木，这个好处理。然后再锄地，耙碎草木之根。但是土壤表层由有活根与死根盘结形成的草根层通常极厚，很难处理。据今天的测量，这种草根层常常厚达 18 厘米。如果有现代农业机械，还相对好处理，可是在完全依靠锄头的过去，想把整片土地上厚厚的草根层都整平耙碎，似乎不大可能。再加上土壤中的草籽，大量野草必然从活根上长出来。而且，野草永远长得比农作物快，所以在没有除草剂的时代，农民日常除草，是一件非常辛苦的事。以上两个因素一结合，就会出现豆苗还没长多高，野草却在一夜之间疯长盖过豆苗的场景。后来杜甫在夔州种菜，也感叹"苦苣刺如针，马齿叶亦繁。青青嘉蔬色，埋没在中园"（《园官送菜》）。杜甫在自家院子里种菜，天天守着，尚免不了蔬菜被野草淹没，更何况陶渊明的豆田远在南山脚下呢？豆苗初生时节出现"草盛豆苗稀"的情景，不是必然的吗？所以诗人才要大清早出门去除草，一整天干活，直到天黑才回家。这分明是陶渊明对自己勤苦耕种的真切描写，什么时候却变成他偷懒不会种地的证据呢？

陶渊明勤于农事、精于农事，但他终究是士大夫而不是纯然一老农，其诗歌更有深广之妙趣。细读本诗，种豆在远远的南山之下，晨出夜归，春寒触人，生活诚不易，难得的却是诗人所抉发、所蕴蓄其中的浓浓诗意。"带月荷锄"之美，寻常雅士无法领略，真正山野乡农即便领略也写不出来。诗歌有月色之美，也不避"夕露沾衣"之苦，苦乐相生，其味愈长。这种诗意，独属于安于乡野，诗心醇厚的陶渊明。

这首诗打动我们的，不仅仅是诗意，更是简远文字背后丰富而悠长的意味。自己荷锄，非"贫居乏人工"乎？晨出夜归，非道路漫长乎？路长草盛，非远离尘世，往来无人乎？路不长，或草不盛，二者缺其一，夕露都不足以沾湿衣服。字面是夕露沾衣，字里却是尘俗日远。字面是辛苦，字里却自有喜悦。诗歌并不写耕作的场景，而着重于"归"字落笔。这是从南山归来的归，也是从俗世归园田居的归，因为有后者之归，所以才"衣沾不足惜，但使愿无违"。淡而弥永，此之谓欤？

再看《庚戌岁九月中于西田获早稻》。这首诗是对一年农事的素描：

> 人生归有道，衣食固其端。孰是都不营，而以求自安。开春理常业，岁功聊可观。晨出肆微勤，日入负耒还。山中饶霜露，风气亦先寒。田家岂不苦，弗获辞此难。四体诚乃疲，庶无异患干。盥濯息檐下，斗酒散襟颜。遥遥沮溺心，千载乃相关。但愿长如此，躬耕非所叹。

有不少学者觉得早稻应该在农历七月收获才是，这个题目有问题，所以有主张"九"是"七"之讹的，有主张"早"字是"旱"字之讹的。但这种怀疑依据的是今天农业中早稻、中稻、晚稻的区分来判定，今天江西的双季早稻是公历三月下旬播种，七月中旬收获，但这跟六朝的情况毫无关系。根据农业史学者最新的研究，培养出品种上不同的早稻、晚稻，大概是宋代才开始的（曾雄生《宋代的早稻和晚稻》、罗振江《宋代早稻若干问题探讨》）。至于宋代之前，基本都是一季稻。这一季稻，早收获的就是早稻，早晚只是收获时间的早晚，并非像后世那样，"早稻"、"晚稻"指不同的专门品种。

如果说农业史研究有些过于专门，不知道情有可原，但是先秦、两汉的文献中，并不缺少获稻时间的明确记载，都是以十月收获为常态，以九月收获为早稻。比如《诗·豳风·七月》："十月获稻。"创作《豳风》的商周之际在气候上属于一个温暖的时期，河南最北端也有大片竹林，大象在中原大地上漫游。而六朝在气候上恰好属于小冰期。所以陶渊明时代南方寻阳跟周初北方豳地比，哪个更暖和，真不好说。那么，大家获稻的时间应该差不多才对。更明确的记载见于《吕氏春秋·季秋纪》和《礼记·月令》："（九月）天子乃以犬尝稻，先荐寝庙。"高诱注《吕氏春秋》："稻始升，故尝之。"郑玄注《礼记》："稻始熟也。"《初学记》卷二十七载蔡邕《月令章句》则有更详细的说明："十月获稻，人君尝其先熟，故在季秋九月熟者，谓之半夏稻。"可见，早期古人以十月为获稻的正常时节，九月收获的稻子他们就认为是早稻。陶渊明诗歌题目的称呼，正源于此。

另外，《宋书·隐逸传·陶潜传》载："公田悉令吏种秫稻，妻子固请种秔，乃使二顷五十亩种秫，五十亩种秔。"可知陶渊明家平日吃的稻子是粳（秔）稻，而非籼稻。一般籼稻的生长期短，成熟比较早，而粳米的生长期长，成熟会比较晚。唐代柳宗元谪贬永州时有一首《游石角过小岭至长乌村》诗，写道"霜稻侵山平"，这也是南方一种晚熟的稻米。而杜甫在夔州所作《自瀼西荆扉且移居东屯茅屋四首》其一的"烟霜凄野日，粳稻熟天风"、《茅堂检校收稻二首》其一的"香稻三秋末，平田百顷间"，以及晚唐许浑《冬日宣城开元寺赠元孚上人》"露茗山厨焙，霜粳野碓舂"，更是明确的史料，证明南方有极晚熟的粳米。那么陶渊明九月获早稻就不足为怪了。这提醒我们，读陶诗不但需要农业知识，还需要农业的历史知识，不能用今天的情况任意裁量古人。

这首诗题目是"获早稻"，实际所写却是获稻以后的感受，是对自己田园生活的一个总结。所以先写自己为什么会耕种。为了求自安而归隐，归隐有其道，首先要解决衣食的问题。这是高处落笔，自然不凡。怎么解决衣食？便是耕作。所以诗人没有去写如何获稻，而是对耕种的生活作一个全方位的素描。春耕才有秋收，这是"开春理常业，岁功聊可观"。如何是"常业"？天天如此，年年如此，所以是常业。后面四句就是对"常业"的具体描绘。"晨出肆微勤，日入负耒还"，是一天的劳作情景，也是每天不变的状态，即早出晚归，需要一整天干农活的。有学者没读懂这首诗，以为诗歌在写收稻，所以把翻土工具的"耒"直接改成"禾"。可是，收稻不用车船去装，自己扛能扛多少？而且农民一般是在田地里脱谷，直接把谷子运回家，谁把稻秆、稻叶一起带回家的啊？再说，作为水稻的"禾"指的是禾苗。把禾苗带回家又是为了什么呢？"负耒还"，是春耕前松了一天土之后回家的情景。回到诗歌，写了一日，再写四时："山中饶霜露，风气亦先寒。"因为是山区，早晚都比平地上冷，春天暖和得迟，秋天冷得早。然后总结说"田家岂不苦"。这样的生活，跟一般的农民有何区别呢？真的非常辛苦啊。但为什么诗歌却马上转折说"弗获辞此难"？这就转出诗歌的第二层意思，也是中心的意思：自安。

"四体诚乃疲"，只是身体的辛苦，"庶无异患干"，却无心灵的困惑，也无生命的威胁，这就是"安"。那么"自安"的生活究竟是什么样的呢？"盥濯息檐下，斗酒散襟颜"，在屋檐下洗濯，饮酒解乏。酿酒是需要消耗大量粮食的，真正贫穷的人家能喝酒的时候不是很多，陶渊明经常喝酒，可见比一般农家条件还是好了不少。这是身体之安。"遥遥沮溺心，千载乃相关"，想到古代长沮桀溺的生活也是如此吧，他们的心事也是如此吧，这是心之安。最后总结说："但愿长如此，躬耕非所叹。"这样，读者就明白了，陶渊明跟农民的区别在哪里？躬耕只是求安的手段，是陶渊明生活的表象，而本质还是落到心灵追求上的。所以我们不能说陶渊明热爱劳作，他真正所爱的是独立的、自我做主的人生，是自由的心灵。对陶渊明的田园诗和诗中的劳作，应该这样理解。

# 人生南北多歧路

公元420年，晋恭帝元熙二年，陶渊明归田的第十六个年头，这一年他五十六岁。六月，恭帝禅位，刘裕登基称帝，国号宋，改元永初。

永初三年（422）五月，六十岁的宋武帝刘裕去世，遗命徐羡之、傅亮、谢晦、檀道济四人为顾命大臣，辅佐十七岁的太子刘义符继位。顾命四大臣，留在朝堂上辅政的是徐、傅、谢三人，镇北将军、南兖州刺史檀道济则受命镇广陵，以拱卫京师。其他的方镇大臣，最重要的还有两人，分别是在寻阳的卫将军、江州刺史王弘，以及在江陵的宜都王、镇西将军、荆州刺史皇三子刘义隆。

去世之前，刘裕告诫太子："檀道济虽有干略，而无远志，非如兄韶有难御之气也。徐羡之、傅亮当无异图。谢晦数从征伐，颇识机变，若有同异，必此人也。小却，可以会稽、江州处之。"（《宋书·武帝纪下》）谢晦出身陈郡谢氏，谢安侄曾孙，是顾命四大臣中唯一的高门士族子弟，因此最受猜忌。刘裕的意思，找个机会让他离开朝廷，出任方镇。刘义符少年天子，忙着吃喝玩乐，并没有把父亲的话听进去。也或许他有心无力吧。

权力交接，新主驾驭老臣，从来惊险万分，稍有不慎，便会腥风血雨。何况刘宋王朝的权力格局尤其复杂。之前的东晋王朝，高等士族与皇权均分权力；刘裕趁着乱世，凭借赫赫战功，把权力揽入一己之手，重回皇权一统的局面。新皇帝的任务于是格外艰巨，既要降服父亲的文武旧部，又要压制高门士族可能的反弹。这些巨大的挑战，显然没有被"中二"的刘义符理解，他给自己安排的日程，除了纵情享乐，便是为所欲为。其实寻欢作乐是专制帝王的通病，前提是把权力牢牢抓在自己手中。刘义符还没来得及领会这个前提，给了徐、傅、谢三大臣机会。他们很快生出废立的念头，通过废立，也许可以重新回到臣与君权力均衡的格局。三大臣计议之后，觉得皇二子刘义真也不易控制，于是在少帝景平二年（424）二月，先废南豫州刺史庐陵王义真为庶人，徙新安郡，拉开了宫廷政变的序幕。

五月，三大臣让檀道济和王弘入朝，把政变的计划告知二人。檀道济和谢晦是前后任的禁卫军长官，二十五日清晨，就由他们领兵在前，徐羡之等人随后，闯入皇宫。头一天小皇帝在御花园里游戏整日，此刻就睡在龙舟上。士兵冲上龙舟，在小皇帝面前杀了他的两个侍者，抓住了这个十九岁少年。交出玺绂之后，少帝被押送东宫，再送到吴郡幽禁。到了六月二十四日，被杀于苏州阊门之外。同时被杀的，还有远在新安的刘义真。

七月，傅亮率群臣至江陵，迎接宜都王刘义隆到建康。八月九日，刘义隆正式登基，改元元嘉，即后来谥号文皇帝的宋文帝。这一年，陶渊明六十岁。

诸大臣如何巩固手中的权力？朝廷内的权柄已在掌握之中，三大方镇，南兖州檀道济和江州王弘都被卷入了政变，需要控制的只有势力最大的荆州。是以少帝刚废，徐羡之就草拟了一份诏书，任命谢晦为代理都督荆湘雍益宁南北秦七州诸军事、抚军将军、领护南蛮校尉、荆州刺史。宋文帝登基，他会认可这份草诏吗？跟少帝继位的年纪一样，这一年文帝也是十七岁，他却不像哥哥那样荒唐幼稚。他不但同意荆州刺史的人事安排，为了让徐、谢诸人放心，还给谢晦另加了使持节的官号，不久又把谢晦进为级别更高的卫将军，加散骑常侍，进封建平郡公，食邑四千户，又给鼓吹一部。谢晦的风光，一时无两。

据说谢晦本来担心任命受阻，很是忧心惶惶，等到离开建康，回望石头城，开心地说道："今得脱矣。"（《宋书·谢晦传》）内外军政大权都在他们手中，当高枕无忧矣。许多脑子活络，善于攀龙附凤的人，这下又看到了新的机会。

善于把握机会的人里面，有一个是陶渊明认识不久的朋友，姓庞，不知其名，后来做了谢晦的卫将军参军，我们就称他"庞参军"。

庞参军大概是在景平元年（423）搬来南村一带居住的。南村在柴桑城的南郊。柴桑一城，是江州、寻阳郡、柴桑县三级官府的驻地，城小官多，很多官员只能住到城郊。大概州里的官员住南村的不少，庞参军应该也是其中一员。当然，这位庞姓朋友住哪里本来没人在乎，但他恰好有位邻居，陶渊明。陶渊明搬来南村已有八九年之久，作为江州有名的隐士，很多本地官员都希望与之结识。如果其人不俗，能与娓娓清谈，诗酒唱和，陶渊明也是愿意交往的。我们在陶诗中看到的殷晋安、羊长史、庞主簿、邓治中、戴主簿、胡西曹、顾贼曹，以及他诗歌没有提到的颜延之，都是这类人物。

这位庞姓朋友曾多次来访，每次见面聊天，只谈经论玄，绝不以一言一语道及凡俗之事，是以很能讨得陶渊明的欢心。想来陶公当以晚年得此佳友为幸。从前有的朋友，比如殷晋安，与之清谈真是快乐，可是聊着聊着，就说起自己的政治抱负，让陶渊明不知道如何接话。果然那位姓殷的朋友很快就攀上刘裕这棵参天大树，高飞远骞而去。如今庞参军口无俗调，应该不至如此吧？

谁承想到了元嘉二年（425）春天，庞参军带着一首诗来告别，他已经转为卫将军谢晦的参军，要去荆州赴任了。相中了谢晦这颗前途不可限量的政治明星，不声不响之中，庞参军已经改换门庭，满心期待着展翅青云。

终究还是那种人啊。陶渊明苦涩而笑，笑自己到底眼拙。也有些不舍、不忍。前途真的云天有路吗，他可不像庞参军那么有信心。听说谢晦离开建康之前曾经问吏部尚书蔡廓："吾其免乎？"蔡廓回答他："卿受先帝顾命，任以社稷，废昏立明，义无不可。但杀人二昆，而以之北面，挟震主之威，据上流之重，以古推今，自免为难也。"（《宋书·蔡廓传》）有这种看法的自然并非蔡廓一人。

陶渊明再三展读庞参军的赠诗，清词丽句，真可移人，这才华可惜了。相知一场，还是作答赠别，用为纪念，也用以讽劝。诗有小序：

> 三复来贶，欲罢不能。自尔邻曲，冬春再交，欵然良对，忽成旧游。俗谚云："数面成亲旧。"况情过此者乎？人事好乖，便当语离。杨公所叹，岂惟常悲。吾抱疾多年，不复为文，本既不丰，复老病继之。辄依周礼

往复之义,且为别后相思之资。

前人或称"序文简净,自是小品佳境"(近藤元粹订《陶渊明集》卷二),或赞其情深,"起数语,何等缠绵,令人神往"(温汝能《陶诗汇评》卷二)。的确如此。不过简净缠绵之外,更有玄机暗藏其中。

玄机在"杨公所叹,岂惟常悲"之中。人间别离是常事,别离之悲便是常悲,如何才不是常悲?曰杨公之悲:

> 杨朱哭衢涂,曰:"此夫过举蹞步而觉跌千里者夫!"哀哭之。(《荀子·王霸篇》)
> 杨子见逵路而哭之,为其可以南可以北。(《淮南子·说林训》)

这是两条相似而意稍有别的记载。衢涂与逵路都是四通八达的大路。《荀子》的故事里,杨公所悲是一旦选错了路,一步踏错,终将谬以千里。这算是对庞参军很严重的警告。《淮南子》的记载则暗示,人们的道路往往南北异趋,一别如雨。按此理解,警诫之意稍淡,但诗人显然在说,你我的选择背道而驰,就此别过,后会难期。

小序接着讲:"吾抱疾多年,不复为文,本既不丰,复老病继之。"为什么要特别强调自己多年不写诗了呢？难道是为了卖好？当然不是。依旧是暗示："我破例作诗，自然不是寻常送别，您当细细体会我的深意。"

深意在序中，更在诗中：

> 相知何必旧，倾盖定前言。有客赏我趣，每每顾林园。谈谐无俗调，所说圣人篇。或有数斗酒，闲饮自欢然。我实幽居士，无复东西缘。物新人唯旧，弱毫多所宣。情通万里外，形迹滞江山。君其爱体素，来会在何年？

"有客赏我趣，每每顾林园。谈谐无俗调，所说圣人篇。或有数斗酒，闲饮自欢然"，句句是回忆中的欢乐，句句是不舍，更句句是惋惜的讽劝。您从前赏我幽居之趣，共我饮酒为乐，现在如何？您当初不谈俗调，只说圣人篇章，现在所为又如何？

"物新人唯旧"，也有无穷滋味。这个"唯旧"之人可以有两种理解。首先他可以指庞参军，这时物新人旧便是"衣不如新，人不如故"之意。但这个人也可以指诗人自己。春天来临，万物更始，越来越陈旧衰朽的只有住在园田中的诗人。庞参军此际正春风得意，也是"物新"；诗人疏阔于世，与这一番新意格格不入，不免越来越成为老古董。但仍忍不住"弱毫多所宣"，要将一番陈旧的情义和道理说与朋友听。这是诗人的兀傲骨鲠，也是他的深情厚谊。

最后的"君其爱体素"，"体素"二字，实耐咀嚼。"体"与"素"都有"本质，本性"之义。《吕氏春秋·情欲》："万物之情虽异，其情一体也。"高诱注："体，性也。"《广雅·释诂三》："素，本也。"《淮南子·俶真》："平易者道之素。"高诱注："素，性也。"所以"体素"所指，不仅仅是身体，更是本性。东汉《绥民校尉熊君碑》："体质弘亮，敦仁好道。"《晋故沛国相张君之碑》："体质冲素，方絜渊渟。"彼之"体质"与此之"体素"正同义，都是天性之义。诗人希望庞参军爱惜的不只是身体，更是那个能"赏我趣"与"无俗调"的本真。可惜啊，庞参军您在仕途上有进无退，"来会在何年"呢？此去荆州，吉凶未卜。吉则随着谢晦步步高升，凶则与之俱沉九渊，还有再会的机会吗？最后两句，一正一反，一劝勉，一叹息，用意何等深厚。

两人后来重逢了吗？其实重逢来得很快。当年冬天，庞参军受谢晦之命出使建康，路经寻阳，再次拜访诗人。老人又写了另一首《答庞参军》相赠。诗歌最后说："勖哉征人，在始思终。敬兹良辰，以保尔躬。"努力啊使者，要记得《诗经》"靡不有初，鲜克有终"和《左传》"敬始而思终"

的话，可知从来善始易而善终难。岁月之中当时时敬警，好好爱护自己吧。这样劝勉，其中隐含的不安之意颇为明显。

庞参军之后命运如何，我们已不得而知。翻过年来，元嘉三年（426）正月，地位已稳固的宋文帝突然出手抓捕徐羡之、傅亮及其党羽，同时，命檀道济率军西征。至二月，即擒获谢晦，送至建康斩首。当年诸人好一番算计，费尽移山心力布好的一局棋，顷刻之间，满盘皆输。至于他们手下数不清的文武官员，那就各凭本事，各安天命咯。

诸人拿什么与皇权博弈？昔年强盛的世家大族，早已在东晋的政争和战乱中逐一衰微；刘裕手下的旧将，并不是徐、傅、谢所能左右的。三大臣庸妄不谙大势，死不足惜。那些同样看不清时势，只知道紧紧抓住每一个机会的没头苍蝇们，注定成为历史中的边角笑料。

一千三百年后，有位叫吴敬梓的读书人，以自己时代的边角笑料为主角，写了一部小说，即人所熟知的《儒林外史》。小说开篇是一首《蝶恋花》词：

> 人生南北多歧路，将相神仙，也要凡人做。百代兴亡朝复暮，江风吹倒前朝树。 功名富贵无凭据，费尽心情，总把流光误。浊酒三杯沉醉去，水流花谢知何处。

"多歧路"是另一个与杨朱有关的故事。《列子·说符》中,邻人亡羊,因为"多歧路",带了许多人去找,终究无功而返。杨朱问原因,邻人答曰:"歧路之中又有歧焉,吾不知所之,所以反也。"杨朱"戚然变容,不言者移时,不笑者竟日"。人生何尝不如是?有人要做将相,有人要修神仙,还有人只是三杯浊酒,聊得此生。路通南北,歧中生歧,同来的人走着走着就走散了。

望着那些走远的身影,也许最好的赠别之言便是:

> 情通万里外,形迹滞江山。君其爱体素,来会在何年?

# 《桃花源记》答问

一位朋友,问了我《桃花源记》的几个问题。就其所问,略作解答,供友人一粲。

问:请教一下,《桃花源记》里为什么围绕入口的正好是桃花,而不是别的什么花呢?

答:这真是个敏锐的问题。日本学者一海知义曾经说"自古以来,中国把桃树视为能够辟邪的吉祥物",可谓妙解。桃木辟邪的说法,起源很早,《左传》中屡见以"桃弧棘矢"驱邪除灾的记载。东汉王充《论衡·订鬼》引《山海经》佚文:"沧海之中,有度朔之山。上有大桃木,其屈蟠三千里,其枝间东北曰鬼门,万鬼所出入也。上有二神人,一曰神荼,一曰郁垒,主阅领万鬼。恶害之鬼,执以苇索,而以食虎。于是黄帝乃作礼以时驱之,立大桃人,门户画神荼、郁垒与虎,悬苇索以御凶魅。"所以后世作桃人,画桃符,用桃木剑,皆以驱鬼。

不但如此，桃还可以让人成仙。唐代类书《初学记》卷二十八引《本草》："枭桃在树不落，杀百鬼。玉桃服之长生不死。"又《典术》："桃者，五木之精也。故厌伏邪气，制百鬼，故今人作桃符着门以厌邪，此仙木也。"又《太清诸卉木方》："酒渍桃花而饮之，除百病，好容色。"

大概成书于魏晋的《汉武帝内传》里也写了一个有趣的故事："又命侍女更索桃果，须臾以玉盘盛仙桃七颗，大如鸭卵，形圆青色，以呈王母。母以四颗与帝，三颗自食。桃味甘美，口有盈味。帝食辄收其核，王母问帝，帝曰：'欲种之。'母曰：'此桃三千年一生实，中夏地薄，种之不生。'帝乃止。"《西游记》里孙悟空看守的蟠桃，其源头就在这里。又刘宋时刘义庆所编《幽明录》中所记刘晨、阮肇天台山遇仙的故事，也是先看到桃树，吃到桃子，之后才得遇仙女的。桃花源的入口就是被这样一片纯粹的桃林隐藏着的，既高洁，又神秘。难怪后来王维在《桃源行》诗中认为桃花源中的居民都已经成仙了，不是没有原因的。

问：为什么只有渔人能进入桃花源，而其他人进入不了？而且渔人后来做了标记，反而无法找到入口了呢？

答：明末张自烈在《笺注陶渊明集》中说："本记字字可悟，更须言外遇之，如'缘溪行，忘路之远近，忽逢桃花林',此数句须看一个'忘'字,一个'忽'字,隐然说人到忘处,百虑都尽,便忽有会意处也……末段云太守遣人随其往,寻向所志,遂迷不复得路,又寓言凡人事境阅历以无意适遭为至,着意便迷惑矣,与庄氏异哉象罔乃得同旨。结句'后遂无问津者',冷讽世人,悠然不尽。"说得非常好,他提醒我们,陶渊明这里暗用了庄子之意,任何不能忘我的刻意追求,只会迷失在求道的中途,而无法真正得道,反倒是忘我之人,才能以己之天真合道之自然。

而穿过桃林,是一座山。山是隔绝的象征,但山有小口,在隔绝的幽微处,却自有通路。这个洞穴的象征意象显然来自老子。桃花源的世界是没有污染的纯洁世界,而外面的世界是污浊的世界,这就好像刚出生的婴儿和成人的区别。在老子那里,婴儿象征着淳朴无邪、气体充盈的完美状态,我们看他说的:"专气致柔,能婴儿乎?"(《老子》第十章,意谓结聚精气以致柔顺,能像婴儿的状态吗?)"我独泊兮,其未兆,如婴儿之未孩(咳)。"(《老子》第二十章,意谓我淡泊恬静,没有形迹,就像还不会笑的婴儿一样。)"为天下溪,常德不离,复归于婴儿。"(《老子》第二十八章,意谓甘愿做天下的蹊径,使恒长之德不丢失,重新回到淳朴的婴儿状态。)"含德之厚,比于赤子。"(《老子》第五十五章,意谓含德最厚的人,比得上天真无邪的婴儿。)住在桃花源的居民就像住在母体内的婴儿,完全不会受到世

《桃花源记》答问

俗的污染。而这个进入母体的通道就是"玄牝"。《老子》第六章云:"谷神不死,是谓玄牝。玄牝之门,是谓天地根。"刘笑敢先生在《老子古今》中解释说:"谷神字面意思是山谷之神,喻万物总根源之虚空而神妙的作用。""'玄牝'是玄虚神秘的雌性动物,不是任何特定的动物或人格化的神。'玄牝之门'就是雌性的生殖器;'天地之根'就是宇宙万物的总根源和总根据。""山有小口",不就是这个"玄牝之门"吗?总而言之,桃花源的存在形态和进入方式完全是老庄式的,所以只能以道家忘我无心的方式才得以进入。

渔人在最初根本没有任何目的,他只是被桃花林吸引,充满好奇而已。无心之人,才被允许窥见桃源世界。桃源世界就是一片彻底除去了功利色彩的净土,其中的人都泯去争竞之心,也没有政府的压迫,只有安乐的人生。人间帝王管不到它,蝇营狗苟的凡俗之人理解不了它,这是老庄设想的上古之世一样的自然世界,因此任何抱有功利意图的人都不得其门而入。这个渔夫虽然误入桃源,但他的心并没有被净化,反而依旧满怀人间的恶念。作为渔夫,他肯定住江边不住城里,可是他不回家,直奔城里见太守,那就是去告密,新发现了可以征兵纳税的人口,等着领赏。就像《九色鹿》里面那个被救的溺水人一样,转头就去告密,这就是人性。这样的人,理所当然再也找不到桃源净土。而刘子骥虽然是高尚之士，但他寻找桃花源同样怀有私心。根据《晋书》的记载，刘子骥是个修仙者，大概以为桃花源中住的都是神仙，想访求长生不老的仙方仙药吧。桃花源里住是神仙吗？我们看记，看诗歌，写得明明白白，其中所住都是凡人。渴望长生的刘子骥不但没找到桃花源，自己很快也死掉了，这是陶渊明对当时的道教信徒冷冷的嘲笑。

陶渊明讲了这个故事，是自娱，是自慰，也是自我宣示：我是桃源中人，勿烦我。这是诗人的趣味，也是诗人的狡黠。

问："男女衣着，悉如外人"，这是陶渊明的纰漏吗？因为秦代的服饰跟东晋很不一样，不可能样式不变的啊？

答：不是纰漏。这里的"男女衣着，悉如外人"，只是说大家都是和外面人一样穿衣带帽，束发右衽，这里不是讲款式样式，而是说都是汉人打扮，而不是断发纹身的蛮夷。后面《桃花源诗》中明白说"俎豆犹古法，衣裳无新制"，"制"，法度、制度、款式也。诗中很清楚地说了，衣服的款式还是旧款式，所以文中的"悉如外人"就不可能是款式悉如外人，而只能是就大的华夏蛮夷的服饰差别而言的。近些年流行说这里有纰漏，其实是想多了。汉魏晋时代，武陵那里生活着很多"五溪蛮"，唐长孺先生有一篇《读"桃花源记旁证"质疑》就专门讲到这个问题。既然是蛮族,他们的着装打扮自然与一般汉人不同。其实我们想,今天湖南的湘西地区仍然是苗族聚居区,就更不用说1600年前了。所以这里的"悉如外人"只是强调是汉人,不是蛮人。

那为什么要特别写这一句呢?有两个作用。第一,这是渔人的视角。自己误入的究竟是什么地方,蛮族的聚落?神仙世界?他一定非常紧张,又充满好奇。"其中往来种作",看来不是神仙,有点失落;"男女衣着,悉如外人",也不是蛮人,心里又会舒了一口气,而好奇心则一定更加强烈了吧?这种细节描写,是最见作者"文心"之处。这一句还有第二个用处,它与整篇文章的主题有关。如果这里的人是蛮族,那很可能本来就是世世代代的"化外之民",那么逃离皇权的意义就没有了。现在从穿着看就是汉人,那就暗示读者,他们是皇权的逃离者。这就与文章的乌托邦理想相关了。

问:桃花源里的人是躲避秦时战乱逃到这里的,那后来为什么没想过出来打听一下消息,没想过离开,最后还要对渔人说不足为外人道也呢?

答:美国著名的政治学、人类学学者詹姆斯·斯科特有一本很有名的书《逃避统治的艺术》,他在书中主张,我们理解人类的文明进程，不能只采用国家的视角，只采用从刀耕火种、游牧到定居农业，从零散村落到城市到国家这种单线进步的视角。他认为，人类的文明是双线的，国家化和反国家化，"文明"趋向和"野蛮"趋向是同时并存的，而且前者不断造就后者。国家最初都出现在平原、低地上，伴随着国家的扩张，一直有不愿接受国家统治，或者不能忍受国家统治，愿意保持相对自治状态的人群逃入周边的山区。从国家的视角看，他们是边民，是野蛮人，但从他们自己的视角看，他们只是有意识逃避国家，故意野蛮化的人。

如果我们读过斯科特的这本书，会惊奇地发现，《桃花源记》写的就是这种山地居民的故事。桃源居民的祖先最初是为了避乱逃入此中。如果仅仅是避乱，那么逃避的只是战争，还不是国家秩序。陈寅恪先生写过一篇有名的论文《桃花源记旁证》，他说西晋末大乱以后，北方人民常在险要之地结坞堡以自保，后来刘裕平定关中，带回来这些坞堡存在的消息，陶渊明才据此写了《桃花源记》。但问题在于，这些坞堡的形态制度绝非《桃花源记》里那样平等自由的，而一般都是由乡里豪族族长率领，内部的阶层区分、主从关系都是非常明确的，与太平时代的人世间不会有什么区别。

究竟有没有可能建立一个没有贵贱之分，没有压迫争斗的理想世界呢？或者说，国家这种东西究竟能不能逃避呢？

在《桃花源记》中，躲避秦末战乱只是提供了一个契机，真正可贵的是这群人因为失去了政府，自然演化出了一个雍熙和睦、无贵无贱、安然自乐的净土世界——这段描述在《记》中呈现得不明显，但如果看《桃花源诗》就很清楚了。这个演化是如何做到了呢，陶渊明并没有去讲它，大概他觉得政府是主要原因，政府用身份等级来区分人民，用礼乐制度来引导人民，用荣华富贵来诱惑人民，用赋税刑法来管理人民，最后弄得人人为欲望所左右，人人争抢。是不是没有政府采用这些手段，自然就会无知无欲，不争不斗了呢？大概如此，这就是老庄的思路。至于要说现实人间有没有可能真的出现这样的净土社会，道家觉得人人悟道才能实现，斯科特的研究却告诉我们，这样的事情在人类历史很长的时间里一直发生着。这时我们再回过头看看前面提过的唐长孺先生的《读"桃花源记旁证"质疑》，会发现唐先生认为桃源居民的蓝本其实是逃避征服的南方蛮族，这样的观察更加切合《桃花源记》本身。的确，现实中的南蛮也好，小说中的桃源客也好，他们真正要逃避不仅仅战乱，更是国家制度本身。

过去，我们仅仅以为《桃花源记》所写是一种无政府主义理想，现在我们知道它其实更是真实的人类历史。从国家的角度去看，这就是一群无父无君的野蛮人，陶渊明却把他们的故事写得令人悠然神往，可以想见，外表平和的陶渊明，内心一定挺激进的吧。

# 无尽之义
## ——《诚与真：陶渊明考论》2023 年版自序

陶渊明对今人意义何在？这并非一个不言自明的问题。

在早期岁月中，陶渊明被视为一个高尚的隐士。人们总是在谈到隐逸这一特定话题时想到他。

稍后，他被承认为一个游离于主流美学趣味之外的有独特风格的诗人。

直到宋代，随着新儒学兴起，新的儒家士大夫登上历史舞台，他们开始把陶渊明推崇为人品、文品合一的典范，认为他作品中表现了高远的志趣、高贵的品行，以及在遭遇困顿时依然旷达超迈的人生态度。与此同时，审美风尚悄然改变，淡逸、自然成为最高的美学品格。体现这种风格的陶渊明不再只是风格独特的诗人，而是诗人中的诗人。

但是，到了当代，陶渊明和他受到的推崇遭遇了多重的质疑。有考证其生平，而质疑其政治品格和农耕态度的；有变换价值标准，认为陶渊明人品堪忧的；有试图透过陶渊明作品文本的"缝罅",窥破其伪饰和自我建构的;还有通过文本流动性的考察,认为他的形象更多出于后人建构的。这些反思大都为研究视角的拓展和方法的更新做出了贡献。没有反思和质疑,就没有学术的进步。当陶渊明作为研究对象时,他必须接受研究者全方位的审视,这是学术研究题中应有之义。而且,考虑到异文化的他者之眼,以及我们自己文化传统的断裂,旧有的价值标准和审美趣味的失效,那么陶渊明受到质疑,似乎又是不可避免的现象。只是单就研究者具体的考证和论证而言,我并不觉得已有的质疑具备足够的说服力,他们对陶渊明的许多评价也有失公允。

比如要考察陶渊明作品中的自述是否真实和真诚,找寻并透视其文本中的裂缝与龃龉就是一种基本而有效的方法。如果陶渊明有意利用文学创作来塑造一个希望展示给世人的理想形象,即他写作的主要目的是涂饰自我、虚构自我而非呈现一个相对真实的自我,那这种涂饰和虚构一定是随环境和情境变化而变化的,一定会出现前后不一致的情况;同时,伪饰终究有露出马脚的时候,即便通天神狐,也会醉后露尾,没有人能一贯伪饰而永远不被识破。因此,这种文学的内部会充满矛盾和裂痕,它无法构成一个具有内在一致性的圆融整体。有时作者并非有意要作伪,他只是一惯地讨好他人,只是习惯性涂抹自己,但其深层意图依然是迎合外在环境，是按照外在标准改造自己，结果依然会在作品中留下痕迹。也就是说，当作者的深层意图与表层意图矛盾时，一定会在文本中留下痕迹。基于文学理论和文学史常识，我们知道多数作家的作品中多多少少都存在这样的裂痕和龃龉，那么是不是等于所有作家作品都会如此，是否陶渊明的作品也必然如此呢？如果先有了这样的预设，然后采用某种既定的方法套路，对文本作一些想象性解读，是不难印证预设的。只是这时我们是在"发明"，而非真正"发现"裂痕和龃龉。

有名的文学家都是文字高手，他们作品中的裂痕常常并不那么显眼，并非一望可见，加上古典文本还有语言和历史的阻碍，发现深藏其中的缝罅并非易事，那如何才能真正有所发现？我觉得应遵循培植学力和文本优先两项基本原则。朱子主张以"虚心"的态度加上"精熟"的方法，去自然发现疑问处。他说："某向时与朋友说读书，也教他去思索，求所疑。近方见得，读书只是且恁地虚心就上面熟读，久之自有所得，亦自有疑处。盖熟读后，自有窒碍，不通处是自然有疑，方好较量。今若先去寻个疑，便不得。"（《朱子语类》卷十一）这是文本优先原则。而培植学力，至少需要通训诂，识文例，并深入了解古人的语境。否则以今度古、以己度人，发现的往往不是文本的缝罅，而是自己的龃龉。

当我遵循以上原则重审陶渊明的作品时，并没有看到研究者看到的裂痕和龃龉。相反，我觉得其作品体现了高度的内在一致性，而且这种文本提供的内在一致性与经过考证的陶渊明的生平之间，同样保持了极大的吻合度。所谓的矛盾只是今人因不了解历史语境，或者误读文本而臆造的，是可以得到合理解释的。如前所述，这种内在外在一致性说明了作者是在用一种真诚的态度来展示自我，而非涂饰自我。当然，真诚并不等于绝对真实。世界上并不存在绝对真实的文本，无论是善意恶意的谎言，有心无心的记忆错置，还是因见闻不周造成的记录失实，以及文本流传过程中的讹变，有无数的可能造成文本的失真，这同样早已是今人的常识。偶然的失真如果是客观原因造成的，那并不能成为否定主观真诚的理由。因此，发现文本失真之处，并一一分析其原因，是研究的基础工作。若稍有所得，就急着质疑真诚，就恐怕有先入为主而过于"猴急"之嫌了。但无论如何，所有的质疑提醒我们重新检讨的必要性，也为我们提供了新的思路。我的陶渊明研究首先基于理解陶渊明并探寻其意义的目的，同时也是为了对学界讨论做出回应。

理解陶渊明——且不论这理解的深度和准确性——并不等于回答了陶渊明在今天的意义这一问题。二者的区分，就像文学批评家赫施（E. D. Jr. Hirsch）对文本意思和意义的区分一样，理解陶渊明是在解读其文本的意思，而追问他的时代意义则是在探询其文本意义。所谓意思，即文本所说的内容，也包括作者的原初意图，是文本在接受过程中相对稳定的东西；而意义，则是文本的价值，是随接受语境变化而变化的，因此开放而多元。对意义的探寻，必然要从当身的时代出发，从切身感到的爱与痛、苦闷和渴望出发，才有可能提出真切的问题。人会永恒地感到爱与痛、苦闷和渴望，但不同的时代，给我们的爱与痛、苦闷和渴望又是不同的，这时切身感便至关重要。所谓意义，全要从这真切的感知出发，才不会悬空无着。这种真切性不等于研究时的借古讽今、古为今用，而是说我们的发问和思考，我们的视角和取径，应该源自我们，独属于我们。这时我们会发现古典心性能否移植到现代世界中，实在大成问题。

如果采用伽达默尔阐释学的眼光看，作者有作者的语境，后代阐释者也有自己的视域，阐释者与文本的遭逢，是古今之间、作者与阐释者之间的"视域融合"。这时，理解陶渊明和追问其意义，就都处在同一个融合的过程中。而融合不等于重合，我们总是带着自己感知与问题去碰撞与融合的。逻辑上理解先于追问，事实上却是追问—理解—追问的阐释循环。那么，我为什么认知到并强调陶渊明的诚与真呢？是否因为我感受到弥天漫地的虚无气息，是否因为我的心灵被禁锢，所以强烈渴望真实、真诚和心灵自由？

再次回到前面的问题，古典世界的真实、真诚和心灵自由在今天如何可能？这个问题一直困扰着我。我对陶渊明生平细作考证，深层目的还是想知道陶渊明与周遭的环境究竟发生了什么样的冲突，他又是如何应对的。在前者基础上，我逐渐意识到陶渊明的应对既有根本之道，也有权宜之方。所谓权宜之方，是他自放于边缘，同时与污浊人世和冷寂山林保持着距离，只想在两造之间构建一片独属于自己的小天地。我用"边境意识"来概括这种应对心态，并由此审视陶渊明独特的隐逸生涯和隐逸文学。相关研究放在了下编文学研究的第一节。而所谓根本之道，则是我总结的"诚之以求真"的思想结构和人生实践。陶渊明的人生和作品，道家影响和儒家影响都显而易见，他思想的底色究竟是儒家还是道家，便众说纷纭，迄无定论。我认为定性于一家，或者简单视之为儒道调和都未真正把握陶渊明的思想结构。陶渊明当然不是什么思想家，但他并非没有思想的兴趣，从他的作品看，他念兹在兹的是此生如何度过，人生如何才有意义。最后陶渊明用其一生成就了一种人生模式，而这种人生模式也可以视为一种思想的结构，即用儒者内省不息敦行实践的工夫来追求庄子所描述的"真"的、自然的境界，或者说是凭借道德意志以希企心灵的自由。陶渊明未必有系统的思想，但却有自觉的心性追求和实践。正是后者，使得千百年后的宋人对他心有戚戚，与他遥相应和。也可以说，在心性追求上，在诚之以求真的思想结构上，陶渊明遥启了宋人。

但是他还能遥启我们吗？虽然通过研究，现在的我大概能理解陶渊明是如何解决他的人生问题的，但我依旧充满困惑。陶渊明的清明、笃实、自在是基于古典伦理价值观获得的，这种人物的存在反过来证明古典价值观可以支撑一个清明、笃实、自在的人生，这是我通过研究想证明的问题。然而那个古典的世界早已崩塌，曾经坚固的信念与道德的大厦早已化作烟云，旋即消散，彷徨在荒原、废墟之上的我们将何依何据？失魂落魄、无所适从的我们又如何能有陶渊明的笃定呢？显然，我们无法通过简单仿效陶渊明而获得同样的人生。事实上，任何想通过简单模仿古人来解决我们自身问题的做法，都是一种思想上的偷懒和行动上的逃避。古人不接受我们推诿的问题，也不为逃避者提供庇护的阴影。命运不允许逃避，不论命运中的人是否有勇气直面。

同信念与道德大厦一起消失的，还有那个古典诗意的田园，还有人与自然的关系。陶渊明有一片田园供他归去来，龟缩在水泥盒子里的现代人却该归向何处？何况田园的诗意面纱早在五四作家的笔下就已经被彻底剥去。桃花源的纯善世界，从来都只存在于幻想之中。真实的农村是未经反思的淳朴与习焉不察的邪恶并存的"无知之谷"。同时，人与自然的关系已然彻底改变，并不是说到山水田园中住上一阵子就叫回归自然。现代人之为"现代"，异化是不可逃避的命运。我们的生存方式早已反自然，如欲返自然，首先意味着要反异化，这是陶渊明很少需要面对的问题。顺着这个问题，我们更容易走向存在主义。

思想世界不同，生活世界不同，作为贵族士大夫的陶渊明的身份也迥异于我们，那么我们的审美又如何能与陶渊明以及后世士大夫相通呢？平淡自然、舍迹求象、独取韵味的审美，其现代知音又究竟有多少？

当然，我们不能光看到现代与古代的断裂，也应该想到人性的恒长不变。正是后者，让人类之为人类，让人类的历史产生绵延感和重复感。这时，陶渊明的意义无疑能超越古今。比如他的清明与旷达，他对自我的执着探寻，他于无路的人间走出一条独属于自己的精神之路，他自放于天地之外而执着于人生之中的生命形态，这些精神特质和生活形态同样也是今天的我们所渴望之物。虽然在今天这样一个迥异的系统中实现它们显然是个巨大的挑战，但陶渊明的存在至少昭示了实现的可能性，至于如何实现，那就是局中人自己的事了。所以，这本小书是我探究陶渊明如何成就自我之书，也是我的困惑之书。毕竟，理解古人走过的路比探寻自己将走的路容易多了。

还想对本书的研究取径赘述几句。对我而言,陶渊明能够理解,是因为人性恒长如一,而理解人,保持头脑的清明与思路的开阔显然比套用某种前沿理论实在得多、有效得多。在我看来,不假思索地套用某种文学理论与不假思索地接受文学常识,在放弃思考这一点上,并无本质不同。理论的作用在于挑战常识、戳破习以为常的各种幻象,使文学研究不断发展、变化。但稍微翻看中外各种文学理论史都会知道,今日的常识何尝不是曾经新鲜甚至激进的理论,所以幻象之于理论也无异于幻象之于常识。无论古老常识还是前沿理论,都在揭示了部分真理的同时充满更多谬误。真理的背面即谬误,真实恒与虚幻相随,这是人文世界的法则。我们当借助理论破除无明,复又时时回到文学以审视理论本身所蕴含的无明。也许苏格拉底式的追问与思考,是最好的保持清明与开阔的方法。所以我既挑战了太多的常识,也挑战了很多理论;既汲取了理论刺破常识的力量,又继承了常识与理论中我以为真实的那些部分。其目的,即是尽可能追求清明与开阔。当然,无明并不会因此与我告别,对此我无可奈何,只能徒然与之抗争。

相对而言,借助理论较易,回到文学较难。掌握了各种文本分析工具,不等于能真正欣赏文学,也不等于能懂得文本字后与字外的意蕴。文学的世界,就像我们的宇宙,可见的物质之外,更充满不可见的暗物质。二十世纪的文学理论,尤其强调"意图谬误"的新批评派以及宣称"作者死了"的罗兰·巴特们,他们的眼光更多落在可见的物质——文字上,哪怕他们强调文字的隐喻性,却都忽略了不可见的暗物质。就像暗物质的粒子大概率不属于物质的粒子一样,文字之外的意蕴也绝不仅仅是文字的隐喻,它包括了许多未曾言说,但与已言说者相互作用的意思。借用冰山比喻来看,水面下的冰山是文字的隐喻义,那承载冰山的海水,则是作者的生活世界、思想世界、情感世界和审美世界,同时也是读者的生活世界、思想世界、情感世界和审美世界。无法直接观测不等于暗物质不存在,简单说"意图谬误""作者死了",并不能抹杀这些历史世界和精神世界的存在。回到文学,既意味着看到冰山的全貌,也意味着看到冰山是如何漂浮在大海之上,如何与所在的海域相互作用的。我在本书中对陶渊明作品的解读,即是同时在这两方面用力。比如我试图通过分析陶诗的节奏变化等修辞手段的运用来探究他的情感与精神状态,就是分析冰山与海洋互动关系的尝试。

当然,以上是我理想的研究状态,实际研究时,问题和遗憾仍有不少。我乐观地希望,所有的不足能成为鞭策我前进的动力。

最后说一下这个修订本的缘起。小书第一版印行五个月后，编辑桑玲告诉我，出版社的库存已经出货完毕，她正在申请再版，并让我尽快将修订稿给她。五个月的时间，而且其中整整两个月，上海都处于全城"静默"状态，能有这样的成绩，我当然高兴。旋即想，主要还是沾了研究对象陶渊明的光。这本小书除了反射的光芒外，有自己的光彩吗？如果能像萤火虫一样，纵然微微星火，却能孤光自照，那才是真正值得高兴的。

感谢南京大学杨曦先生、郑州大学贺伟先生、浙江大学余一泓先生和上海古籍书店李晔先生，他们及时为我纠谬订讹，帮我订正了初版的不少疏误。除了吸取大家的意见订正错误之外，我还调整了部分文字的论证。另外，在全书之后增加了一个附录《先生不知何许人》。考虑到本书是研究专著，并没有专门论述陶渊明家世出身的文字，于是我从课堂讲义中摘出一讲作为附录，也许能有助于读者对陶渊明的理解。

在研究过程中，我常常充满今是而昨非之感。目前的修订，只是些小缝补，也许未来回顾，会对此书大摇其头，那其实是值得期待的事。

# 春天、欣喜与遗憾
## ——《诚与真：陶渊明考论》后记

子曰："先行其言而后从之。"鲁钝如我，要痛安逸之后才能真正领会到夫子之言的分量。2017年冬天，在广州开会，遇到严志雄教授。闲聊时，严教授说起自己在上陶渊明课，准备写一本"小书"。"我也打算写一本关于陶渊明的书！"我脱口回应。"那我们来个比赛怎么样？"不自量力的我居然没有半真半假地表示不敢当，反而一口就应承下来。其实大概2009年、2010年左右，第二轮或者第三轮上"陶渊明研究"这门课的时候，我就向好几个老朋友夸口，要出一本深入浅出、雅俗共赏的书。当时想法很简单，写一部兼有"深度"与"文采"的讲义，将来出版成"陶渊明X讲"，应该不难。可一旦深入研究起来，便渐渐感到不易，私心里还想着尚友陶公，不由暗地后悔当初想法之陋且妄了。开始的时候，朋友还关心地问我："书啥时候出？"却一再发现我原地踏步，几乎毫无进展。宝山蓊塘村大话王，舍我其谁？"人而无信，不知其可也。大车无𫐐，小车无軏，其何以行之哉？"友谊的老牛车眼看要散架，约定的比赛恐怕也要输了。

我不能辩解说课多，毕竟不弯不拐、无起无伏地吟诵PPT，何难之有？也不宜托辞说整理了好几百万字的古籍，一边深度整理古籍一边写高质量论著的学者大有人在，一想到他们，我只能赧颜。至于高校内的杂事云云，此事尤其不可说不可说。为了不自绝于友朋，不食言于严教授，旧作拾掇起，新文快著鞭，也不管我的歪解是否委屈了陶公，且去灾梨祸枣也么哥。

即便是歪解，也得深深感谢太多人。要感谢本师陈广宏教授的策勉鼓励，感谢杨明、曹旭、张寅彭、张伯伟、曹虹、蒋寅、王培军、陈斯怀、刘赛、杨曦诸位师友无私地教诲提点。尤其是王培军仲远先生，往来谈笑，风师义友，切磋提撕，益我最多。而斯怀与杨曦二君针对我的论文提出的修改意见最多，可并谓小书的第一诤友。感谢一直以来教我励我鞭策我的所有师友和同学。也要感谢海内外给我发表文章机会的报纸杂志，诸位编辑大人和匿名评审专家的攻错指谬，使我野狐参禅，离道不远。更要紧的是助我度过年年科研考核的深河巨壑，故穷鬼虽日在吾侧，而终究狂而不虐。感谢再次接受我书稿的上海古籍出版社和编辑虞桑玲女史。最后感谢我的妻子和妈妈，你们总是理解我赞美我，而不是嫌弃我的无所成就。我在学术上选择了一条迂远之路,能从容前行,离不开你们的支持。

复次是道歉。向陶公道歉,请原谅我以浅测深,以管窥天,妄作解人。当然,陶公纵浪大化,一身得失尚且无喜亦无惧,何况其他。倘若见到我,定然笑嘻嘻地对我说:莫谈诗,且饮酒。向选我"陶渊明研究"课的同学道歉,请原谅我一向昏昏,信口决堤,幸好聪明的你们自能昭昭。向老朋友们道歉,我允诺的深入浅出、雅俗共赏终成泡影。向化作纸浆、制作成这本书的树木道歉,你们再不能在天底下呼吸,在晚风中摇荡。也向失去家的鸟儿道歉,不知道你们重拣寒枝,栖在何方。向辛波斯卡道歉,我的这段道歉很显然有从您诗歌中做贼的嫌疑。也向本书的读者道歉。我是个固执己见的人,也可以说是偏见很重的人,我在书中对前辈时贤的研究做了不少批评,这些批评未必中肯,而每一章每一节的新见新论,往往也只是我的一偏之见,还请读者辨正得失,勿泥于旧,无惑于新。老友斯怀君曾笑话我,为了研究陶渊明,十八般兵器都用上了。这让我想起来大慧宗杲禅师论禅名言:"譬如人载一车兵器,弄了一件,又取出一件来弄,便不是杀人手段;我则只有寸铁,便可杀人。"清夜扪心,我的才学识都不能无憾,虽然下笔不能自休,却没有寸铁杀人的手段,有此手段,又何须著此一卷书呢。聊以自慰的,不过是研究的态度还算认真而不失诚恳而已。真不知道该不该向自己道歉。

    小书的前言、第三章、第六章和结语完成于这个漫长而残忍的"寒假"。除夕子时，雨势正浓，愁坐在家中听雨，写了一首小诗，尾联云："来朝可许风光换，几日人间见大明。"后来困居的日子里又作了《春兴》四首，其三云："避疫伤春莫倚栏，天容物色恼人看。世间甲子频惊梦，腹内牢骚漫走丸。花信长随迟日改，芳心独对暮云寒。深忧委蜕从风雨，强染酡颜强自欢。"其四云："草窃浮生度岁年，村醪独抚向春天。徒闻忘我能不二，未免多情耽大千。襟抱何妨今日尽，辛夷已作旧时妍。凭将骨力从明媚，高树新芽老杜鹃。"元日并没有什么风光换，今年春天的繁花也只是一枝一角地瞥见，就像陶渊明所遭逢的世界终究未尝清明。但陶公仍然度过了值得度过的一生。他奋斗，成就自己，他于大苦之地味得清净，投身大烦恼中自证澄明，这个污浊的世界中，他依然有所爱。献一首诗给陶公，权作本书的结束：

    陶公英雄人，磊嵬气何多。一朝赋归来，决如入海波。密云昏八表，平陆看成河。独念促席友，厌闻饭牛歌。花黄东篱下，豆熟南山阿。嚣尘岂在耳，长风振洪柯。纵心千载上，得酒自婆娑。此意孰能领，青天一鸟过。

# 陶渊明对自由之境的追寻

（本文是在拙作《诚与真：陶渊明考论》出版以后，澎湃新闻记者方晓燕女士对我作的访谈，原发表于2023年4月16日的《澎湃新闻·上海书评》栏目，题作"刘奕谈陶渊明对自由之境的追寻"。）

问：先从书名说起吧，这本《陶渊明考论》的主书名"诚与真"来自特里林的《诚与真》，在那本书里讨论到了关于作者在作品中表达出来的情感与实际情感之间是否一致的问题，而在您对陶渊明的考论里我是不是可以理解为您觉得他其人其文都是"诚且真"的？

答：如果要更准确地表达，这本书的名字应该叫"诚之以求真"。我很喜欢特里林的《诚与真》，喜欢他在保守与自由之间博通圆融的手眼，于是借用这个书名，有向特里林"致敬"的意思。在特里林那里，诚是真诚，真是真实，他认为二者在西方语境中其实是贯穿现代性"自我"的基本问题。在十六、十七世纪之际，社会性自我最初被认识到之后，人们希望保持外在的社会自我与内在的精神自我的统一，这种内外统一就是真诚。到了十八世纪，这种内外统一产生了冲突与分裂，精神自我开始渴望突破社会和社会的束缚。于是一种新的卢梭式的真诚观出现，它要忠于的是那个不变的精神自我。但这个不变的灵魂式的自我却有惺惺作态的嫌疑。于是到了十九世纪，文学家开始在生命和生活的真实状态中去发掘一个真实的自我，去揭示出包裹生命的种种虚饰，以此完成文化上的自我重塑。这个重塑的自我既是觉醒的精神自我，也是内在与外在、真实与真诚重新统一的自我。而二十世纪的思想与文学，因为批判社会对自我的结构性压迫，倾向否定自我统一的可能性，否定文化上、道德上塑造自我的可能性与必要性。潜藏在特里林的文字之下的似乎是这样一个焦虑：如果现代性的自我是在个体与社会分裂、摩擦的过程中产生的，那么抛弃社会，回到一个底层的、疯狂的、彻底孤立孤独的非社会自我，是不是意味着自我的重新"湮灭"？这是我所理解的特里林《诚与真》的思想主线。

陶渊明的诚与真显然不是特里林所描述的现代性现象，但我们在回应当代学者对陶渊明的种种新思考之时，又不得不时时反思我们所持的各种现代立场。就像特里林所概括描述的，西方人对真诚与真实的理解一直在发生变化，我们是否可以从变化的观念河流里任意舀一勺水作为衡量古人的镜鉴，这是大可反思的。理解陶渊明，首先还是要回到陶渊明所生活的历史世界中才好。在一个玄学盛行的时代，陶渊明观念中的"真"不可避免地受到玄学的影响，他心目中理想的人生境界应是顺从本性，自生自化，进而齐一大化的生存状态。有意思之处在于，陶渊明并不像一般魏晋名士那样，在纵乐中"忘我"，或者仅仅满足于思辨与清谈的快感，他整个的人生态度相当笃实诚恳。无论看其诗文表达，还是考察他的生平行迹，都会发现他对德性、对善抱有极大的信心，他努力使自己过一种有德性的生活，并认为这样的生活符合自己的本性，是通往真之境界的切实途径。我于是借用《中庸》中"诚"和"诚之"的概念来描述这种德性上的自觉自反。在这个意义上讲陶渊明诚且真，不仅仅是说他无伪，更是在描述他所具有的心性自觉。一个人有心性自觉不等于他再无过错，再无一点虚饰，他只是能反躬自省，过而能改。能反躬自省便是诚之，过而能改，坦然面对便是真。由此而实现的光明澄澈、无妄求、无忧惧，甚至忘我的境界，则是更大的诚与真。

问：在书中，您反对田晓菲在《尘几录》中关于宋人

"发明"了陶渊明的说法，但是您也谈到了对于陶渊明人格和境界的推崇是从他身后就开始的，那么在您看来，陶渊明是否被后世理想化或者一定程度地"被塑造"呢？

答：田晓菲教授敏锐地看到宋人对陶渊明存在理想化解读的情况，问题在于是否能得出宋人"发明"陶渊明的结论。要知道，脸谱化、标签化，是我们认知他人的基本方式。对不熟悉的人、单纯听闻的人，我们往往是根据其身份、地位、成就、年龄、籍贯或自我标榜、社会认同等而得到最初的认识。除非变成熟人，否则我们的认识一般也就停留于此，而不会变得深入立体。脸谱化认知不但不可避免，而且人的天性倾向于神化著名人物，会对已有的脸谱化认知添油加醋。越是在空间上和时间上离我们遥远的人物，越是无法逃避这种神化。记得毛姆在《月亮与六便士》中说过："制造神话是人类的天性。对那些出类拔萃的人物，如果他们生活中有什么令人感到诧异或者迷惑不解的事件，人们就会如饥似渴地抓住不放，编造出种种神话，而且深信不疑，几乎狂热。"文学家早已洞悉的人性，文学研究者可不能忘了。陶渊明生前已名列"寻阳三隐"，同时人自然是按照隐士的形象来看待他、想象他。死后厕身《隐逸传》中，后人更要按照隐者的标准来解释他、传说他、崇拜他。总之，被脸谱化、标签化是我们每个人活着时就无法避免的事，死后就更不用讲了。其实，越是平凡的人，越容易被人刻板认知，因为他们往往被忽视。反倒伟大的人物，他们一方面会被持续神化，另一方面却也可能因为被后人全方位打量，反复研究，不断书写，而获得摆脱扁平化宿命的机会，最终在历史记忆中拥有一个立体的形象。

陶渊明看来有幸进入了伟大者之列，所以宋人一边按照历史记载，强调他是一个高尚的隐者，一个忠义之士，一边希望更充分而全面地理解他。比如苏轼对陶渊明决绝洒脱人格的强调，对其作品绮丽丰腴特性的发现，比如黄庭坚将陶渊明视为不得志的诸葛亮，再如宋人开始细致考证陶渊明的生平，编写了好几种年谱。单个看，也许会以为某人在按照自己的理解塑造陶渊明，合起来看就会发现，正是宋人开启了立体化理解陶渊明的进程。事实上，正是宋人开始广泛地为古今人编撰年谱，这显示了宋人具有更为复杂的历史意识，以及他们希望立体理解人物的意图。当然，理解者都有自己的视域，有自己的前理解，洞见与偏见相伴而生是不可避免的。但无论如何，这些属于理解，而非无中生有的创造。这与霍布斯鲍姆他们在《传统的发明》一书中所揭示的编造历史、创制传统的"发明"，性质和目的都是不一样的。

问：陶渊明"守拙归园田"、拒斥"尘网"的形象是为我们所熟知的，而您在书中阐述了他其实是同时与污浊人世和冷寂山林（包括宗教）保持距离的，"世间名利场"与"世外白云乡"他都不愿托身其中，他是怎么保持人生取向上的这种平衡的？

答："富贵非吾愿，帝乡不可期"，这是我们都熟知的陶渊明的自述。陶渊明的归隐一开始就有明确的目标，他要归入的不是与世隔绝的冷寂的山林，而是人境中温暖的田园。我想，这一选择首先跟他的性格有关。他倔强兀傲，与俗世两相厌、两相弃。同时他又有勃勃的生命力和深醇的情感。他自述"良辰入奇怀"，有奇怀的人，生命力旺盛，不可能枯寂于寂寞之滨。而后世不少学者，比如梁启超，还注意到陶渊明是个"缠绵悱恻最多情"的人，是个极看重亲情与友情的人。所以他要留在独属于自己的一片田园中，这里同时与热闹和枯寂保持足够的距离，又能提供足够的情感支持与生活的温度。其次，也跟他的内在需求有关。我在陶渊明诗文中看到他表现了三个层次的心理需求：疏离、接受和安顿。疏离是对俗世之恶的拒绝和远离。"寝迹衡门下，邈与世相绝。顾盼莫谁知，荆扉昼常闭"，这样的表达与姿态，在陶诗中并不罕见。接受是对世界的接受，是认识到美丑善恶交织才是世界的本相，就像《饮酒》诗中所说"寒暑有代谢，人道每如兹。达人解其会，逝将不复疑"。而安顿则是"结庐在人境",在心理与现实中找到独属于自己的一方天地,以安放身心。在逻辑上,疏离和接受是安顿的前提,在现实中则是三者交织并存。陶渊明有非常清晰的自我认知,有随时反躬自省的能力,因此他很清楚自己想要什么,以及如何实现自己的目标,而不会堕入浑浑噩噩、随波逐流的境地。实际上,为官作宦也好,修仙拜佛也好,都意味着接受更为主流的价值观和生存方式,意味着被更主流的人群接受和认可。而陶渊明选择的路则是尽量摆脱社会认同,回到较纯粹的自我认同。这是一种非常理想化的生存方式,是我们多数人在青春时代会萌生,而很快又被现实碾得粉碎的理想。古人常常标榜的"名教中自有乐地",以及"中隐"这类,其实都是理想向现实妥协的饰辞而已。陶渊明没有妥协,同时他又非常清醒地认识到,理想需要现实的支撑,他说:"人生归有道,衣食固其端。孰是都不营,而以求自安。"所以他选择躬耕的方式,让人生切切实实安顿在自己的手中。后来顾炎武也是四处垦田耕种,作为安身立命之本,然后才能践行他"行己有耻"的人生格言。他们都是以躬耕为有所为,然后才能坚持自我,有所不为。

问:对于历代争讼不休的陶渊明是儒、是道还是儒道融合的问题,您认为玄学与儒学都对他产生过深切影响,而他的关注点始终在生命的安顿上,是通过儒家的道德意志来实践追求庄子真的境界、自由的境界,他是如何"消解了自由与道德的矛盾"达到这种自洽的呢?这种会通儒道的方式是不是不仅在魏晋,在整个中国文化史上都有特殊性?

答:是的,宋代开始,人们喜欢辩论这个问题。看下来,主张陶渊明是儒家的学者似乎略占上风。但陈寅恪先生以"新自然说"概括陶渊明的思想,并以为渊源在道家和道教,也有极大的影响力。说句题外话,梁启超以为陶渊明一生得力和用力处都在儒家,但又认为他根本没有耻事二姓、忠于晋室的念头。陈寅恪视陶渊明为道家思想人物,同时又反对梁氏之说,而力主陶渊明就是晋之忠臣。没有忠君观念的儒家,拳拳忠爱的道家,两相对照,非常有趣。两位先生在分析陶渊明的思想时,都还遵循着现代学术的规范,可是一旦进入忠不忠的问题,便都是从各自的政治立场出发,投射了太多自己的影子到陶渊明身上。虽然洞见与偏见总是相伴而生,但研究者还是需要多做自我反省、自我反诘吧。

回到陶渊明,他没有留下专门的说理文章,也不见他有注释过思想经典的记载,读完其作品,我们会承认他有思想的兴趣,但很难说是思想家。非要给他贴标签的话,恐怕生活家、文学家更合适吧。对这样的人物,是从他整个的人生出发来审视他的思想兴趣与实践,还是先判分他的思想,再来分析解读他的人生，哪种方法更好呢？我倾向于前者。我认为陶渊明所思所行始终围绕如何安顿身心，如何获得自由展开。让自己的生命削足适履，臣服于一家一派之说，把自己变成儒家或者道家的信徒，这种情况我们无法在陶渊明的作品中得到验证。我想知道的是，他究竟是如何从思想资源中汲取所需，如何去实践，最后才能安顿身心，在作品中呈现出一个既笃实诚恳，又真率潇洒的形象。我目前的结论，即您说的他是用儒者内省不息敦行实践的工夫来追求庄子所描述的"真"的、自然的境界，或者说是凭借道德意志以希企心灵的自由。道德与自由是否矛盾，不同思想家是有不同回答的。老子、庄子会觉得矛盾，但"七十从心所欲不逾矩"的孔子不会，主张名教与自然合的玄学家也不会。不过孔子的自由是德性自我完全实现的境界，玄学家郭象的自由则是"性分"的充分展开。陶渊明说自己"质性自然"，这是庄子和玄学影响下才会产生的认知，但他又说"结发念善事"，说"朝与仁义生，夕死复何求"，表现了很强的德性意志。对他来说，一生的工夫，都是要摆脱"心为形役"的困境，即借由德性的自我砥砺来摆脱身体对心灵的劳役束缚。可以进一步认为，他承认身体和欲望对心灵的自由来说是最大的挑战，需要依靠道德的约束，才能真正"复得返自然"。这个思路显然与郭象拥有共同的出发点，却最后分道扬镳。

这种认知，在我看来，更接近于宋代士大夫的心性之学。虽然看不出陶渊明是孟子意义上的性善论者，他也更加不会以天理来规定"性"，但他修身养性，而归于心灵自由的主张和实践，又的确颇与宋人相似。宋人论性，是要复其性。陶渊明"归去来""归园田居"，关键也是一个"归"字。他所归的，表面是田园，实际是自然之性，所以仍是归其性。一者归，一者复，所归复者都是本性，所以陶渊明能在宋代得到那么多崇拜者，绝非偶然。

问：我们知道鲁迅先生很早就谈到过陶渊明对于生死问题的焦虑，而您在书中也提到王国璎先生认为史传有意回避了陶渊明焦灼的一面，那您是否认为陶渊明存在这种焦虑？如果是的话，这又是不是最后他能够通达"纵浪大化"的前提？而史传和后世的评述中是否确实有有意回避的倾向呢？

答：陶渊明自然有焦虑。生死、贫贱、善恶有无报应的问题都会困扰他，其实这些都是前面所说的"心为形役"的不同方面的问题。陶渊明其人和其文的可贵，在我看来，不仅仅是他能光风霁月、天然真率，以及他写得出自己的胸次，更重要的是他不自恋不自怜，不会自我粉饰，而是坦然写出内心的种种焦虑、挣扎和一次又一次的超越。那么，《宋书》《晋书》《南史》和萧统所写的陶渊明传记是否有意回避了陶渊明的焦虑呢？我认为一定程度上是有的，但不应夸大和苛责。前面提到过，史书中陶渊明传记都在《隐逸传》，即在类传中。类传有类传的体制，我们很难想象一部写焦虑的隐士和隐士的焦虑的《隐逸传》。作史者并非不在意写出传主的个性，但写出个性不等于像现代传记、现代小说一样，要全方位立体地刻画传主。司马迁《太史公自序》就说，他做史传，要取法《春秋》"善善恶恶，贤贤贱不肖"，后世史家，也都秉此原则。所以对史传写作，还是要有同情之理解，不宜苛责。而且说句公道话，跟其他隐士的传记比较，陶渊明的传记是相对最不类型化的了。因为陶渊明有不少作品传世，作传者摘录这些作品，自然就展现了传主的个性。我们不能光看史家自己的文字，而忽略了他们摘录的原文。比如《宋书·陶潜传》，就引录了《五柳先生传》《归去来兮辞》《与子俨等疏》和《命子》四篇作品。《归去来兮辞》和《与子俨等疏》中都颇有袒露内心的焦虑矛盾，而《命子》诗郑重相告以家族历史，期待儿子光耀门楣，体现出来的不正是陶渊明的不同侧面吗？至于萧统的《陶渊明传》，朱东润先生更是在《八代传叙文学述论》中推许为南朝单篇传记的第一名作，认为完全写出了陶渊明的个性。我很赞同这个判断。知人论世，首先还是要回到古人的历史语境才是。

## 陶渊明对自由之境的追寻

问：您谈到陶渊明终其一生都在努力体认和表达一个复杂的自我，并且在包括《五柳先生传》《归去来分辞》《饮酒》组诗、《形影神》三首等代表作中展现了反复确认自我而获得内心澄澈的过程，这个非常有趣，能展开谈一下吗？另外，您还提到他五十四岁前后在作品中展现了遭遇到最大的自我怀疑危机，这个具体是指什么？

答：可能有些读者会有种刻板印象，以为陶渊明一生都处在"采菊东篱下，悠然见南山"的境界里，结果发现他还写了不少表现焦虑、愤怒和困惑的作品，便觉得从前看到的"悠然"出于伪饰，或者觉得陶渊明的境界不过尔尔，这些肯定都是误会。孔子自述"乐以忘忧"，但《论语》中所记载的孔子，喜怒哀乐之情都有，并不是永远处于喜乐状态之中。又《论语·泰伯篇》载哀公问"弟子孰为好学"，孔子以颜回对，称赞他"不迁怒，不贰过"。不迁怒正说明有怒，不贰过也说明要犯过错。再如《论语·泰伯篇》载曾子临殁之言："《诗》云'战战兢兢，如临深渊，如履薄冰。'而今而后，吾知免夫。"也是说要死了，今后再也不用担心犯错了。圣贤之人，依然会有喜怒哀乐，会犯错，他们与常人的区别，只是"仁以为己任"，"内省不息"，能做到"不迁怒，不贰过"而已。陶渊明作品所展现的，也正是这样不断自省自新，超拔向上的一生。比如早年所写《五柳先生传》，钱锺书先生在《管锥编》中指出全文频繁出现的"不"字为全篇之关键，其意在破除一切尘俗之见。这就是一次在社会规范的对立面找寻、确立精神自我的尝试。确立自我，才不那么容易被裹挟而动摇。所以他坚持到差不多二十九岁，实在太穷，才出来谋个官职。在后来断续做官的岁月里，他写过几首行役诗，这些诗也反复在描述精神自我与社会自我对立的苦恼，和回归精神自我的志愿。在最后一首行役诗《乙巳岁三月为建军参军使都经钱溪》中，诗人展现了一个被束缚的自我在山川风物中苏醒的过程。他"晨夕看山川"，看到"事事悉如昔。微雨洗高林，清飙矫云翮"，一种自由之感油然而生，于是醒悟"一形似有制，素襟不可易"。这里描述的"觉醒"非常真实，因为到了这一年十一月，诗人就彻底辞官，永归田园了。身体上回到田园容易，而心灵上回到本性、回到自然自由之境却不那么容易。政局和社会的巨变会强烈刺激心灵，身体的生理的欲望与困扰也并不那么容易摆脱。所以陶渊明一次又一次通过作品袒露内省的过程，并反复确认那个精神自我。其中，大致作于五十三、五十四岁之际的《饮酒》二十首、《怨诗楚调示庞主簿邓治中》以及《感士不遇赋》，让我注意到他这一时期的精神状态并不好，充满怨愤与质疑。这些作品反复在与《史记·伯夷列传》做潜在对话，始终在思考善恶的代价这一问题。我们看《饮酒》组诗,其一写荣衰之无定,其二写善恶报应之虚幻,其三写此身之独一可贵,其四写束身归心之艰难,这四首诗呈现了一个完整的由质疑外在世界而确认内心世界的心理过程。确认一旦完成,著名的《饮酒》其五出现了,诗人再次在重获自我的同时进入自由之境,诗歌中的天地澄澈,万物自得,都是这种自然与自由感的体现。而且比较早年与晚年作品,陶渊明早年所认知的精神自我还比较简单,也就是"性本爱丘山"而已;晚年的自我就复杂多了,他要一次又一次战胜内在的焦虑和矛盾,他要承认这个世界的滋味就是苦涩,然后再来确认和建设自我。他对世界的认识和质疑越深刻复杂,经自省而获得的自我就越深沉厚重。《咏贫士》其一的"万族各有托,孤云独无依。暖暖空中灭,何时见余晖",直写出了人生永恒孤独的况味,让人惊心动魄。

问:我注意到,您谈到后世诗人中,在唐而言,最像陶渊明的是杜甫,而不是一般所认为的王、孟、韦、柳诸人;而在宋人的人生态度与实践中,最具陶风的也不是追和了一百多首陶诗、以头号崇拜者自居的苏轼,而是黄庭坚。为什么这么说?

答:关于后世学陶诗人的系谱,我有一些自己的看法。我觉得不能仅仅或者主要把风格作评判标准。打个比方,父子祖孙之间，有时未必那么像，反而两个相隔万里的人，有时会惊人地"撞脸"。但前者有血缘关系，后者没有。再如鲸外形像鱼，其实是哺乳动物，其DNA测序证明它和河马有很近的亲缘关系。我们评判古人的文学系谱也是，风格只是一个提示，还要综合去看其自述，以及比较其字句章法、修辞习惯、诗思诗意、主题话题、文学观念等等，然后才能做出有无"亲缘关系"的判断。这样综合评判的话，杜甫与陶渊明是真有很近的亲缘关系的，王孟诸人就不那么肯定了。我举些证据。首先杜甫有不少推崇陶渊明的自述，如《夜听许十一诵诗爱而有作》的"陶谢不枝梧，风骚共推激"，《江上值水如海势聊短述》的"焉得思如陶谢手，令渠述作与同游"，还有《可惜》的"宽心应是酒，遣兴莫过诗。此意陶潜解，吾生后汝期"等等。字法上，我在《诚与真》书中举过陶杜二人用"在"字的承继关系。另外好用虚词，二人也相同。句法上，杜甫《示从孙济》开篇"平明跨驴出，未知适谁门。权门多噂沓，且复寻诸孙"，显然从陶诗《乞食》"饥来驱我去，不知竟何之。行行至斯里，叩门拙言辞"来。这一点，仇兆鳌《杜诗详注》早已指出。论章法之拗折，也是陶杜一脉相承。而合字句章法，能以文为诗，杜甫之前，便是陶渊明。构思用意上，如杜甫《谒真谛寺禅师》"问法看诗忘，观身向酒慵。未能割妻子，卜宅近前峰",与陶诗《和刘柴桑》"山泽久见招,胡事乃踌躇。直为亲旧故,未忍言所居"正同。当然,杜诗中也不乏风格上就像陶诗的作品。比如《夏日李公见访》,清代焦袁熹评为"似陶诗",杨伦直接说"景真语旷,绝似渊明"。此外,题材、主题的承继性也很明显。杜诗有很多田园作品,清代黄生曾经说:"杜田园诸诗,觉有傲睨陶公之色。其气力沉雄,骨力苍劲处,本色自不可掩耳。"讲到了二人的同与不同。另外,乞食这一主题,陶诗之后,也是杜诗写得多且好。更进一步,二人的诗歌创作都以坦诚真率为特征,温州有位已故的老学者吴鹭山,在《读陶丛札》中就特别强调过杜甫在性格的真率上最像陶渊明。美国学者宇文所安也注意到了这一点,他把陶杜二人的诗作为"自传诗"的代表。不过他不大认同"真率"这一判断就是了。把以上各项相似点、承继性综合起来看,杜甫与陶渊明的亲缘关系就要大大超过王孟韦柳,特别是王孟柳。

至于苏轼、黄庭坚谁更近于陶,我是在比较他们的人生观与心性实践的时候提出我的看法的。苏轼天才纵逸,豁达超迈,所见的陶渊明便主要是他真旷的一面,黄庭坚在心性与道德人格的追求上比苏轼更执着,他又得了禅宗的法脉真传,在"诚之以求真"这一点上,黄庭坚的确是很接近陶渊明的。

问：最后来说说谈及陶渊明总是绕不过去的"见南山""望南山"之争吧，在您的专著中，这个问题是被归在了"作品六考"里，有非常详细完整的考证，但其实孰是本字是并没有结论的，勾连这个争论比较有意思的两个问题是为什么"见"字最后胜出了，以及陶渊明到底是不是有意为诗、是不是有精心炼字。在考证之外，您能就这两方面略作梳理吗？

答：关于"见南山"和"望南山"的竞争，就像您说的，我的小书中已经说得挺多了。简单讲，考证的结果不支持"见"字出于宋人"发明"的看法，两个字互为异文，至少在唐代就是如此。但究竟哪个是本字，无法依据现有的文献得出结论。也许就像王叔岷先生猜测的那样，之所以有这两个字，可能是诗人修改的结果。可惜时代太过久远，我们再无证据来一窥究竟了。这时，值得我们严肃思考的问题只能是何以"见"字会在竞争中获胜，成为多数人认可的"本字"。有些学者认为这完全是苏轼的影响力造成的。苏轼的意见和影响力固然是重要的原因，但苏轼发表过那么多意见，他说陶渊明的诗超过李杜，说王维的画胜于吴道子，批评《文选》去取失当、卑弱，可是人们并没有就此奉为金圭玉臬，作为抑扬去取的标准。可见，苏轼的某个意见能得到广泛认同，一定还有很多别的因素在共同起作用。《文选》的兴衰是个重要原因。"望南山"是《文选》保存的文本,而《文选》是唐代到北宋前期的科举必读书,一般读书人幼而成诵,对"望"字习以为常。但是到了神宗朝科举改革,进士科罢诗赋而改试经义,《文选》风光不再,"望"字也随之变得陌生起来。同时,宋人的审美风尚已渐渐从唐人的华丽热烈转变为淡逸、自然、朴素,陶诗的风格自然容易受人青睐。所以在苏轼之前,推崇陶渊明的宋人已经很不少,《陶渊明集》开始拥有越来越多的读者。而陶渊明集的文本大多是作"见南山","见"字于是为大家所熟知。正好从唐代钱起到宋代梅尧臣、沈括、苏轼,不断有一些较敏感的诗人意识到了"见"字可能更有表现力,这种认知与宋人的审美相一致,于是得到广泛赞同。总之,人心与社会复杂多变、交错联络,哪怕微小的现象,也常常是多种因素共同作用的结果,单一归因往往并不能带来正确认知。

至于说陶渊明是否有意为诗,是否炼字,我觉得答案是肯定的。古人常常说陶渊明无意为诗,这是对的。这个无意为诗,是指无意文坛争胜,不会为了迎合时尚、获得名誉而写诗。他写诗有时是单纯的抒慨、自省或自娱,有时是向亲友表明心迹,委婉表达各种拒绝的意思。而具体写作,根据现存的诗歌看,陶渊明的写作态度大都是很认真的。他真率自然与诚恳笃实的风度很妙地交融在他的写作过程中,使得他的诗洒脱自然又真切笃实。认真写诗的人，当然会考虑如何用字。陶诗用字有时也有曹植"惊风飘白日"、王安石"春风自绿江南岸"这种醒目字眼的选择，比如"崩浪聒天响""中夏贮清阴"这类诗句，但并不太多。一个诗人如果只知道炼这种醒目字眼，就像时时刻刻都在争胜较劲。胜负得失心太重的话，对文学的虔诚就会受损。如果对文学艺术有足够的虔诚与信任，那还有另一种炼字，即追求字词的准确贴切、恰如其分，使人初读似无所见，细品又拍案叫绝。就像杨万里形容陶诗"雕空那有痕，灭迹不须扫"，这个描述太准确了。这种用例，我在小书的各处，曾随文作过揭示，另外第六章中《形容的尺度》这一节还做了专门讨论。这里不妨另外举个例子。《咏贫士》其六："仲蔚爱穷居，绕宅生蒿蓬。翳然绝交游，赋诗颇能工。举世无知者，止有一刘龚。此士胡独然，寔由罕所同。介焉安其业，所乐非穷通。人事固以拙，聊得长相从。"最后这个"聊"字就很妙。"聊"是姑且、聊且、暂且的意思，"长相从"就是要一直相从追随，又如何是"暂得"呢？首先，它表达了一点无奈，即"寔由罕所同"，诗人自述跟张仲蔚一样，实在不能合群，只好彼此相从了。其次，"聊"字带有一点调笑，甚至"撒娇"意味，用这个字，表现了诗人在深心里把张仲蔚视为亲近的、可以调笑的朋友。再有，诗歌前面描述张仲蔚"爱穷居""所乐非穷通",试把末句改作"正得长相从""誓言长相从""深愿长相从",比"聊得"如何？改了之后，语气便显得斩截亢直。斩截亢直是介，却不是真正放下，那前面所云"安"与"乐"就成了虚言饰辞。唯有轻轻松松、随随便便一个"聊得"，才是真放下了，是真有所安与所乐的口气。这个"聊"字不是后人所谓"诗眼"那种刻意醒目的字眼，却用得恰到好处而力重千钧，有它，诗歌才结得自然而洒脱。我想，读陶诗的秘诀，正需要在这种不起眼的字词上多加留心。

# 岱宗夫如何

"岱宗夫如何,齐鲁青未了。造化钟神秀,阴阳割昏晓。荡胸生层云,决眦入归鸟。会当凌绝顶,一览众山小。"杜甫的《望岳》,是万口传诵之作。古来的解释,都把本诗理解为站立在山外的某处遥望。讽咏多年,我并不觉得这个解释有何不妥。直到某天,我突然触电一般想到,诗人所写,会不会并非呆立一处的张望,而是在风尘旅途之上、朝朝暮暮之间的凝望呢?一旦开始这样想,诗歌便越读越生出更多意趣来。

诗歌首二句采用自问自答的方式,聚焦于望山,本来很清楚,关键是次句如何理解。宋代《分门集注杜工部诗》中引师氏注:"泰山跨齐鲁两国之境,眺望其山之青,已穷齐鲁而其山未穷,故曰'青未了'。""已穷齐鲁"是什么意思?是说诗人走遍了齐鲁,还是望遍了齐鲁,还是说泰山横跨了整个齐鲁?这些显然都过于夸张,有悖事实。还是后来清人仇兆鳌《杜诗详注》以八字释之,谓"自齐至鲁,其青未了",要清楚许多。泰山是古代齐国和鲁国的界山,山北属齐,山南属鲁,所以仇氏的理解是,泰山绵延在齐鲁之间,"其青未了"。这样的解释自然是不错的,但细思之下,则又充满疑问。

疑问之一,"未了"是一个动态的表达,暗示着延续和扩张,充满流动性。这个流动是真实的还是想象中的?疑问之二,后面"阴阳割昏晓",形容山之高大,隔绝日光,所以山南山北有昏晓明暗之别。同时写到山南山北,似乎诗人的目光也是流动的。那这个流动是真实的呢,还是想象的呢?疑问之三,颈联表现了时间的流动。"荡胸"句写的是晨景,朝云出岫,足以荡涤心胸,次句归鸟入望,显然已是黄昏。清代吴见思《杜诗论文》便说:"天际层云之晓生,凝望精专,直至暮天归鸟而后止耳。"诗人又真的如吴氏所言从早到晚呆望了一整天,还是在想象中望?一整天这样眺望,不知道诗人的脖子会不会抗议酸疼,脑子会不会抱怨无聊?所以应该像明人王嗣奭《杜臆》中理解的"公身在岳麓而神游岳顶"吗?如果取立望的解释,当然王氏之说最为合理。这时,回到疑问一和二,诗人也都是站在那里想象着山势的未了和阴阳的分隔,而并非亲眼所见。加上最后的"会当凌绝顶,一览众山小",其实整首诗所写,都是因望岳所引起的想象,是悬想而非实景。这时,"望岳"的"望"便成了一眼看过之后的无尽想望，成了云烟变灭的幻景内视。

上面的理解不能说有什么问题，但还是让我隐隐有些不安。齐鲁的山川原野古朴繁茂，光影在泰山峭拔的山崖上明灭变换，清晨倾崖而出的白云仿佛东海的波涛，归鸟在黄昏时分飞进紫色山岙，这些美好的景象难道没有真的进入诗人的眼中，没有给过诗人以无可名状的真实感动吗？想起来我自己曾经体会过的震撼。当年本科和硕士都在济南，每个寒暑假回家，火车先沿京沪线南下到徐州，再沿陇海线折而向西。离开济南不久，泰山就渐渐出现在车窗外。那种绿皮火车保持着从容的节奏，车速正好可以让泰山不紧不慢地逼到眼前，直到充塞天地之间，压迫我的呼吸。岱宗夫如何？

"岱宗夫如何"，亏得杜甫能想出这样妙不可言的诗句来！《韩诗外传》里面有一段文字形容高山，来解释仁者何以"乐山"："夫山者，万民之所瞻仰也。草木生焉，万物植焉，飞鸟集焉，走兽休焉，四方益取与焉。出云道风，嵷乎天地之间。天地以成，国家以宁。此仁者所以乐于山也。《诗》曰：'太山岩岩，鲁邦所瞻。'乐山之谓也。"这吞吐天地的博大，非泰山何以当之。我们的诗人该如何表现这种博大？直接堆砌描绘高大、峻峭的形容词，都只会让泰山成为与其他高山等量齐观的山，却无法使它超越于众山之上。唯"夫如何"这个虚词加疑问词的组合，才能以虚空包容万有。

似乎诗人唱叹而出"岱宗"之后，一时竟不知该如何形容，唯有跨踌之、感叹之，这跨踌感叹的情态，全由一个"夫"字体现出来。而"如何"，是设问，更是感叹本身。而且三个字声音平缓周正，也最能体现博大之感。后来抗清不屈，复周游天下的李长祥在《杜诗编年》中说："三字精神含蓄，是收拾大山水心眼。三字举目之际，意思周流无穷，不是刻画'望'字，'望'字精神亦即在此。"到底是有大气魄大阅历的人物，杜诗的伟大，都被他说尽了。这样的诗句不是想出来的，是被天地逼迫着喷涌出来的吧！

只是，杜甫难道并没有亲眼望见泰山的博大与神妙，没有因为这博大与神妙而呆若木鸡、嗒焉若丧？他仅仅是在一望之间，就能想象到泰山的千般变化与万壑风云，就能被逼迫着唱出"岱宗夫如何"？我不敢相信。没有长久地、多角度地凝望，没有亲身感受到那无言的震撼，是写不出这样从心里涌出的伟大诗篇的。陈贻焮先生《杜甫评传》考证，天宝四载夏天，杜甫来到齐州（今济南）游玩，秋天，他又到鲁郡（今兖州）寻访李白。从济南到兖州，一路南下，跟我从前坐火车的路线一个样，不正是要沿途与泰山为伴，一路高山在望吗？于是朝见云生而心潮如荡，暮睹鸟归而瞪目欲裂，以及那些崖的明，壑的暗，山北的昏霾，山南的光耀，从早到晚，望中在眼，看之不倦。诗人终于脱口而出：岱宗夫如何！如何？从北往南，由齐入鲁，沿路望之，那青青山色总在眼中，仿佛永远不会消失。

秋天的天空无限高远寥廓，上摩苍穹、下镇地轴的泰山，在这样的季节里无疑显得更加伟大。伟大的存在给予的诱惑也格外伟大。诗人很难不相信，只要他一登绝顶，长啸吐气，天地便会许诺给他一个光明的未来，一个伟大的人生。他能抗拒这个诱惑吗？

二十二年之后的大历二年，垂垂老矣的杜甫暂住在夔州（今重庆奉节）瀼溪西岸的草堂中，后园之后就是绵延的巫山群峰，衰老多病的他却再无登上山巅的可能，于是只能在山脚处略事攀爬。在那里，视野是望不到山外风景的，他只能想象和回忆："昔我游山东，忆戏东岳阳。穷秋立日观，矫首望八荒。"（《又上后园山脚》）当年，他果然登上了泰山绝顶的日观峰。

光明的未来，杜甫从来不曾拥有，但他得到了一个伟大的人生。人生并不会生来伟大，唯有当某个时刻，诗人把自己应许给了伟大，他的人生才从此变得伟大起来。那个时刻，就是望岳的那天吧。

# 风诗雅意:《自京赴奉先县咏怀五百字》

杜陵有布衣,老大意转拙。许身一何愚,窃比稷与契。居然成濩落,白首甘契阔。盖棺事则已,此志常觊豁。穷年忧黎元,叹息肠内热。取笑同学翁,浩歌弥激烈。非无江海志,萧洒送日月。生逢尧舜君,不忍便永诀。当今廊庙具,构厦岂云缺。葵藿倾太阳,物性固莫夺。顾惟蝼蚁辈,但自求其穴。胡为慕大鲸,辄拟偃溟渤。以兹悟生理,独耻事干谒。兀兀遂至今,忍为尘埃没。终愧巢与由,未能易其节。沉饮聊自遣,放歌颇愁绝。

岁暮百草零,疾风高冈裂。天衢阴峥嵘,客子中夜发。霜严衣带断,指直不得结。凌晨过骊山,御榻在嵽嵲。蚩尤塞寒空,蹴踏崖谷滑。瑶池气郁律,羽林相摩戛。君臣留欢娱,乐动殷樛嶱。赐浴皆长缨,与宴非短褐。彤庭所分帛,本自寒女出。鞭挞其夫家,聚敛贡城阙。圣人筐篚恩,实欲邦国活。臣如忽至理,君岂弃此物。多士盈朝廷，仁者宜战栗。况闻内金盘，尽在卫霍室。中堂舞神仙，烟雾蒙玉质。煖客貂鼠裘，悲管逐清瑟。劝客驼蹄羹，霜橙压香橘。朱门酒肉臭，路有冻死骨。荣枯咫尺异，惆怅难再述。

北辕就泾渭，官渡又改辙。群冰从西下，极目高崒兀。疑是崆峒来，恐触天柱折。河梁幸未坼，枝撑声窸窣。行旅相攀援，川广不可越。老妻寄异县，十口隔风雪。谁能久不顾，庶往共饥渴。入门闻号咷，幼子饥已卒。吾宁舍一哀，里巷亦呜咽。所愧为人父，无食致夭折。岂知秋禾登，贫窭有仓卒。生常免租税，名不隶征伐。抚迹犹酸辛，平人固骚屑。默思失业徒，因念远戍卒。忧端齐终南，澒洞不可掇。

《自京赴奉先县咏怀五百字》（以下简称《咏怀》）与《北征》并为杜甫五言古诗中的两大杰作，是中国诗歌史上不朽的篇章。清代杨伦评价二诗"尤为集内大文章，见老杜平生大本领。所谓巨刃摩天，乾坤雷硠者，惟此种足以当之"，它们体现了杜甫的心胸、魄力与艺术手段，定义了何谓"杜诗"。

《咏怀》诗写于天宝十四载（755）十一月初。上一年，连续六十多天的秋雨造成关中饥馑，本已穷困潦倒的诗人，更加无法应对长安腾踊的米价，不得不把家小送去奉先（今陕西蒲城县，在长安东北方向）安顿。挨到本年十月，诗人终于踏上仕途，得了一个太子右卫率府兵曹参军的官职，便急匆匆赶去奉先探视。也许，他计划着把家小接回长安团聚吧。到奉先不久，杜甫写下了这首《咏怀》。

我们在一千两百多年以后回望历史，会赫然发现，无论是大唐帝国还是杜甫本人，此刻都已经悄然走到了命运的转折点。几天后的十一月初九日，安禄山将在蓟城南郊誓师，正式拉开安史叛乱的序幕。舞台上旧戏唱罢，余音似散未散；卧榻上大梦者将醒未醒，好梦分明已到尽头；天边最后的阳光隐没，长夜将临，凛冬将至；行路者困顿瑟缩，前方的道路被夜色吞噬，从此歧中生歧，再也没有抵达原初目标的那天。

那场改变帝国与自己命运的战乱几天后才会开始，眼下的景象依旧是皇帝老迈恣纵，朝臣忙着阿谀谄媚，世界庸庸如常。只是不等狼烟点燃，我们的老杜已经手持长矛，把天下太平、人间安乐的狗屁幻景戳出了一个大大的窟窿。这柄长矛正是《咏怀》诗。

诗歌究竟写了什么？就叙事而言，很简单。记叙行程，不过"客子中夜发"，"凌晨过骊山"，"北辕就泾渭，官渡又改辙"数语。结合严耕望先生《唐代交通图考》，可知诗人夜半从长安城南家中出发，经过骊山，继续北行，渡过渭水，抵达泾阳县，之后折而东北行，经三原、富平，最后到奉天。记叙到奉天后之事，诗歌亦不过四句："入门闻号咷，幼子饥已卒。吾宁舍一哀，里巷亦呜咽。"最柔弱的幼子死了，饥饿的阴影平等地笼罩着小官僚杜甫的家庭和平民门户。真的平等吗？此刻正在华清宫避寒的玄宗、贵妃以及朝廷重臣们显然如神仙般超然于阴云之上，他们感受不到凡人的岁暮风雪，骊山之上，每天都是艳阳天。这应当是触发诗人悲痛与愤怒的导火索。既悲且愤，诗人不禁长歌当哭，以咏其怀。

自《诗经》以降，诗歌形成了风与雅两大传统。风诗传统是"感于哀乐，缘事而发"，所写是一身之遭际，一人之悲喜。就像每片树叶都自具形状，每只鸟都自有歌声，千姿百态的世间哀乐总能打动我们。而雅诗传统，尤其是大雅诗歌的传统，则是居庙堂之高，以恢恢之度，忧乐于天下家国。后世诗人言必称风雅，实则风多于雅。有没有以风诗蕴雅意的呢？屈原大概是导夫先路之人，之后曹植、阮籍都写有这类的作品。到了唐代，论合风雅于一手，则当以杜甫为第一人。而《咏怀》正是其中的代表之作。

幼子饿死的怀该如何咏？如果单单延续风诗传统，当去刻画哀切之痛、悲愤之感，如此自足动人。但我们的诗人却并不停留于此。他分明感到这不是一人之哀，而是天底下千千万万人的同哀，这不是一家之愤，而是此刻世间万万千千家的同愤，他要为天下人鸣不平。仅仅鸣不平还不够，进一层，何时才能让百姓过上安乐的生活而不再悲鸣呢？由此更进一层，诗人想到了自己迄今未曾磨灭的大济苍生的平生抱负。理想越是高远，与惨淡现实的对照便越是让人难堪；虽则难堪，可推己及人、作育万类的志向依旧"九死其犹未悔"。情感激荡，思绪千回百折，再也无法控制，他要写诗，一抬手便从情感思绪的最深处，也是最高处来。落笔九天上，忧端何崔嵬。

"杜陵有布衣，老大意转拙。"我本是杜陵一布衣，而今年纪老大，一事无成，益发觉得与世为拙。如此开篇，岂不气馁？非也非也，且看他如何转折："许身一何愚，窃比稷与契。"布衣不足羞，志在许国，自比后稷与契，何其壮哉！原来前两句作一跌，专为后两句成此一扬。非如此不足以刻画情感思绪的回折动荡。而后面的展开，也需要这样的笔法，才能形成黄河万里，层波涌浪的效果。因此后两句再作一跌，说有志难遂："居然成濩落，白首甘契阔。"他人笑我迂阔，我则志气不改，甘此白首勤苦。后面再稍稍扬起："盖棺事则已，此志常觊豁。"只要一息尚存，我便不会放弃理想。之后是递进作高高扬起："穷年忧黎元，叹息肠内热。"猛进之后又要猛转作跌："取笑同学翁"。接着再一转作荡："浩歌弥激烈"。思绪的大潮波涌而涛起，前浪未歇，后浪追来，层层叠加，声势越来越大，终至訇隐匐磕，轧盘涌裔，势不可遏。于是紧随其后的二十句，愈发波涌云乱，如龙起沧波，如三军腾装。诗人说，也想过隐逸江海之上，但终究对玄宗抱有幻想。也许不少人曾讥笑说如今宰辅济济，何须他一个布衣操心，诗人却不如是想。许身报国，便如葵藿向日，这是自身的天性。他看不上那些苟安求禄的俗流，而自比横海兴波的鲸鱼。既不同于俗流，要做秀出于林的高树，便免不了被排斥的遭遇，而诗人也羞于苟合求进，以此沉沦至今。想到隐居的巢父、许由固然惭愧，却到底不愿改变所选择的道路。落拓青衫，只能时时纵酒自遣，放歌寄愁。

至此是诗歌第一节，兴怀咏叹，真如飘风骤雨之弥天漫地。所咏之怀，如果仅仅是"居然成濩落""浩歌弥激烈""放歌颇愁绝"，那还是风诗一路；诗人却放开心胆，自陈志愿，他上比的是稷与契，忧心的是苍生黎元，诗歌的立意便从一身扩展至天下家国。好比芮良夫在《大雅·桑柔》中所唱叹的："菀彼桑柔，其下侯旬，捋采其刘，瘼此下民。不殄心忧，仓兄填兮。倬彼昊天，宁不我矜？"芮良夫乃天子卿士，忧国忧民，是其职责所在。杜子美只是一个几天前才获任命的从八品下的小官，却也作这般口声，其心胸气度竟似比芮良夫更广大。这才是"天下士"该有的胸怀。而从诗歌来讲，便是高屋建瓴，以一笔兼摄一身与天下，将本怀写得淋漓尽致，为后面两节具体的所见、所遭与所感张本。

第二节才真正转入自京赴奉先的旅程上来，而这一节的焦点只有一个：骊山。从长安到奉先，循当时驿路需要在城北渡过渭水到泾阳。诗人从城南出发，大概只是沿着城外的官道北行，骊山在长安往东数十里之外，按道理他不会绕远路从骊山脚下过，所以诗中所云"凌晨过骊山"，应该只是遥过遥望而已。试想彼时更深夜重，加上阴云蔽空，那黑暗一定浓得化不开。浓黑之中，东边天空却有点点星火，从下而上，摇曳闪烁，宛如神仙世界。是了，那是骊山上的华清宫。看来玄宗、贵妃、杨国忠、秦国夫人、虢国夫人们正在作通夜之欢。

夜半风疾，手指早早冻僵，霜落了满身，最外层的衣带接触不到体温，结冰冻住了，又随着身体的扭动而崩断。望着远处灯火，其上似有烟雾蒸腾，听说那是华清池温泉的暖气。诗人不能不想象起此刻山上奢华欢宴的场景："瑶池气郁律，羽林相摩戛。君臣留欢娱，乐动殷樛嶱。赐浴皆长缨，与宴非短褐。""中堂舞神仙，烟雾蒙玉质。煖客貂鼠裘，悲管逐清瑟。劝客驼蹄羹，霜橙压香橘。"愤激之感，不由得填满胸臆。"圣人筐篚恩，实欲邦国活。臣如忽至理，君岂弃此物！"君王宴请与赏赐臣下，其目的是"我有嘉宾，德音孔昭。视民不恌，君子是则是效"(《诗经·小雅·鹿鸣》)，这是周文王树立的榜样。可是当今的圣人和贵戚宰辅在做什么？他们可曾半点顾念过"彤庭所分帛，本自寒女出"？他们可曾在乎过"鞭挞其夫家，聚敛贡城阙"？诗人出身官宦世家，自己也入了官，尚且寒不可耐，那普天下的黎民百姓此刻又是如何境况？他要控诉。"朱门酒肉臭，路有冻死骨。"冻死骨，是自己，也是普天之下被盘剥到严冬少衣、寒夜无被的穷苦人。前一节才说"生逢尧舜君，不忍便永诀"，这一节便狠狠戳破了这位尧舜君的画皮，露出了底下贪婪狰狞的本来面目。杜子美，其智可及，其勇不可及也。

诗歌来到第三节，先细腻描写了渡过渭水时的艰险恐惧。彼时河流开始结冰，尚未完全冻结，所以水面上飘满浮冰，随流而下，不断撞击桥梁，发出窸窣之声。这既是写实，而"疑是崆峒来，恐触天柱折"两句又揭示了诗人隐喻时局的深心。时势危殆，危自神仙居所来，人间的行人与居人，只能共享同一种艰难。

读书人常见一种"抽象同情"的毛病。他们对身边的苦难视而不见，甚至对家人粗暴冷酷，却又时时刻刻关心远方的人类。这样的人沉醉在"博爱"感之中,往往意识不到自己只是刻骨自恋。当我们读到"老妻寄异县,十口隔风雪。谁能久不顾,庶往共饥渴"时,便知道杜甫的爱何其深沉厚重。他首先深爱着家人,然后推己及人,故而能真正博爱于他人。爱得越真,失去所爱之人的痛便越深。"入门闻号咷,幼子饥已卒",痛何如之?这里的"饥"字,有异文作"饿"。从训诂上看,"饿"是彻底无食,"饥"是吃不饱,从古到今的汉语都说"饿死",而不说"饥死"。而且行文上"饿已卒"也和前文"共饥渴"避复。因此不少学者这里径改"饥"为"饿"。只是我们再仔细想想,就觉得这个校改太武断了。饥荒是从去年秋天就开始的,所以诗人才在去年冬天送家人来奉天。可见,小儿子是在忍受了整整一年营养不良的折磨之后离世的。这时只有用"饥"字,才能刻画出长期乏食,不断衰弱,最后死去的惨况。杜甫作诗,从来千锤百炼,要字字惊人之心,作为读者,万不可一字放过,以致辜负了诗人的良苦用心。

丧子之痛,应该是触发诗人写作本诗的直接原因。我们看诗歌最后八句咏怀,再次由一己之痛推想到天下人的痛。也许有人以为杜甫不过是借此自我安慰:"比我惨的人还多着哩!"这般解读,那就真是小人之心了。诗歌第一节曲折详悉地自诉本怀,第二节奋不顾身地斥责天子,其人之忠且勇如此，其胸怀之博大仁爱如此，士君子不过如此，何有他哉！

杜甫被推尊为古今无二的诗人，绝非偶然与侥幸。他写诗的技巧可以学习追摹，甚至可以超越，但真正造就他诗歌宏伟气魄的胸怀，有几个人真正拥有？诗人杜甫从未将个人遭际与国家、四海苍生的命运割裂，相反，他总是站在个人与国家、时代与历史交汇点上感受着、思考着。他诗歌中痛苦的浓度那么高，好像他不是一个人在歌哭，而是同时有万千人在歌哭。借由诗歌的书写，杜甫承担起这无边的苦痛，他的炽热的酸楚、愤激、哀恸，他的深广和细腻，他并作的苦与乐，都表现得如此有力，海涵岳峙，如天如地。

如果说杜甫是诗人中的诗人，那《自京赴奉先县咏怀五百字》这样的作品便是诗歌中的诗歌。

# 辞阙表与中兴颂:《北征》析义

《北征》是杜甫诗歌的代表作,是中国文学史上的杰作,宋人叶梦得许之为"穷极笔力……此固古今绝唱也"(《石林诗话》卷上)。

## 背景

《北征》诞生于一个失望与希望、悲痛与振奋交织的时刻。

玄宗天宝十四载(755)十一月,安禄山起兵于范阳,绵延七年的安史之乱就此开始。战乱之初,诗人带着家人流亡到了鄜州。次年八月,肃宗即位于灵武,改元至德。杜甫身为太子右卫率府兵曹参军,本就是东宫属官,现在太子即位,其义自当效拙诚而共危难。于是把家小安顿在羌村,只身投奔肃宗而去。行不多远,不幸遇到叛军,被押解到长安。在艰难与痛苦中熬到至德二载(757)四月,杜甫逃出长安,间关道路,来到肃宗此时驻跸的凤翔。他"麻鞋见天子，衣袖露两肘。朝廷愍生还，亲故伤老丑。涕泪授拾遗，流离主恩厚"（《述怀》）。

得授左拾遗是杜甫一生荣耀的顶点。拾遗品级不高，却是"扈从乘舆"的近侍之臣，"掌供奉讽谏"，"凡发令举事，有不便于时，不合于道，大则廷议，小则上封。若贤良之遗滞于下，忠孝之不闻于上，则条其事状而荐言之"（《旧唐书·职官志二》）。随侍天子从来荣光无尚，让杜甫感奋不已。如何才能报答恩宠，襄赞朝廷于危难之际？诗人天真地以为需要讽谏、讽谏、再讽谏。

尽责的"机会"转眼到来。五月，肃宗罢免宰相房琯，杜甫以为未当，上了一封言辞激烈的奏疏。刚上任几天的左拾遗要干涉宰相的任免，结果便是惹得肃宗大怒，诏三司推问，幸得宰相张镐解救乃免。但从此诗人就被天子疏远了。挨到八月，皇帝干脆批准杜拾遗去鄜州探视家人，可见并不在意诗人的去留。

闰八月初一日，诗人踏上北去鄜州的征途。七百多里登山涉水的行程，最少需要半个月才能走完。回到家中，旋即病倒。等身体康复，开始构思写作《北征》，已入九月。此刻，风翔传来回纥发兵助唐的消息，大唐的中兴，似乎指日可待。兴奋之中，诗人要把自己的一片赤忱献给天子。

辞阙表与中兴颂:《北征》析义

## 内容

《北征》写了什么？清代梁诗正、钱陈群领衔编撰的《御选唐宋诗醇》中曾有一段很好的概括："问家室者，事之主；愤艰虞者，意之主。以皇帝起，太宗结。恋行在，望匡复，言有伦脊，忠爱见矣。道途感触，抵家悲喜，琐琐细细，靡不具陈，极穷苦之情，绝不衰飒。"可见诗歌有两条线索：外在的叙事线索是北征还家之事，内在的情志线索则是愤艰虞而望中兴之意。

诗歌可以分为五段。第一段写辞阙，总括两条线索：

> 皇帝二载秋，闰八月初吉。杜子将北征，苍茫问家室。维时遭艰虞，朝野少暇日。顾惭恩私被，诏许归蓬荜。拜辞诣阙下，怵惕久未出。虽乏谏诤姿，恐君有遗失。君诚中兴主，经纬固密勿。东胡反未已，臣甫愤所切。挥涕恋行在，道途犹恍惚。乾坤含疮痍，忧虞何时毕。

辞阙的目的是"问家室"，后面写归程与到家情事都由此生出。乱世久别，谁能不牵挂家人？按照一般的构思，在"苍茫问家室"之后，也许就会像《诗经·魏风·陟岵》《豳风·东山》一样诉说思念。偏偏诗人落笔，全不写自己如何思家,反而大书特书辞阙之感:感皇恩,愧失职,颂君德,愤叛军,眷帝居,忧乾坤。情如此,志如斯,诗歌深层的立意昭然若揭。

第二段写归途:

> 靡靡踰阡陌,人烟眇萧瑟。所遇多被伤,呻吟更流血。回首凤翔县,旌旗晚明灭。前登寒山重,屡得饮马窟。邠郊入地底,泾水中荡潏。猛虎立我前,苍崖吼时裂。菊垂今秋花,石戴古车辙。青云动高兴,幽事亦可悦。山果多琐细,罗生杂橡栗。或红如丹砂,或黑如点漆。雨露之所濡,甘苦齐结实。缅思桃源内,益叹身世拙。坡陀望鄜畤,岩谷互出没。我行已水滨,我仆犹木末。鸱鸟鸣黄桑,野鼠拱乱穴。夜深经战场,寒月照白骨。潼关百万师,往者散何卒。遂令半秦民,残害为异物。

十几天的归程,诗歌又分作三个小节来记述。前六句为第一节,写初登程途在凤翔所见的景象。作为行在的凤翔此时也是人烟稀少,存者多伤,则他处的惨况可想而知。自"前登寒山重"至"益叹身世拙"为第二个小节,以邠州为中心,写漫漫中途之景。这一路上,虽然也有猛虎逼前的艰险，但多数时候秋山无人，青云在天，遍天下的风烟战火仿佛只是一场噩梦，行走在这片大的安静之中，宛如身在桃源。可是行近鄜州，再次经过前日的战场，到处是森森白骨，隐隐映射着冷月的光芒，诗人不得不面对现实，噩梦才是现实，而桃源只是片时的梦幻。这便是从"坡陀望鄜畤"开始的第三小节所写的内容。

第三段是到家后的情事：

> 况我堕胡尘，及归尽华发。经年至茅屋，妻子衣百结。恸哭松声回，悲泉共幽咽。平生所娇儿，颜色白胜雪。见耶背面啼，垢腻脚不袜。床前两小女，补绽才过膝。海图坼波涛，旧绣移曲折。天吴及紫凤，颠倒在裋褐。老夫情怀恶，呕泄卧数日。那无囊中帛，救汝寒凛慄。粉黛亦解苞，衾裯稍罗列。瘦妻面复光，痴女头自栉。学母无不为，晓妆随手抹。移时施朱铅，狼藉画眉阔。生还对童稚，似欲忘饥渴。问事竟挽须，谁能即嗔喝。翻思在贼愁，甘受杂乱聒。新归且慰意，生理焉能说。

这一段也可以分三节。第一节至"悲泉共幽咽"，写与妻儿经年相别，彼此存亡莫测，乍然重逢，悲喜交作之感。

第二节从"平生所娇儿"至"呕泄卧数日",专写归来之悲苦。所悲苦者何?稚子弱女,艰难求生,为父者心酸惭愧,此其一;到家后病卧在床,此其二。余下为第三节,转入归来之喜。所喜者何?妻女生机重焕,孩子天真烂漫,在天地苍茫之际复得此人伦之乐,岂不可喜。

更大的喜悦来自朝廷的最新消息,这是第四段的内容:

> 至尊尚蒙尘,几日休练卒。仰观天色改,坐觉祅气豁。阴风西北来,惨澹随回鹘。其王愿助顺,其俗善驰突。送兵五千人,驱马一万匹。此辈少为贵,四方服勇决。所用皆鹰腾,破敌过箭疾。圣心颇虚伫,时议气欲夺。伊洛指掌收,西京不足拔。官军请深入,蓄锐何俱发。此举开青徐,旋瞻略恒碣。昊天积霜露,正气有肃杀。祸转亡胡岁,势成擒胡月。胡命其能久,皇纲未宜绝。

这一段所写,其实就一件事:本年九月,回纥怀仁可汗派其子叶护及将军帝德等率领精兵四千余人来到凤翔。彼时安史叛军颓势已显,但仍与朝廷军队僵持不下,精锐的回纥骑兵到来,无疑将快速改变战场形势。这个消息让诗人振奋不已,他赞颂回纥兵马的精锐,想象着在他们的帮助下,官军能收复长安、洛阳二京,进而荡平河东、河北,一举平息战乱。

最后是第五段:

> 忆昨狼狈初,事与古先别。奸臣竟菹醢,同恶随荡析。不闻夏殷衰,中自诛褒妲。周汉获再兴,宣光果明哲。桓桓陈将军,仗钺奋忠烈。微尔人尽非,于今国犹活。凄凉大同殿,寂寞白兽闼。都人望翠华,佳气向金阙。园陵固有神,扫洒数不缺。煌煌太宗业,树立甚宏达。

这一段承前而发,断言大唐的中兴指日可待。何以如此断言?平定叛乱是中兴的基础,而中兴的关键在诗人看来是对杨国忠为核心的奸臣集团的扫除。显然杜甫拥有的是一种相对简单的忠臣、奸臣叙事的政治观。在他看来,任忠还是任奸,是王朝兴衰的关键因素。现在奸佞已去,自然中兴有望。

## 意旨

臣子辞阙,或拜表涕零,或赋诗言志。以诚挚动人、庄严宏大论,表当以诸葛亮《出师表》为第一,诗则《北征》

当仁不让。

过去学者追述《北征》的文体渊源，都认为它上承纪行赋以及蔡琰《悲愤诗》。赋有一类纪行之作，记叙一段征程，沿途凭吊古迹，抚今追昔，表达政治关切与人生态度。代表作有刘歆《遂初赋》、班彪《北征赋》、班昭《东征赋》、蔡邕《述行赋》、冯衍《显志赋》和潘岳《西征赋》等。蔡琰则是遭遇战乱，陷身匈奴，复被赎回，"感伤乱离，追怀悲愤"，写下了《悲愤诗》，记述天崩地解之中个体遭际。除了记述行程这一点相同以外，纪行赋和《悲愤诗》的内容与言说方式都与《北征》有较大差别。

在辞阙之际，陈述天下大计，兼写一己之情与事，《北征》更像是《出师表》。不同在于，诸葛亮是宰辅大臣，他的一身关系家国，故《出师表》好比《诗经》的《大雅》；杜甫则是近侍小臣，因此他通过书写一身之困、一家之不幸来表现天下人的悲苦与不幸，由此感动与提醒皇帝，这就好比《小雅》。

以诗歌作拜表，其构思自然不同于单纯纪行之作。发端二句"皇帝二载秋，闰八月初吉"仅仅是记时间吗？这显然在模仿《春秋》的笔法。《春秋》全书的第一句话是："元年春，王正月。"《左传》解释说："元年春，王周正月。"杜预《春秋左氏经传集解》注云："言周以别夏、殷。"周之正月，代表的是周天子的王统。《公羊传》则有更清楚的说明："王者孰谓？谓文王也。曷为先言王而后言正月？王正月也。何言乎王正月？大一统也。"杜甫作为杜预后人，自称"自先君恕、预以降，奉儒守官，未坠素业矣"（《进雕赋表》），采用《春秋》之笔，以彰显大唐的天命未改与正朔犹在，其用意至为明显。正是以此庄严正大之笔开宗明义，第四、第五段极力铺陈朝廷中兴之望，才顺理成章。

天命固在，然而时局危殆。故《出师表》说"此诚危急存亡之秋也"。而《北征》说"维时遭艰虞"，以及第二、三段以所亲见、亲历详写"乾坤含疮痍"之惨痛，也正是同一用意。"疾风知劲草，板荡识诚臣"，危难之际才是忠臣致命之时。《出师表》回顾追随先帝以来的历程，自许欲"庶竭驽钝，攘除奸凶，兴复汉室，还于旧都"。杜甫所言则是"拜辞诣阙下，怵惕久未出。虽乏谏诤姿，恐君有遗失"，这是符合他谏臣身份的表态。

除了是辞阙表，《北征》还是一篇写给肃宗的大唐中兴颂。以"皇帝二载"发端，意在强调肃宗是今之天子。肃宗如何主也？"君诚中兴主"也。颂赞之旨，和盘托出。"中兴"一词，回到经典中，蕴藏着至深含义。《诗经·大雅·烝民》的小序云："《烝民》，尹吉甫美宣王也。任贤使能，周室中兴焉。"周宣王继承厉王的危局，能任用贤臣，中兴周室。现在如此赞美肃宗，不正是希望他能效法宣王吗？以颂赞为劝勉，这层深意到了诗歌第五段中做了详细铺陈，先说"周汉获再兴，宣光果明哲"，明白以周宣王、汉光武帝比拟、期许肃宗。最后"煌煌太宗业，树立甚宏达"，这是勉励肃宗继承太宗开创的帝业而再使辉煌。这好比《诗经·大雅·文王》末章"上天之载，无声无臭。仪刑文王，万邦作孚"和《周颂·维天之命》末句"骏惠我文王，曾孙笃之"。太宗之于唐正如文王之于周，都是不祧之祖。德能继之，功堪配之，这才是中兴的真正意思。如此结尾，颂而且勉，立意甚高甚远。

《北征》是熔经铸史的一篇大文字，它的意旨，唯有窥破其辞阙表和中兴颂的性质与书写方式才可了然。

## 艺术

《北征》之伟大，更在于诗人能以极动人之笔将极正大的意旨铺写得出神入化、顿挫淋漓。其笔力之强健多变，真如天风浪浪，让人屏息叹绝。无怪清人黄生赞叹："有大笔，有细笔，有闲笔，有警笔，有放笔，有收笔，变换如意，出没有神。""一篇用笔忽大忽小忽紧忽松……公把三寸弱翰，直似一杆铁枪，神出鬼没，使人应接不暇，此真万夫之特也。"（《杜诗说》卷一）

《北征》最显著的艺术特色有如下三点。

其一，所写内容丰富，诸笔皆备，繁会纷呈。诗歌有"大笔"，关于王朝命运的宏大叙事；"细笔"，对一身与一家遭际的细腻刻画；"警笔"，围绕主旨的警策之言；"闲笔"，归途中与到家后的琐琐情景；"放笔"，对时事的放言议论，比如"奸臣竟菹醢"诸句惩其恶，"桓桓陈将军"诸句扬其善，都可谓褒贬鲜明，绝不掩饰；"收笔"，勉励肃宗的话都说得含蓄得体，意味深长。由是上至帝王，下至万姓生民，大至历史之转关，细至一身之思想与遭际，以及忠爱之诚，人伦之挚，风景之幽，希望之切，星奔云涌，层出不穷。全文明明不过七百字，其内容似乎比万字长文还丰富。

其二，笔法起伏跌宕，善于变化，脉络清晰，繁而不乱。全诗有北征与辞阙两个主题，北征纪事，辞阙述志。就事而言，辞阙为北征之始；就志而言，北征所怀依旧是纯臣之志。诗歌第一段已兼摄此志此事，而交代清楚了二者关系，后面第二三段写北征之事，第四五段转回辞阙之志，呼应开头。可见，诗歌能区分主题而厘清层次，故而结构清楚，头绪虽多，各归其主。

同时，诗人抒情叙事极善于制造顿挫变化，绝不流于呆板。比如写归途，因为上承"挥涕恋行在"至"忧虞何时毕"四句而来，所以初登归路，先写忧患之意与萧瑟可怖之景。快到鄜州，家园在望，心情转为急切，又因路经战场而忧惧交作。这里是家国同忧之忧，与前面忧国忧君之忧有异有同，如何才能让两种忧彼此衔接又不至于重复？诗人乃在中段以轻松笔调铺写山色，点染草木，表示行路日久，忧意稍减。先忘却前一番的忧，再生出新一种的愁，这样就衔接自然而富于变化。其余段落内的用笔，也都是如此盘旋起伏，悲喜交织，极尽变化之能事。

其三，诗歌所表达的情感真挚饱满。诗人不但忠君爱国、仁民爱物，更有对家人深厚的爱。大爱诉之于议论，人伦之爱落实于细节。第三段写小儿女的神情行为历历如绘，细节越生动，其间贯注的爱意便越真实。能深爱家人者，对国家人民的爱才真才深，而不至流于表演。

以上从背景、内容、意旨、艺术四方面介绍、分析了《北征》一诗。它不仅是杜甫的辞阙表与中兴颂，也是炉火纯青的艺术杰作，思、史、诗价值交织，赋予了《北征》崇高的地位。清人李因笃称赞它与《风》《雅》《颂》"相表里"，是一点不为过的。

# 乾坤一腐儒

宋初西昆体的代表诗人杨亿非常瞧不起杜甫，常常嗤之为"村夫子"。某次某同乡吟出杜诗的"江汉思归客"，强迫杨亿接个下句。还在沉吟之际，同乡抢先开口，朗声道："乾坤一腐儒。"杨亿一时愣住（见南宋曾慥《类说》所载《古今诗话》）。他仿佛看到大鹏正在挥动三千里的翅膀，奋力飞向九万里的高空，风声澎湃，充满四野，哪还有什么莺音燕语。那时的杨亿定然觉得自己是海神面前的河伯，突然遭逢的无涯无际的寥廓，将他盈胸满腹的骄傲荡涤得无影无踪。

就凭"一腐儒"？

就凭"一腐儒"。

杜甫是第一个自嘲"腐儒"的诗人。自嘲的幽默总是比损人的刻薄有力量。一味刻薄他人者，其外在像只恐惧的小刺猬，其内在则是对镜自舞的大山鸡，大抵自恋而脆弱。而自嘲者相反，孔子自居"丧家之狗"而不疑，关汉卿说自己是"蒸不烂、煮不熟、捶不匾、炒不爆、响珰珰一粒铜豌豆",体现的都是坦荡与不屈服的力量。杜甫大概是古代诗人中最有力量的一位,他也喜欢调侃自己,比如自称"腐儒"。

唐肃宗乾元元年(758)春末时节,在门下省官署的院墙上,时任左拾遗的杜甫题诗一首,是自许为"腐儒"的头一遭:

> 掖垣竹埤梧十寻,洞门对溜常阴阴。落花游丝白日静,鸣鸠乳燕青春深。腐儒衰晚谬通籍,退食迟回违寸心。衮职曾无一字补,许身愧比双南金。(《题省中院壁》)

前四句所写是值班无事,独对春深的景象。门下省紧挨着皇宫的东墙(即"掖垣"),沿墙密密种着竹子和高大的梧桐。省中深邃庄严,重重院门正对着官署的屋檐。春日寂寞,所见不过"落花游丝""鸣鸠乳燕"而已。后四句写心情,以自嘲"腐儒"开端。好好的近侍之臣干着,怎么就自嘲起来?话还得从去年说起。

至德二载(757)初夏,杜甫逃离安史叛军控制的长安,间关西行,来到唐肃宗的行在凤翔,"麻鞋见天子,衣袖露两肘。朝廷愍生还,亲故伤老丑"(《述怀》)。大为感动的肃宗任命诗人做了左拾遗。左拾遗属门下省,看似品级不高,不过从八品上,但任官者平时多有机会扈从天子,凡是天子的命令、朝廷的举措有不妥当的,都可以反驳或者提出公开讨论,同时还有推荐贤良忠孝的职责。既有随侍至尊的荣光,又有谏言权和人事举荐权,更有得到天子赏识而超擢升迁的机会,可谓清贵无比。此时安禄山已死,大唐的前景,在与叛军缠斗中,似乎明朗起来。身处中兴大业的中心,杜甫该是何等兴奋、忙碌。不想几天之后,宰相房琯被罢,杜拾遗抗疏论救,触怒天子,诏三司推问。幸亏宰相张镐出面,保下了莽撞的谏官。诗人再上了一道措辞不当的谢罪表,更是彻底惹恼了天子,从此被冷落弃置。天宫才上,羽翼初展,却不道转瞬落回凡尘。闰八月,杜甫告假去鄜州看望家人。九月,收复长安。十月,皇帝还京。十一月,诗人回到朝廷。转眼到了次年春天,依然做着左拾遗,不过随例上上朝,坐坐班,与同僚唱和几首诗,而拾遗补阙的工作、中兴大唐的事业,似乎与他并无关系,心境不免一天天落寞下去。春天里,他经常外出闲逛、纵酒:"一片花飞减却春,风飘万点正愁人。且看欲尽花经眼,莫厌伤多酒入唇。江上小堂巢翡翠,苑边高冢卧麒麟。细推物理须行乐,何用浮名绊此身。"(《曲江二首》其一)

  人在性格上可以大致区分为脆弱和坚强两类,命运上也有一帆风顺和坎坷困顿的区别，性格和命运的组合不同，面对事业上突然受到的挫折打击，反应也各有不同。一帆风顺的脆弱者容易消沉、怨恨、控诉；一直困顿的脆弱者会陷入最深的自我怀疑，甚至会被彻底击垮；一帆风顺的坚强者默默承受，咬牙坚持，期待未来；而一直困顿的坚强者虽然感到巨大痛苦，也许也曾堕入自我怀疑的泥淖，但经过长久艰难岁月的磨洗，他已经能分辨个人才能与外在境遇的关系，而不会失去对自己的信心，相反他找到了一些化解痛苦的方法，比如自嘲。显然，杜甫属于最后这类人。

因为家族"自先君恕、预以降，奉儒守官，未坠素业矣"（《进雕赋表》），杜甫自小服膺儒术。他曾反复言及"窃比稷与契"（《自京赴奉先县咏怀五百字》），"致君尧舜上，再使风俗淳"（《奉赠韦左丞丈二十二韵》），都是标准的儒生志业。随着困居长安的年岁渐深，困顿与屈辱日积，人变得愤激起来，诗歌中不时出现"儒术诚难起"（《奉留赠集贤院崔于二学士》），"儒术于我何有哉，孔丘盗跖俱尘埃"（《醉时歌》）这样的话，似乎对自己儒者身份的意义有了质疑。但这种怀疑的情绪到安史之乱爆发之后就消失不见了。"兵戈犹在眼，儒术岂谋身"（《独酌有感》），杜甫意识到儒术的意义在国家秩序重建，而非一己之得失。尽管此后政治上一再受挫，人生不断遭逢丧乱和流离，诗人愤懑不甘，抗议，但他不再质疑自己儒者的身份，顶多也就是自嘲迂腐，嘲笑自己"腐儒衰晚谬通籍"。

"腐儒"本来是汉高祖刘邦嘲骂读书人的经典用语，他觉得这些读书人"如腐败之物不任用也"（司马贞《史记索隐》）。杜甫四十六岁才当上左拾遗，可谓"衰晚通籍"。左拾遗这类小官的清贵，全在于有机会得到天子的亲近与宠信，而一个善媚其文而拙媚于人如杜甫者，注定搞砸各种机会，最后把自己变成权力格局中的"阑尾"。于是乎，空有"衮职"的荣名，却对国家"曾无一字补"，诗人该有多少失落、不甘与尴尬？这就是"谬通籍"的"谬"字所要刻画的感受。自以为忠直，换来的只是疏远冷落。想一想当年那个"自谓颇挺出，立登要路津"（《奉赠韦左丞丈二十二韵》）的少年郎，想一想去年在凤翔"涕泪授拾遗，流离主恩厚"（《述怀》）的激动，再看眼下独坐春深、无所事事的状态，于是慨然给了自己一个封号——腐儒。

玩味"腐儒"这个称呼，它存在着一种有趣的内在张力。腐是就其能力、状态而言的，而儒则是其身份。自居"腐儒"的人在自嘲本领不济的同时，并不否定自己儒者的身份，前者遗憾，失落，后者不屈服，依然坚持。诗歌情绪也的确如此变化发展。"退食迟回违寸心"，描写下班退食之际迟回徘徊，因感到不能匡君辅国，有违素心，故而恋恋不忍离去。这才是儒者"臣事君以忠"的本分。不忘儒者本分，所以尾联二句写自己不能拾遗补阙，有愧清誉，于惭愧自责之际，仍自励勿忘"许身"报国的初心。如此理解，再来回味前面颔联描写的景物，"落花游丝"是不是与失落的心情吻合？"鸣鸠乳燕"的生意又是否与内心深处的奋励潜通暗合？嵌入这飘落着又生长着的深深寂寞中的"腐儒"，汇合了复杂的情绪和多重的意志，而成为点睛的自我写照。

写成《题省中院壁》不久，才到六月，因为是房琯一系的官员，杜甫终究被赶出朝廷，贬为华州（今陕西渭南华州区）司功参军。同年冬天，诗人回了一趟洛阳故居，探访战乱后幸存的亲友。他无法预知，此后的人生岁月，故乡和亲友都只能形诸梦寐了。次年乾元二年（759）春，战局突然恶化，叛军兵锋再次指向洛阳。杜甫自东都归华州，途中写下著名的《三吏》《三别》。到了七月，关辅饥馑，诗人弃官西去，带着一家人远居秦州（今甘肃天水）。秦州也不是理想的居所，于是十月迁居同谷，十二月初一，又踏上入蜀的旅程。赶在新年到来之前，终于抵达成都。

翻过年来，肃宗改元上元（760），诗人四十九岁。望五的诗人在成都西门外浣花里的江边营建了一处草堂，总算又有了自己的家园。某日，一位大人物慕名来访，成就了杜甫

诗歌中第二个"腐儒"的用例:

> 幽栖地僻经过少,老病人扶再拜难。岂有文章惊海内,漫劳车马驻江干。竟日淹留佳客坐,百年粗粝腐儒餐。不嫌野外无供给,乘兴还来看药栏。(《有客》)

这首诗应该是乘兴挥笔之作,证据是颈联与颔联之间"失粘"了。即第五句"竟日"二字本来应该承上句用平声,现在竟然用的是仄声。杜甫在此前的长安时期虽然七律作的不多,但他创作了大量的五言排律,对律诗的声韵要求极为娴熟。对此处的失粘,合理的解释只能是他写得高兴,不在乎。

前人说这首诗写得"亦高亦傲,亦倨亦恭"(顾宸《辟疆园杜诗注解》),很对。"幽栖地僻经过少",住得偏远,客人稀少,反衬这位访客可贵,这是恭维。"老病人扶再拜难",自居老大,疏于礼数,这又是托大。"岂有文章惊海内,漫劳车马驻江干",说难道自己有海内文章的声名,竟能惊动这位高车大马的贵客特意来访。这自然是正话反说,从来自负作手的诗人这里似谦实傲,更进一步,他要借这个自傲来恭维客人——懂得风雅,能欣赏自己文章的客人怎么会是寻常俗客呢?"竟日淹留佳客坐,百年粗粝腐儒餐",诗人自嘲身是腐儒，平生所食都是粗粝不堪的食物，这是高人姿态；而佳客一开始就不在意诗人"再拜难"的失礼，之后又淹留整日，还不嫌腐儒之餐而共享之，愈可想见其人之襟怀与风雅。最后的"不嫌野外无供给，乘兴还来看药栏"仍是同一笔法，"无供给"是礼数难周，"看药栏"是无风景可称，呼应开篇的"幽栖地僻"，而依然提出再来的邀约，自是说明宾主相得。

这首诗应该放到汉魏以降的隐士传统中来理解。汉魏以来，隐逸之士备受尊崇。高傲是隐者应有的风骨，达官贵人则常常通过拜访隐士来展现自己的虚怀若谷、礼贤下士。这时，无论隐者是真的厌倦世俗还是纯粹借隐求名，他们都会通过无心或有意的傲慢行为来"配合"完成拜访。我们熟知的刘备三顾茅庐、王弘拜访陶渊明，都是类似的行为模式。当然也有绝顶聪明如王徽之者，他只需要借探访隐者之名，而根本不需要隐士配合之实，"乘兴而行，兴尽而返"，自己就完成了整个拜访过程，并制造了一段超越平常模式的风流佳话。看起来诗歌中的杜甫处于隐士的位置，他"中规中矩"地配合了一次拜访，甚至有意无意作了一首失粘的律诗，以此表现聚会当中那种畅快无拘的兴致。

当然，杜甫其实暗藏着某种狡黠。最后诗歌的题目是"有客"，而不像平常诗作在题目中直接写出来访者的姓名、官职。于是诗歌记录了一次自己受到的访问，但来访者姓名被刻意隐去，仿佛他的存在和来访完全是为了让诗人有兴致表演一番风流、完成一首诗歌。可以说杜甫颠倒了王徽之的行为模式，从被访者立场制造了一段风流。古人写诗有夺胎换骨之法，杜甫这番操作则是行为模式上对王徽之的夺胎换骨。

如是再聚焦于诗中的"腐儒"，就更能体会其中的幽默感。称一个儒者为"腐儒"，在求用的政治场域中，便是嘲弄或自嘲，在求无用的隐逸场域中，却是值得骄傲的资本。传统的认知中，越是高尚的隐者，越是过着一种苦行僧一样的生活。于是杜甫要强化自己的这种形象。他有意忽略了自己锦衣玉食的幼年、少年生活，以及鲜衣怒马的青春年华，而夸张地说自己一直都是个腐儒，平生吃的都是粗食糙物。从表面看，是要满足访客见到真隐士，完成礼贤下士表演的愿望；但是鉴于访客的身份被虚化了，甚至是真有其人还是我们的诗人虚构了这样一位访客都未可知，因此这更像诗人演的一出戏。在这出戏中，诗人的身份是无心世事的高人逸士，"百年粗粝腐儒餐"是他的人生标配。但在戏外，真实的诗人却是一个极度关切现实的人，是一个求用而不可得的人。这时，戏里腐儒身份带来的自豪感有多强，戏外造成的自嘲效果就有多强。

前面《题省中院壁》自称"腐儒",除了自嘲,还带着不甘、自惭与自奋的情绪,而《有客》则是投入一场诙谐的戏剧中,完成了一次酣畅淋漓的自我调侃。

此后杜甫在《草堂》《寄韦有夏郎中》中也自居"腐儒",可惜二诗平平,并不出奇。直到最后,"最老杜"的用例诞生,这就是让杨亿沉默无言的《江汉》:

> 江汉思归客,乾坤一腐儒。片云天共远,永夜月同孤。落日心犹壮,秋风病欲苏。古来存老马,不必取长途。

这首诗写于何时何地,至少有四说。蔡梦弼认为杜甫五十五岁作于大历元年(766)的云安(今重庆云阳)。不过诗人在云安度过的秋天只有去年永泰元年,大历元年春天就搬到了夔州(今重庆奉节),所以要么是永泰元年秋作于云安,要么是大历元年秋作于夔州。黄鹤认为是五十六岁、大历二年(767)在夔州作。浦起龙认为是五十七岁、大历三年(768)秋作于江陵(今湖北江陵)。仇兆鳌则主张大历四年(769)作于湖南,时年五十八岁。

一定要在汉江流域才能称"江汉"吗?古人并不如此。

《诗经·小雅·四月》云:"滔滔江汉,南国之纪。"郑玄笺:"江也,汉也,南国之大水,纪理众川,使不雍滞。"这是江汉并称,指代广大南方。左思《蜀都赋》:"江汉炳灵,世载其英。蔚若相如,皭若君平。王褒韡晔而秀发,杨雄含章而挺生。"古人以岷江为长江源头,汉水发源的汉中地区则地理上和政区上与巴蜀连成一体,因此《蜀都赋》用"江汉"指称长江、汉水的上游地区,后面提到的司马相如、严君平、王褒、扬雄都是蜀中人物。杜甫饱读诗书,谙熟前人用法。"暮景巴蜀僻,春风江汉清"(《送李卿晔》),写于嘉陵江边的阆州。"落日悲江汉"(《暮春题瀼西新赁草屋五首》其五),作于夔州的长江边。大历三年在江陵,则写下"尊前江汉阔,后会且深期"(《暮春江陵送马大卿公恩命追赴阙下》)。从用典的角度看,这些地方都属于古人的"江汉"地区。从实际看,古人视西汉水为嘉陵江的上游,这样嘉陵江也可以叫"汉水"。所以在《承闻故房相公灵榇自阆州启殡归葬东都有作二首》其二中,诗人说:"丹旐飞飞日,初传发阆州。风尘终不解,江汉忽同流。"这是明确把嘉陵江称为汉水的例证。似乎杜甫使用"江汉"一词时考虑到了实际情况,他愿意把嘉陵江、汉江、长江三江之间的这片区域称为"江汉"。这样看来,仇兆鳌的说法最可疑,因为湖南算不算江汉地区实在成问题。其他三种系年,还是大历三年可能性最大。从诗歌所写景象看,只有长天与孤月,而无崇山峻崖,的确更像在平旷的江陵地区,而非巫山群峰中的夔州。但无论如何,这是杜甫晚年作品,可确定无疑。

中年以后,人生的形态大体有膨胀与凝聚二种。多数人膨胀,内在的热情、勇气、道义,那些属于性灵、生命力和德性的东西日渐耗尽,而外在的地位、尊荣、财富却日渐增长。他们的社会疆域随着生命空洞的膨胀而膨胀,直到彻底归于虚无。少数人则凝聚。为了抵抗生命力的衰退,他们收缩、删繁就简,把有限的力量聚集到意志、德性和理想。杜甫是凝聚的代表。

随着生命的凝聚,晚年的杜甫逐渐发展出一种自我刻画的模式,那就是将极渺小的自我放置于极广阔的天地之间。比如"天入沧浪一钓舟"(《将别荆南寄别李剑州》)、"乾坤一草亭"(《暮春题瀼西新赁草屋五首》其三)、"天地一沙鸥"(《旅夜书怀》)等等。天地的广阔,宇宙的无垠,是诗人的时空意识,是让人意识到自身的渺小、无奈、孤独,让人感到绝望的永恒。可是,无论这个永恒如何巨大,却终究无法忽视其中的那个"一",哪怕这个"一"渺小且转瞬即逝,但它的存在本身却是不容置疑、无法抹杀的。这个"一"是诗人行旅的小舟、寄居的草亭、望中的沙鸥,也是任由他人嗤笑的"腐儒",诗人自己。

此刻江汉漂泊的思归客是谁？他不过是茫茫乾坤中的一介腐儒。"片云天共远"，这片云来自陶渊明的"万族皆有托，孤云独无依。暧暧空中灭，何时见余晖"（《咏贫士》其一）。陶诗悲凉，死亡阴影笼罩，杜诗所写则是一种永恒的孤寂，与"永夜月同孤"同样的孤寂。句中"同"字，堪称力有千钧。着此一字，则幽远深邃的夜空之下，便有了一个与皎皎孤月遥遥相对，且同感寂寞的人。这个人就是前面的"乾坤一腐儒"。后来苏轼去世前不久所写"浮云时事改，孤月此心明"（《次韵江晦叔二首》其二），用意用笔，都由此而来。不同在于，苏诗之我为明写，杜诗为暗写。苏轼俊朗，杜甫深沉，一比可知。回到杜诗，因为"同孤"已经点出人来，后文便自然将这个人挑明了写。落日秋风，无不暗示人生迟暮与腐败衰朽。可是诗人却说，当落日而心头热血犹壮，对秋风，不仅不觉衰飒，反而感到热病欲苏，老当益壮。原来腐儒只是身腐，而心却不腐。这颗心，依旧是"致君尧舜上，再使风俗淳"的壮心。身朽，故不能如千里马之取长途，心壮，故愿贡献老马之智，为迷途者指归。

"江汉思归客"，平平而起，"乾坤一腐儒"，破空而来。随着后面景与情的转换，诗人用寥寥之笔构造了一个自我做主的世界，从前带着自嘲调侃意味的"腐儒"置身这个世界中，竟如此庄严伟岸，获得大地山川般的重量。这是伟大诗人艺术与生命凝结的结果，是杜甫为古来儒者的精神写影。

杜甫是第一个自嘲为"腐儒"的诗人，这个词在他现存的诗歌中出现了五次，便造就了三种典范语境，赋予了"腐儒"三种典范意涵。《题省中院壁》杂糅失落、自嘲、奋励等多种情绪。《有客》是纯然的诙谐调笑，通过隐士扮演把自嘲转为高傲。《江汉》则以庄严的意态、高远的笔致刻画了一个孤生介立于天地之中而不可磨灭的自我。

从情感角度看，失落和奋励处于情绪的两极，而自嘲则处于中部，是情绪上和缓、舒适的区域。如果单纯表现失落，诗歌容易萧瑟灰暗，或者充满愤怒，充满控诉。自嘲则带给读者轻松、明亮、平和之感，使人心生愉悦，会心一笑。而奋励则表现出一种更大的力量，一种把向外控诉的愤怒收回内心的力量，它深沉厚重，如山如阜，如巨川洪流。因此《有客》最使人欢欣，《题省中院壁》哀而不伤，诸味杂陈，《江汉》则洪钟悠远，自生庄严。仿佛同一笔画而各出变化，各造极致，杜甫之不可企及有若此者。

杜甫由此开启了诗歌中"腐儒"书写的传统。此后"腐儒"逐渐成为诗人们习用的典故，成为古人自我意识、自我表达和背后精神世界的承载物。比如清初名臣陈廷敬在获得赏赐之后写道："不羡长卿工卖赋，腐儒执简庆遭逢。"（《讲筵赐紫貂文绮白金一事恭赋》其三）晚清诗人贝青乔诗则说："橐笔事奔走，憔悴嗟可矜。磨礲腐儒骨，百年犹有棱。"（《为管兰滋题寓楼听雨图》其三）朝廷重臣而自居"腐儒"，江湖浪客而傲骨不磨，盛世下的卑微与乱世中的昂扬两相对照，读书人精神的变化颇可以由此觇见。

# 是谁分不清橘与柿

唐代宗广德元年（763）深秋，杜甫正在蜀中阆州（今阆中）流浪。某次送客，直到北边的苍溪县。秋雨绵绵，山路湿滑，回程艰难，乃选择坐船，顺着嘉陵江南下。山川风物，引动诗兴，从此世间有了一首《放舟》诗："送客苍溪县，山寒雨不开。直愁骑马滑，故作放舟回。青惜峰峦过，黄知橘柚来。江流大自在，坐稳兴悠哉。"

诗歌颈联颇有名。明代王嗣奭《杜臆》说："五、六状行舟迅捷，妙极！"清初仇兆鳌在《杜诗详注》中承此说而云："见青而惜峰过，望黄而知橘来，皆舟行迅速之象。"清民之际诗学大家陈衍也分析说："此首最妙在第三联，写下水船其去如箭之状。亦借两岸之峰峦、橘柚形容之，工夫在一写过去，一写未来。过去者初未留神，迨见有一片青苍之色，始想是峰峦，而惜其已过矣；于是留神未来者，又见远远一片黄色。揣想之，知其为橘柚也。"（《石遗室诗话》卷二三）又明清之际的顾宸《辟疆园杜诗注解》云："雨湿之后，峰峦愈青，橘柚愈黄。青字、黄字微读，上一下四句法。"着眼于湿气对颜色的突显作用，同样能道出杜诗佳处。当然，这样的句法老杜并非首次用，也不会只用一两次，宋人孙奕在《履斋示儿编》卷十"知见"条中已举过多个用例。早年客居长安时，杜公就写过"绿垂风折笋，红绽雨肥梅"（《陪郑广文游何将军山林》其五）。不久前在成都，也有"红取风霜实，青看雨露柯"（《江头五咏·栀子》）之句。离开阆州后，少陵还写过"碧知湖外草，红见海东云"（《晴二首》其一）。名诗人、名学者叶维廉先生曾专门分析过"绿垂"一句，他说："在诗人的经验里，情形应该是这样的：诗人在行程中突然看见绿色垂着，一时还弄不清是什么东西，惊觉后一看，原来是风折的竹子。这是经验过程的先后。如果我们说语言有一定的文法，在表现上，它还应配合经验的文法。'绿——垂——风折笋'正是语言的文法配合经验的文法，不可以反过来。"（《中国古典诗中的一种传释活动》）"青惜""黄知"二句显然同样在呈现这种感知经验。

如果只是要歌颂老杜写诗如何好，其实不必饶舌著文——前人文章何其多也。这里想要较一较劲的问题，乃杜甫所见到的真的是橘柚吗？他会不会因为老眼昏花，加上舟行过快（穿越时空者送去了马达？）而看错了？提出这个问题的人是南宋著名学者楼钥。楼氏在其《攻媿集》卷六十六《答杜仲高书》中提到：

> 尝与蜀士黄文叔裳食花楑，因问："蜀中有此乎？"黄曰：此物甚多，正出阆州。杜诗所谓"黄知橘柚来"，极为佳句，然误矣。曾亲到苍溪县，顺流而下，两岸黄色照耀，真似橘柚，其实乃此楑也。问之土人，云工部既误以为橘柚，有好事者欲为之解嘲，于其处大种橘柚，终以非其土宜，无一活者。

楼氏此说，在清代受到人们特别的注意。仇兆鳌《杜诗详注》中引之，同时王士禛《居易录》卷十六、姜宸英《湛园札记》卷四亦引之，之后杭世骏《订讹类编》卷六、徐文靖《管城硕记》卷二五、郭麐《灵芬馆续诗话》卷一、俞樾《茶香室续钞》卷十四中，都摘引楼氏此说。以上都是清代学术史、文学史中有大名的人物，他们纷纷赞许楼氏，便渐渐坐实了老杜看错之说。最近读萧涤非先生主编《杜甫全集校注》，书中同样征引楼钥之文，而断言"杜诗此处所说不确"。萧书作为集古人注杜之大成的著作，的确较为严谨，虽然赞同楼说，但也摘录了施鸿保的质疑。施氏《读杜诗说》卷十二有云："今按，谓公诗误以花楑为橘柚，未知是否；惟云终非土宜，则似蜀中无橘柚矣。不独公《病橘》诗成都作,《章留后橘亭》诗梓州作也,即《禹庙》诗忠州作,云'荒庭垂橘柚'……则正蜀土宜,攻媿说殊不可解。岂终非土宜语,第指苍溪县沿江岸言乎?"

施鸿保提到,杜甫写四川橘柚的诗很不少,他不理解楼氏文中橘柚"非其土宜"的说法。的确,柑橘从古到今都是四川的土产水果,古籍中相关记载不可胜计。如果说成都、忠州相对阆州都位置偏南的话,那与阆州西东相接的梓州,气候风物应该就差不多了吧。杜甫不但在《章梓州橘亭饯成都窦少尹》中写道"秋日野亭千橘香",而且还专门写过一首《甘园》诗,记载梓州"春日清江岸,千甘二顷园",言之凿凿,自不可能有错。阆州又不是高山阻隔,自成一气候区域之地,怎么可能就没有柑橘呢?今天如果在互联网上同时以"苍溪"和"柑橘"、"阆中"和"柑橘"为关键词检索,会找到许多当地柑橘丰收的报道,图文并茂,可以为杜公作证。

而且橘之黄或带青色,柿之黄多偏红色,二黄自别;且橘树高不过两三米,柿树则多高十米以上,得多大的心才不分橘柿?杜甫可是写得出"翠柏深留景,红梨迥得霜"(《冬日洛城北谒玄元皇帝庙》)、"仰蜂黏落絮,行蚁上枯梨"(《独酌》)这样诗句的诗人,他的观察力之强,描写之准确,古诗人中罕有敌手,难道真的就目睹秋毫而不见舆薪?噫!大可怪也欤！

但楼钥所记同样具有很高的可信度，连施鸿保也不敢轻易否认。楼钥的四川朋友黄裳亲自去过阆州，完全没有看到柑橘树，而且专门询问过本地人，说是"非土宜"，好事者为坐实杜诗，种过，都死了。所以黄裳看到，沿江黄黄的都是花榔。花榔，据李时珍《本草纲目》说，就是漆柹（柿），又名绿榔、青榔、乌榔、赤棠榔，大概是柿子树的别种，"榔乃柹之小而卑者，故谓之榔。他柹至熟则黄赤，惟此虽熟亦青黑色，捣碎浸汁，谓之榔漆。可以染罾扇诸物，故有漆柹之名"。只是李时珍所说的漆柹果实一直到成熟都是青黑色，并非黄色，自非黄裳所看见之物。可能黄氏所称的花榔就是柿子，反正他也言之凿凿，阆州的嘉陵江两岸都是此物，而非柑橘。难道真的是杜甫老糊涂了？

古人总以为目验可断真伪，其实今天的科学常识早已告诉我们，存在太多可能性，导致我们眼见的并不为实。自然，黄裳和南宋的阆州人不至于分不清柿子与橘子，他们见到的柿子不会错，但是要由此否定杜甫所见，就过于武断。因为古人不知道气候是变化的，年均气温会周期性波动，温暖期和寒冷期的交替才是气候变化的常态。过去两千年中，唐宋时期是温暖期，竺可桢先生在《古今气候变迁考》中找到了很多唐代长安栽种柑橘的史料。据邹逸麟、张修桂主编的《中国历史自然地理》，唐宋最温暖的时候，柑橘种植的北界"能够到达河南的唐、邓和江苏的南京一带，甚至扩展到较高纬度的怀州（今河南沁阳）"，四川远在此线以南，是柑橘的主要产区之一。但是，在温暖期之中，仍然存在气温的波动，根据葛全胜、郑景云、方修琦等先生在《第四纪研究》2002年第2期上发表的《过去2000年中国东部冬半年温度变化》一文，可知1110至1190年之间是明显的冷谷时期。北宋大观四年（1110），泉州大雪，福州荔枝全部冻死。政和元年（1111），太湖全湖结冰，湖岛上柑橘全部冻死。南宋淳熙五年（1178），福州荔枝再次全部冻死。四川平均气温稍高于江南，但不会高于福州、泉州。竺可桢先生注意到，唐代的成都还栽种有不少荔枝，到了12世纪，荔枝的栽种线已经退到南边260里之外的乐山。可见那时四川的气温与东部地区一样经历了大幅度下降的过程。阆州地处川北，那里柑橘被冻死，正在情理之中。楼钥生于1137年，卒于1213年，很显然，他和他的朋友正好生活在一个冷谷时期，比杜甫的时代冷了很多。

乾道八年（1172）秋，陆游路过苍溪，作《太息》二首，其一云："冰霜迫残岁，鸟兽号落日。秋砧满孤村，枯叶拥破驿。"其年冬，他再次经过苍溪县葭萌驿，作《清商怨》词云："江头日暮痛饮，乍雪晴犹凛。"而晚年作《怀旧用昔人蜀道诗韵》诗,有句云:"最忆苍溪县,送客一亭绿。豆枯狐兔肥,霜早柿粟熟。"一派北方风物。陆游与楼钥同辈,从他的诗词看,当时的苍溪落霜早,冬天还下雪。相反,杜甫在唐肃宗乾元二年(759)十二月从同谷(今属甘肃康县)出发,南行赴成都,一路有诗纪行,不但没有一首诗提到下雪,反而在经过绵谷县(今广元)石匮阁时写道:"季冬日已长,山晚半天赤。蜀道多早花,江间饶奇石。"广元更在苍溪以北200里外,十二月时却是一派春意。代宗广德元年(763)隆冬,流浪阆州(今四川阆中)的诗人在《早花》诗中写:"腊月巴江曲,山花已自开。"后来的《大雨》诗中,杜公更说:"西蜀冬不雪。"杜少陵诗中的四川比今日更暖和,而陆放翁笔下的蜀地则寒冷远过今日。温暖期的人写诗说见到橘柚,寒冷期的人说没有此物,说前者搞错了,是不是活生生的"夏虫不可语冰"的例证呢?

看来新鲜的说法未必可靠,目验过的事情也未必可信。读古人诗,不但要有敏锐的感知力,非凡的共情力,也需要更丰富一些的知识才行。否则,诬枉杜公不分橘柿,就未免欺人太甚了。尤其王士禛,他不但曾入蜀,而且阆中、苍溪都是亲身所历之地;而从他自己的诗看,还在更北的汉中府时,他就多次看到成片橘树。结果他不但不能探访风土,稍思其理,为老杜正名,反倒对误说津津揄扬之、传布之,让人又好气又好笑。

积非终难成是,此番讨一公道,还诸杜陵老,楼攻媿诸公服气否?

# 杜甫的鱼与鸟

"江月去人只数尺,风灯照夜欲三更。沙头宿鹭联拳静,船尾跳鱼拨剌鸣。"这首诗是杜甫的七绝《漫成》,大概写于唐代宗大历元年(766)晚春时节,从云安(今重庆云阳)移家夔州(今重庆奉节)的路中。

乐山、犍为、宜宾、南溪、江安、泸州、合江、江津、重庆、涪陵、丰都、忠县、万州、云阳、奉节、巫山、巴东、秭归、宜昌,1992年夏天,我也曾有过一次水上旅行。这段水程,只是杜甫漫长漂泊旅程中不算长的一段,对他的创作生命而言,却是华彩乐章。在我旅程的起点,杜甫留下了"漾舟千山内,日入泊枉渚。我生本飘飘,今复在何许"的诗句;而在我结束旅途的地方,诗人写道:"北斗三更席,西江万里船。杖藜登水榭,挥翰宿春天。白发烦多酒,明星惜此筵。始知云雨峡,忽尽下牢边。"

"江月去人只数尺,风灯照夜欲三更",自然不会只是云安到夔州那一夜的所见所感,而是曾经不知道多少次泊船江岸的夜里，失眠、独坐的夜里，相似又相异地感受过的情景。

1992年，我们的城市还没有那么明亮，乡村的夜晚更是只有零星散布的灯火。那时在江船上望出去，看到的还是沉沉的夜空，是黑黢黢若有若无的山影和江面上荡漾的月色与星光。这与一千二百年前诗人所见，相去应该不远吧。不过彼时的我刚上初中，并不懂得孤独的况味，更不知道人生空幻、前途茫茫是什么意思。相反，我自得其乐，含一大口水，对着轮船明亮的尾灯猛地喷去，一个小小的彩虹便在夜晚开放。一个接一个的小彩虹，像对未来的梦想，自虚空中生出，又向虚空中灭去。

杜甫五十五岁了，长年漂泊，无论长安官场还是洛阳故园，似乎都远在天边。而身体多病，病况时好时坏，往日的亲朋好友纷纷离世，自己的时日还剩下多少呢？人生落到这样的境地中，免不了会遭到幻灭感的袭击。"名岂文章著，官应老病休""余生如过鸟，故里今空村""勋业频看镜，行藏独倚楼""小臣议论绝，老病客殊方"，诗句里满满的自嘲、自怜、失落、遗憾、怨恨，不甘心却又不得不接受。所以他总是失眠。

那天晚上，诗人显然托身在一只说不上大的船上，穷嘛，雇不起大船，所以江面的月亮离他不过区区数尺。是近还是远？相隔只有数尺，近；却又恒有这数尺。"盈盈一水间，脉脉不得语"，可望不可即的远不是比望不到却走得到的远更远吗？诗歌的"只"字其实很吃重，字面表示"近"，字里却是深深的遗憾。后一句的"欲"字同样道理。"欲三更"，快要三更了，原来诗人枯坐船头已久，不能忘我，只是看着船头风灯在浓黑的夜里发出一团微弱的光，默默算着时间。

最近几年，我也总是失眠。曾经的我，美梦召之即来，高考当前，照睡不误。现在却为何失眠呢？说不清楚。"其嗜欲深者，其天机浅"，世故中人，总是难免。"合眼风涛移枕上，抚膺家国逼灯前"，近代诗人陈三立的家国之忧，不能作为庸庸我辈的借口。

很怀念那段风涛满枕，依旧沉睡得了不知南北西东的岁月。那个惨绿的我，只因有懵无所知的醒，才拥有沉酣无虑的眠。就像那时过三峡，除了人人会背的"两岸猿声啼不住，轻舟已过万重山"，三峡更多的故事和典故我都不知道，更不知道唐德刚先生"历史的三峡"这一提法。总以为三峡虽险，驾轻舟便可超越。直到亲身遭逢，才知道超越并不那么容易。看着夔门从天边的黑影一尺一寸地增高耸立，直到以万仞之势压迫而来，除了陡然汹涌的江流，天地俱失。船行峡中，有时真的像脱弦急箭直直向前方峭壁撞去，等到跟前，发现江流近乎九十度急转，吊到嗓子眼的心才稍稍松了下去。峡中的礁石险滩纵然已炸去不少，但乱流依旧，乱石仍多。船长全神贯注，不敢稍有大意。他说，峡中依然危险。只是彼时的我，除了惊叫赞叹，何尝能体会船长紧张心情的万一呢？

杜甫一定能体会那种心情。他的国家，刚刚经历了安史叛乱，又遭受了吐蕃攻陷长安之痛，正带着满身伤痕，在历史的峡谷激流中艰难航行。大唐能走出他的"三峡"吗？诗人不断给自己打气，"北极朝廷终不改，西山寇盗莫相侵""炎风朔雪天王地，只在忠臣翊圣朝"，说得大义凛然。可心底的隐忧何尝一日稍去？"汉朝陵墓对南山，胡虏千秋尚入关"，骄奢淫逸的内忧和虎视眈眈的外患，千秋如一。再说，就算大唐平安走出"三峡"，对杜甫个人而言，他的人生终究是不可挽回地"错过"了。他甘心吗？或者，诗人会幻灭而永堕虚无吗？这是那个望着江月和风灯的诗人正在面对的挑战。

古人常常取"江月去人只数尺"跟孟浩然的"江清月近人"比较，又大都认为杜过于用力，孟自然不费力。如果不计较不恰当的抑扬，这个比较的眼光很好。杜甫的一生，本来就是笨拙而用尽全力的一生。孟浩然则太平盛世人，其人冲和，其诗淡泊，一向如此。

同样写夜里的静与寂寞，孟诗中那个"我"仿佛化去，与江光月色融成一片，哀愁、寂寥、怅惘、温暖，一切都变得淡淡的，与诗句描写的景色一样似有若无。这时，江与月非在末句不可，不如是不足以消泯物我之分。

杜诗中的"我"不但不会消融在夜色中，反而大大地凸显出来。就像"只"与"欲"这种用力而笨拙的字眼的存在一样，诗人的"我"是比黑夜还黑，比山石还硬，比寂寞更深沉，比江流更汹涌的存在。是任谁读到诗歌的时候，都无法忽视的。而且，对只有四句的绝句来说，四句中要有起承转合的变化，末句尤其吃重，或猛转，或统收，或斩钉截铁，或神韵悠长，如此诗歌才有趣味，才有力量。那么，"江月"出现在首句，只是要引出，要借月光和灯光去朦胧照向诗人更在乎的景象。是什么景象呢？

沙滩上的白鹭正蜷曲身子，安静睡着。这安静承接着前两句的安静，于是更加沉静。寂寞啊！同样的寂静，歌德也体会过："一切峰顶的上空 / 静寂，/ 一切的树梢中 / 你几乎觉察不到 / 一些生气；/ 鸟儿们静默在林里 / 且等候，你也快要 / 去休息。"（《漫游者的夜歌》，冯至译）杜甫也想到了永恒的"休息"吗？当然会吧。当怀疑和厌倦袭来的时候，早点结束岂不更好？但杜甫之为杜甫，作为中国三千年诗歌史上独一的、永恒的杜甫，他是不会轻易放弃的，他不会让幻灭和虚无吞噬自己,因为他有力,不,有力不准确,应该说他用力。"用尽闺中力,君听空外音",这是诗人在曲陈心声。

于是,在连着三句的静之后,要动,要有声响,要打破这黑暗沉闷的茧。一条鱼从船尾的水面跃出,拨剌一声,那声音一定异常明亮,打破沉寂,再归于沉寂,更大更深的沉寂。人生的哀痛、悲凉与诗人心中的生机、倔强,似乎都蕴藏在这动静变化之后。读者读此诗,便知诗人虽然老病缠身,却还未堕颓唐之境,其心内沉郁之力与不羁之趣尚在,不时要鱼跃而出。所以《八哀诗》《秋兴八首》《诸将》《咏怀古迹》《登高》这些千古之作,还在蛰伏酝酿,等待着从诗人胸中喷薄而出。

杜甫致君尧舜、再造风俗的理想,终究没有实现的一天。如果放长历史的视野看,唐王朝恐怕很难说走出了"历史的三峡"。当中国的历史真的走出"三峡",走向另一片天地时,已经进入宋代。贵族的时代彻底结束,平民士大夫的时代来临。新时代的知识精英不再把家族阀阅当作多么了不起的东西,他们首先看的是一个人的理想抱负,是他的德性和能力,是他的人生如何去造就,是整个的生命如何实现。这时,杜甫诗中书写的怀抱理想、永不向沉沦妥协的一生,看似笨拙,却如此真诚而有力量,毫无意外地赢得了后世人永久的仰慕和叹赏。

1992年的夏天,还没有江鱼跃入我的生命,但我在船上结识了一位退休的中学语文老师。一老一少,大概总是很容易结成友谊。后来老先生对我说:"你是我的忘年交。"我问:"什么是忘年交?"

船过奉节,老先生教我"诸葛大名垂宇宙"这首诗。他对我说:"'三分割据纡筹策',说诸葛亮费尽心力,也只得到三分割据的结果。那为什么还要称赞他'万古云霄一羽毛',说他是翱翔在万古天空的一只鸟呢?"我当然不能回答。老先生接下去解释:"三分还是一统,成功还是失败,是天意,是运势,人力是无法对抗大势的。一个'纡'字,写出的是鞠躬尽瘁,死而后已的精神。历史的运势很难改变,但一生所作所为中展现的品德、意志、才华,贯彻其中的精神,才是最可贵的。正因为这样,诸葛亮才如羽毛凌霄,睥睨万古。杜甫也是这样,所以他才能理解诸葛孔明,才能写出这万古名句。这就是将心比心。"我似懂非懂地听着,认真点了点头。

"希望将来的你,也能理解杜甫。"老先生又补上一句。

之后,一老一少都不说话,望着扑面而来的夔门,屏住呼吸,等待着,船入三峡。

# 马齿苋

前年,我捡了几颗香樟种子埋在花盆里,最后长出一株小小的香樟树。早晚呵护着,渐渐茂盛起来。去年春天的时候,妈妈见我种树,不知道从哪儿挖了一株小小的山茶树苗,也给我养在花盆里。我把两棵小树并肩放一起,让它们比比,谁长得更快。

今年夏天去北京,连看书带玩,待了十几天。心里想着,最近多雨,小树放阳台外应该渴不着。万万没料到,南北之间,悲欢如此不能相通。十几天中,北京的雨水就像婴儿的眼泪,说来就来;上海却一副"存亡惯见浑无泪"的铁石心肠,滴雨不落。等回家一瞧,我宝贝的两棵小树,双双变成了木乃伊。除了恨自己,还能怎样?心伤了,花盆依旧留在那儿,懒得去管。

没过多久,两个花盆里都长出了一种可爱的小草。非常细小,叶片一对对长着,倒卵形,略有点肥。细嫩的茎是紫红色的。好可爱!是什么多肉,受上天的派遣来安慰我的吗？赶紧浇水。再过几天，小草长大了，对生的叶片变成了互生，茎干横生，铺满了花盆。看来看去，这多肉怎么这么眼熟？打开手机上的"花伴侣"一扫——马齿苋！

妈妈说，可以吃，用水烫一烫，就没有酸涩味了。又说，太少，还不够塞牙缝的。我赶紧接一嘴，还是别吃了，就当多肉养着吧。怪可爱的。

养着养着，阳台上的麻雀越来越多，马齿苋的叶子越来越少。好家伙，我舍不得吃的绿色植物，都便宜这几只雀儿了。当然，看鸟在窗外蹦跶，听他们叽叽啾啾也怪有趣的。由赏草改为观鸟，也不失一乐。说实话，长大了的马齿苋比小时候难看多了，我正有点欣赏不来，倒也好，它们牺牲了自己，给我带来另一种欢乐。

查了一下，马齿苋，早先古人就叫它马苋。《颜氏家训·书证篇》记载说："马苋堪食，亦名豚耳，俗曰马齿。江陵尝有一僧，面形上广下狭。刘缓幼子民誉，年始数岁，俊晤善体物，见此僧，云面似马苋。"把人家的脸比作马齿苋的叶子，真是小孩子专属的鬼机灵加刻薄。

杜甫晚年住夔州的时候，还写过一首《园官送菜》诗，自序说："园官送菜把，本数日阙。刉苦苣、马齿，掩乎嘉蔬，伤小人妒害君子，菜不足道也，比而作诗。"大概负责给诗人送菜的园官，雁过拔毛，菜送得一天比一天少。自己种菜吧，菜园里苦苣菜、马齿苋这些野菜长得又比蔬菜茂盛，杜公生气了，就写诗骂马齿苋们是妒贤嫉能的小人。诗里写："小人塞道路，为态何喧喧。又如马齿盛，气拥葵荏昏。"是说，那些无处不在的小人，走到哪儿都得意洋洋、高声武气。就像马齿苋长得茂盛，完全侵夺了冬葵、白苏（即荏草）这些君子的生存空间。

杜甫晚年特别喜欢写诗骂小人。其实君子、小人，多数时候真的不是截然可分的。心里有怨气，骂骂不失为发泄的方式。可是我们要知道，被诗人骂的，未必真的是小人，被诗人捧的，也未必真的是君子。幸好，杜公这里并没有指名道姓，也就无需我们来操心，被骂的人究竟冤不冤了。不过人不冤，草却真冤。苦苣菜和马齿苋也可以吃，也可以治病，只不过带点苦味和酸味而已，怎么就小人了呢？晚清林旭诗云："世界愁风复愁雨，肝脾为苦亦为酸。"这苦和酸是人生本味，那苦苣与马苋岂不是人生之草吗？我喜欢罗大佑的一首歌《野百合也有春天》，套用这个歌名，也可以说，苦苣与马齿苋也有春天，被侮辱与被蔑视的也有春天。

我家的老马齿苋如今都成光杆司令了，为什么又想起它们来？因为我突然发现，花盆里又密密长出马齿苋的嫩苗来。依旧幼弱，依旧新鲜，依旧可爱。在这个临近深秋的时节，哪怕只能在世界上活不多的几天，也依然毫无顾忌地出生、成长。只要活着的每一天，都精彩，都漂亮。或者，无所谓精彩不精彩、漂亮不漂亮，该活着的时候就活着，活成自己的样子。

我想问问只活了五十九岁的杜甫，您赞不赞成这种态度？作为"乾坤一腐儒"，您觉得自己像不像这样一株野草呢？

# "荡析"还是"荡折":《北征》札记一则

《北征》是五古。唐人做试律诗,押韵严守官定《唐韵》,故近体皆然。古体用韵则无此拘束,反而以古为尚,用韵亦仿照古人。王力《汉语诗律学》有云:"古韵和唐韵不同,这是语音的实际演变;唐朝的诗人不明此理,以为古今的韵部是一样的,于是误会古人某字与某字押韵为邻部通押,而他们也想模仿古人用起通韵来。"通韵或者以一个韵部为主,偶尔通到相邻韵部去。或者相邻几个韵部混用,并不区分主从。《北征》所押入声诸韵即属于后者之混用。王力在《汉语诗律学》中就不分主从混用的类型所举例证中,入声通韵有五例,分别是杜甫《两当县吴十侍御江上宅》的陌、锡、职相通,杜甫《客堂》的屋、沃、职相通,刘长卿《石梁湖有寄》的月、曷、屑通押,杜甫《留花门》的质、物、月通押和杜甫《自京赴奉先县咏怀》的质、物、月、曷、黠、屑通押。唐代入声有 -p、-t、-k 三个韵尾,屋、沃、陌、锡、职诸韵都是 -k 尾,所以可以相通;

质、物、月、曷、黠、屑诸韵都是 -t 尾，因此可相通。是故王力说："依杜诗而论，凡以 n 收尾的字都可互相通押，以 t 收尾的也可以互相通押。这些规矩，直到宋诗里也没有什么两样。"《北征》押韵，基本与《自京赴奉先县咏怀》一致，是同为 -t 尾的质、物、月、曷、黠、屑诸韵混押，本来并无特别之处，但是其中有一句"同恶随荡析"，此"析"字，属于 -k 尾的锡韵，且全诗之锡韵仅此一例，龃龉不合，非常突兀与奇怪。

唐人通韵，皆取同一韵尾的韵部相通，则 -t 尾韵不能与 -k 尾韵相通，锡韵不应出现于《北征》中。是否杜甫出韵？-t 尾诸部的韵字颇不少，杜公何以寻不出一个替代字，定要在此处出韵，此为不可解之事。是否"析"字与上一个韵字"别"字发音相近，导致杜甫忽略韵尾之异？《广韵》中，别字有皮列、彼列二切，属于三等开口呼，而析字先击切，四等开口呼，发音差别较大。今粤、闽南、客家诸方言及韩语汉字音皆元音区别颇大，尾音差别则更为明显。以"析"为韵，上承"别"字，并无声音上顺承的可能。此"析"字必是"折"字之讹。"折"字属于屑韵，无出韵问题。

仇兆鳌《杜诗详注》"同恶随荡析"句并未提示存在任何异文。查阅谢思炜《杜甫集校注》，谢书以《续古逸丛书》影印《宋本杜工部集》为底本,作"荡析",也未提供异文。再翻检萧涤非主编《杜甫全集校注》,萧书同样依据《宋本杜工部集》作"荡析",但校勘记云:"'析',宋百家本、宋千家本、宋十注本、元千家本误作'折'。"据萧书卷首《引用杜集评注本简称及方式》可知,百家本是《王状元集百家注编年杜陵诗史》,十注本是《门类增广十注杜工部诗》,宋千家应是《黄氏补千家集注杜工部诗史》,元千家则是刘辰翁批点、高楚芳编辑《集千家注批点杜工部诗集》与元刊《集千家注分类杜工部诗》。以上诸本多宋元坊刻本,"析"与"折"之不同,是其别有依据,抑或仅仅是手民之误,尚需稍加分说。《十注》本因仅残存二十五卷之六,暂不讨论。

今存之《宋本杜工部集》,向被视为后世杜集之祖,但是否即上述诸本之祖本,却要存疑。洪业《杜诗引得序》中曾在比较《百家注》与《分门集注杜工部诗》时提到:"《分门》本较伪王本多载者,有《塞芦子》一首、《遣兴》三首、《江涨》一首、《长吟》一首、《楼上》一首、《又上后园山脚》一首,共八首。"今检《宋本杜工部集》,无《长吟》与《楼上》二首,而有其余五首。杜甫有两首同题之《江涨》,即"江涨柴门外"一首与"江发蛮夷涨"一首,《百家注》本无第二首,而《杜工部集》两首俱全。《杜工部集》存诗1410首，而《百家注》本存诗1446首。以数量论，《百家注》为多，而《杜工部集》中却有多首为前者所无。可见，刊刻《百家注》本之书坊另有来源，当非依据《杜工部集》为底本。而《黄氏补千家集注杜工部诗史》，据洪业考察，与《分门集注杜工部诗》同是"伪王集注（按即《百家注》本）之支流"，属于《百家注》本系统。元代《千家》又从《分门集注》与黄氏补注本而来。如此，《杜甫全集校注》校勘中记录的是另一版本系统之异文，而非仅仅是讹字。此是其一。

其二，单就"析""折"字看。《杜工部集》中杜诗所用"析"字，除《北征》外，尚有卷三《两当县吴十侍御江上宅》之"君必慎剖析"、卷六《催宗文树鸡栅》"一一当剖析"及《又上后园山脚》之"荡析川无梁"三处。今取手边所有彩色扫描本元广勤书堂刊《集千家注分类杜工部诗》及元西园精舍刊《集千家注批点杜工部诗集》比勘，前者分别在卷七、卷十七、卷二十五，后者亦缺《又上后园山脚》，余则分别在卷六、卷十四，同样皆作"析"字。反之将别处诗中"折"字误作"析"字的情况则一例亦无。是编刻者于"析""折"之区分较清楚，并不混用。尤其可以说明此种区分意识的是广勤书堂刊《集千家注分类杜工部诗》卷一《北征》中，正文作"荡折"，句下注中引魏泰语，则作"同恶随荡析"，既未校改正文，也未校改注文，而是各存其面目。可见编刻者并未混用二字，似无刊刻过程中讹"析"作"折"之可能。可知无论就版本源流考虑，抑或就文字本身分析，"折"字存在之版本依据皆是有力而流传有序的。

版本之后，当再就训诂分别讨论"荡析"和"荡折"之意。"荡析"出处最古最雅，亦最为人熟知。《尚书·盘庚下》："今我民用荡析离居，罔有定极。"孔颖达疏云："今我在此之民，用播荡分析，离其居宅，无有安定之极。"此即杜甫时代之官方训释。荡者动荡播荡，析者分散离析，"荡析"即动荡流离之意。杜甫所"精熟"之《文选》中也存有王融《永明十一年策秀才文五首》云："晋氏不纲，关河荡析。"李善注即引前《尚书》文。用法显然与《尚书》相同。再反观杜诗，其云："忆昨狼狈初，事与古先别。奸臣竟葅醢，同恶随荡析。"意思比较明显，是说杨国忠与其从恶者都被诛除。故仇注曰："奸臣，谓杨国忠。同恶，谓虢国夫人辈。"《杜甫全集校注》赞同仇注，并补充说："荡析，犹翦除也。"可是"荡析"并无翦除之意，既引申不出这个意思，也找不到此前作"翦除"义的用例。若云杨国忠之同恶动荡流离，其造语不恰当，更不符合史实，显然有辱杜公之笔。

次论"荡折"。"荡折"连用并无经史出处，但意思畅达。《礼记·昏义》："荡天下之阴事。"郑玄注云："荡，荡涤，去秽恶也。"《释名·释言语》："荡，荡也，排荡去秽垢也。"故"荡"有去除、荡涤之意。班固《西都赋》"荡亡秦之毒螫"、陈琳《为袁绍檄豫州》"尔乃大军过荡西山"，皆此用法。杜甫《望岳》"荡胸生层云"、《无家别》"家乡既荡尽"等，亦然。"折"，有摧折、挫败、毁弃之意。《礼记·祭法》："其万物死皆曰折。"郑玄注："折，弃败之言也。"《史记·淮阴侯列传》："折北不救。"裴骃《集解》引张晏曰："折，衄败也。"老杜《木皮岭》："高有废阁道，摧折如短辕。"《秦州杂诗二十首》其一："心折此淹留。"皆是摧折义。荡涤、摧折，是近义词，荡折可连用，以表示去除之意。将此意置于《北征》诗中，可谓恰切无比。

又前述《又上后园山脚》之"登高欲有往，荡析川无梁"，意谓桥梁摧折，显然也当作"荡折"为是。何以《北征》有版本作"荡折"，而此诗只作"荡析"？盖来源不同。前版本部分已提及，《又上后园山脚》为《百家注》本所无，为后人所补。今检看收此诗之元刊《集千家注分类杜工部诗》，全诗除三则黄鹤补注外，其余十一则全是"王洙"之注，此即托名王洙的邓忠臣注。如此，则《百家注》本所缺而为后人补入之此诗，其最初之来源很可能即邓忠臣《注杜诗》。梅新林《杜诗伪王注新考》一文指出："世所传疑之'洙注'，系由邓忠臣以王洙编校本十八卷诗为底本，然后加以笺注而成。"可知,《又上后园山脚》即出自《宋本杜工部集》一系之书中。《杜工部集》两处"荡折"皆误作"荡析",当是编订者王洙或者更早之编者熟知《尚书》之"荡析"而罕见"荡折",信笔校改所致。据常见者臆改罕见者,是校订古书中常见之病,此处当亦如此。

且杜甫用"荡折"并非只有《北征》孤例。知交房琯去世后,杜甫所作《祭故相国清河房公文》中同样有:"高义沈埋,赤心荡折。"上下句对偶互文,谓房琯于国家高义赤心,却横遭废弃罢斥。传世杜集于此句无异文,据萧涤非本校记,仅《文苑英华》此处作"荡坼"。坼同㘁,裂也,荡㘁即荡裂,不顺,应是讹字。盖祭文后即云:"贬官厌路,谗口到骨。致君之诚,在困弥切。"承上言房琯虽遭贬谪,而忠心不改。如果赤心已经荡裂破碎,何以可能"致君之诚,在困弥切"?此处文字也是以"荡折"为是。又,"析"与"折"字形相近,此处"荡折"是否原作"荡析"呢?从韵字来看,后面的"骨"字和"切"字分别属于 -t 尾的月韵和屑韵,仍然只能同"折"字为韵。且缺乏版本依据,故无"荡析"之可能。"荡折"大概是杜甫自己发明的同义词,在今存作品中,有明确版本依据的用例有两处,若计入理校而来的"荡折无川梁"一句,则是三见矣。

# 《杜甫全集校注》注释献疑

由萧涤非先生主编、张忠纲先生统稿成书的《杜甫全集校注》(下文径称《校注》),事延卅年,人经三代,成功实属不易。其书煌煌十二册,于古今人之注,博采旁蒐,寓别裁于汇纂,严法度以精详,为今后研读、研究杜诗奠定了坚实的基础。可以说,此书不但是杜甫之功臣,也是历代注家之功臣,得此一书,古人今人的精魄皆昭然长在,共此不朽。买到《校注》以后,我常常在闲暇时随手翻阅学习,所得之收获与快乐,难以缕述。在阅读的过程中,也渐渐发现一些问题似可商榷、补充。注释古籍,本难尽善尽美,君子之学,贵在切磋琢磨,有时候幸运的它山顽石,也能为贤者拾取,而为美玉攻错。因此这里想稍分门类,各举数例,对书中的问题提出讨论。只是本人学殖浅陋,难免有以不误为误的时候,刍荛献言,倘能稍有益于今后《校注》的修订,便可谓幸甚至哉。

## 《杜甫全集校注》注释献疑

注释古籍，以解字释词为先。字词训诂不确，便不能正确理解诗意。

《校注》有当注而失注者。如《沙苑行》："往往坡陀纵超越。"《赠王二十四侍御契四十韵》："往往虽相见，飘飘愧此身。"往往，时时也。宜出注。《北征》："虽乏谏诤姿，恐君有遗失。""姿"当通"资"，资性、才干，非姿态、姿色也。《汉书·谷永传》："陛下天然之性，疏通聪敏，上主之姿。"诗人自谦无当谏官的才能。

有误释者。如《苦雨奉寄陇西公兼呈王征士》："悄悄素浐路，迢迢天汉东。"注："悄悄，行旅不通貌。""悄悄"只有忧愁貌和寂然貌二义，诗句自是取后一义。注文未免自我作古（按，仇兆鳌《杜诗详注》释为"忧貌"，亦误）。《野人送朱樱》："几回细写愁仍破。"注引顾宸云："惟忆昔年霑赐时郑重君恩，愁其或破，今不觉其愁仍如此。"可见《校注》编者认为此句意思是清洗过程中担心弄破樱桃，就像从前在长安时一样，所以叫"愁仍破"。弄破樱桃，就像从前在长安时一样，所以叫"愁仍破"。这样理解很奇怪。从本句看，担心樱桃破是处处皆然，不会说在长安易破，到了他处就不易破，这个仍然会破的解读着实奇怪。其次，此句前后文是"西蜀樱桃也自红，野人相赠满筠笼。数回细写愁仍破，万颗匀圆讶许同"，顾氏的解读显然与前后文都不挨着。

其实理解这句话不难,关键在于"仍"的训诂。这个字在今天的基本意思是仍然、依然,但它在古时还有一个常用义是频仍、频繁。这里用的正是后者,即写诗人在清洗时看到樱桃频频破皮,觉得很可惜。这是对生活细节生动活泼的描写。这里也可以用"愁频破",但"频破"准双声拗口,且下句"讶许同"并无双声或叠韵的关系,不能对仗(杜诗对句,也很注意双声、叠韵的对仗,说详清人周春《杜诗双声叠韵谱括略》),还是"仍破"音义俱佳。

还有注音之误。如《桥陵诗三十韵因呈县内诸官》:"高岳前嵂崒。"注大概承袭了仇兆鳌《杜诗详注》(后文简称《详注》)的注音,云:"嵂崒,音律萃。"同时引仇注:"嵂崒,耸峙貌。"却不知表示高耸危峻义时,当读"律卒"。《说文段注》于"崒"字注云:"《渐渐之石》曰:'渐渐之石,维其卒矣。'笺云:'卒者,崔嵬也,谓山巅之末也。'是郑谓卒为崒之假借字。《子虚赋》:'隆崇嵂崒'。从山,卒声。""崒"字音"萃"时即通"萃",聚集义,与此处不合。

《校注》另有一个问题较为醒目,即对杜诗中的唐代口语词缺少警惕,于古人的方俗词研究和现代学者的中古汉语研究成果较少寓目。碰到中古口语词,尤其是那些当时词义在后世消失的口语词,便往往失注或误注,进而影响诗意理解的准确度。而且这一问题有一定普遍性,今日学者注释古诗文，不少人似乎有意无意地忽视这个陷阱，很有些九死而心未悔的气概。

比如《彭衙行》："痴女饥咬我，啼畏虎狼闻。怀中掩其口，反侧声愈嗔。"《校注》仅云："极言饥饿之状。"难惬人意。其实蒋礼鸿先生在《敦煌变文字义通释》"咬啮"条下已考证"咬"为求恳、求乞之义。所以杜诗所写是小女儿啼哭着要东西吃，父亲怕引来虎狼，捂着她的嘴巴，孩子反而哭得更厉害。何其真切生动。《校注》因不知"咬"一字之义，于杜诗佳处只草草敷衍一句，甚为遗憾。

又如《奉陪郑驸马韦曲二首》其一："韦曲花无赖，家家恼杀人。"注引应劭曰："江淮之间谓小儿多诈狡狯为亡赖。"这是本义，却与诗无关，不必引。又引董养性曰："无赖者，无聊赖，犹言无意思也。"这是"无赖"的另一个义项，罗隐《渚宫秋思》"襄王台下水无赖，神女庙前云有心"是此义，但仍与本诗无关。按，唐代口语中，"无聊"多为可爱、可喜之意。正如以"冤家"呼情人，用"无赖"表示可爱，同一心理。如徐凝《忆扬州》"天下三分明月夜，二分无赖是扬州"是也。又次句之"恼"亦然，非愁恼、气恼、恨恼之义，而是引逗、撩拨之义。如李白《赠段七娘》："千杯绿酒何辞醉，一面红妆恼杀人。"又敦煌《维摩诘经讲经文》："是时也波旬设计，多排彩女嫔妃，欲恼圣人。"又，本诗第四句："白发好禁春。"注仅引张远曰："禁，不能禁也。"而张注既含糊又不确。按，这里"禁"平声，承受、受得起之义，"好"则是岂、难道之义，"好禁"结合才是"不能禁"的意思。诗云"白发岂能承受这个春天"，即衰老难堪春色之意。杜公《暮秋将归秦留别湖南幕府亲友》"途穷那免哭，身老不禁愁"，"不禁"与"好禁"，词义相近。

再如《陪郑广文游何将军山林十首》其二："翻疑柁楼底，晚饭越中行。"亦无注，知注者是以今天的字面义来理解的。按，这个"底"表示方位、处所，有里、前、旁诸义。诗人自是坐于楼船里面，而非坐在船底。又《哀王孙》"屋底达官走避胡"与此处同义。

不但实词需要注意，虚词更需要小心，因为虚词有限，常用虚词的使用频率较高，往往一词不能确解，一众诗句都会受到诛连。聊举数例，以见一斑。

"从"字。《游龙门奉先寺》："已从招提游，更宿招提境。"《校注》失注。此处非由义，而是至也，向也。如李白《渡荆门送别》："远渡荆门外，来从楚国游。"又《酬谈少府》："昨观荆岘作，如从云汉游。"

"去"字。《渼陂西南台》："兼葭离披去，天水相与永。""去"字古人皆无注，《校注》因之。按，唐代口语中"去"可用为助词，在形容词、动词后，如现代汉语的

"了""着"。如杜牧《杏园》:"莫怪杏园憔悴去,满城都是插花人。"杜公《野望》"扁舟空老去",《燕子来舟中作》"暂语船樯还起去"等亦然。

"却"字。《高督护骢马行》末句:"何由却出横门道。"注云:"何由却出,即如何方能出去作战之意。"按,这里似乎以"方"释"却",不确。唐代口语中,作为副词的"却"有仍、复、再之义,此处正是这一义项。盖诗云高仙芝由西域而来,如何能复向西域而去,更建不世之功。既赞其有将军不爱死之壮志,又颂其更立新功,可谓善颂善祷。不能准确解释"却"字,便诗味顿减。这里顺便也讨论一下"横门道"的注释。《校注》引《三辅黄图》:"长安城北出西头第一门曰横门。"又引程大昌《雍录》:"自横门渡渭而西,即是趋西域之路。"皆无误。但对"横门道"却应该做补充说明。汉唐从长安出发有北、南、中三路可赴西域,横门为长安城北三门中的西门,出横门即意味着取北路而行,这是三路中路程最短,然最险难的交通线。取此路,正可见高督护归心之切。这是应该说明的。所谓"横门道",史籍中常见的名称,汉代叫萧关道,唐代叫乌兰关路或会宁关路。《校注》于地理亦多疏漏,后文再加讨论。

"在"字。《投赠哥舒开府翰二十韵》:"先锋百胜在,略地两隅空。"从字面看,"在"与"空"为的对,故古今注家皆未措意，无人出注。但细味诗意，先锋百胜已经意思完足，"在"字似无实义。这其实是"在"在唐代口语中的一个虚化用法，作为助词，用在动词、动词短语后，表示状态的持续，或者用在句末，表示持续并加强语气，相当于"呢""着呢"。杜诗中这一用法的"在"字颇不少，如《因许八奉寄江宁旻上人》："闻君话我为官在，头白昏昏只醉眠。"《奉留赠集贤院崔于二学士》："谬称三赋在，难述二公恩。"《江头五咏·花鸭》："稻粱沾汝在，作意莫先鸣。"《江畔独步寻花七绝句》其二："诗酒尚堪驱使在，未须料理白头人。"虚词之疏失尚不少，就不再一一列举了。

除了字词训诂，地理名词的注释也一向吃重。舆地之学，自来号称烦难，专门史家也常犯错误，故对注家极是挑战。一种情况是异地同名，稍有疏忽，就可能造成判断失误。比如崆峒山，东西南北，在处皆有，颇易引起误会。《赠田九判官》："崆峒使节上青霄，河陇降王款圣朝。"《校注》引《元和郡县图志·关内道》文，谓是原州（今宁夏固原）的崆峒山。按，诗歌解题与注释中已经正确指出受赠者田梁丘是陇右节度使兼河西节度使哥舒翰的判官，而次句"降王款圣朝"则是指天宝十三载吐蕃苏毗王请降事。可是原州属关内道，不在哥舒翰辖区，离吐蕃也远，原州的崆崆峒山与诗歌怎么发生联系呢？且杜甫《投赠哥舒开府翰二十韵》有云："防身一长剑，将欲倚崆峒。"又《送高三十五书记》（按，高适时为哥舒翰掌书记）云："崆峒小麦熟，且愿休王师。请公问主将，焉用穷荒为。"《寄高三十五书记》云："主将收才子，崆峒足凯歌。"综合诸诗可知此崆峒山必在陇右节度使驻扎的临洮（按，临洮为唐、吐蕃对峙的前线）附近，方能同时与哥舒翰和吐蕃相关联。临洮附近的确也有崆峒山，即《元和郡县图志》卷三九陇右道岷州溢乐县下所载："崆峒山在县西二十里。"《校注》于"崆峒小麦熟"句已正确注出此崆峒山在岷州，不知转至《赠田九判官》中何以失察乃尔？

再有一种情况是以后注古。古今地名的繁杂变化值得细心从事，沧海桑田的古训更不宜忘却，不能忽略地质变迁、山川改易无时不在进行中的事实。不加考证，引用后世的文献以解释前代的地理，便往往会上当出错。如《戏题画山水图歌》："剪取吴松半江水。"注："吴松，即今吴淞江，俗称苏州河。源出江苏苏州太湖瓜泾口，东流至上海市外白渡桥入黄浦江。"按，水道的古今变化极大，今天吴淞江的情况与唐代全不相同，不能以今注古（又，苏州河仅仅是吴淞江在上海段的俗称）。王文楚先生《古代交通地理丛考》（中华书局，1996）中所收《试探吴淞江与黄浦江的历史变迁》已将二水在历史上的变化做了较清楚说明。据王文,早期太湖通海有三条水道:松江、娄江、东江,吴淞即松江。那时松江江面深广,能行海船。迟至北宋中后期,即十一世纪中,上海的大陆地区基本成形,松江也随之延伸,河道也屡经整治变迁。而今天黄浦江的河道则形成于南宋、元初之际,彼时仅是松江一条支流。其后黄浦日深阔而松江下流日淤塞,至明嘉靖、隆庆中,吴淞江下游经多次疏凿,终于形成今天的河道,并在今天外白渡桥处汇入黄浦江。可知,原本吴淞江是主流,黄浦江是支流,二者关系颠倒,是明代嘉隆以后的事情,不能径以之注杜诗。

再如《游子》:"九江春草外。"注谓汉宋诸儒对"九江"的解释不同,然后据南宋蔡沈之说注云:"九江,此指洞庭湖。"既然汉、宋人之说不同,怎么能依据杜甫见不到的宋人新说做注呢?不能因为杜甫后来流落洞庭湖一带,就把"九江"也硬搬去湖南吧。

《校注》于唐代职官之注较好,但也偶有不确。如《魏将军歌》:"将军昔著从事衫,铁马驰突重两衔。被坚执锐略西极,昆仑月窟东崭岩。"注:"从事,官名。《通典·职官十四》:'凡司隶属官有从事史十二人,其都官从事史至为雄剧,主察百官之犯法者。''州之佐吏,汉有别驾、治中、主簿、功曹、书佐、簿曹、兵曹、部郡国从事史、典郡书佐等官，皆州自辟除，通为百石。职与司隶官属同，唯无都官从事。汉、魏之际，复增祭酒文学从事员。晋又有武猛从事员。历代职员互相因袭，虽小有更易而大抵不异。'"也许注者是想说明从事官的源流，可是所引并不清楚，徒增混乱。所引第一句谓司隶有属官为从事史。可是查《通典》原文，司隶校尉，在两汉皆察京师百官和三辅、三河、弘农七郡，他的属官与在西域"铁马驰突重两衔"的军官有何关系？至于《校注》所引第二条材料，则是说汉代以来地方诸州有别驾从事史、治中从事史等各种头衔的属官，这些隶属于州的从事史从身份上说是政事官、民事官，与军事无关，也与诗意不切。实际唐代藩镇幕僚泛称从事，这是代称，非真正的职事官。唯有隶属于边境藩镇，才可能出现诗句描写的深入西域战阵的情形。杜公后有《送樊二十三侍御赴汉中判官》诗，在安史乱中送樊氏赴任汉中王、凉州都督、山南西道采访防御使李瑀之判官，其诗即云："南伯从事贤，君行立谈际。"以"从事"代称判官，亦可证《魏将军歌》"从事"之性质。

注释杜诗，典故出处也需留心。黄庭坚谓："作诗句要须详略，用事精切，更无虚字也。如老杜诗，字字有出处，熟读三五十遍，寻其用意处，则所得多矣。"(《论作诗文》，《山谷别集》卷六）老杜"读书破万卷"，诗中用字用事的确常有出处，宜细心寻觅，使不遗漏，以表彰诗人的苦心。但另一方面，把黄山谷"字字有出处"的夸张说法奉为圭臬，拉郎配式的为杜诗找出处，也是前人注杜时常见之失，尤需别择。比如《丹青引》中谓曹霸"将军魏武之子孙，于今为庶为清门"之"清门"就是杜公自己发明的用法。可见"字字有出处"不能不当真，也不可太当真。

失注者，如《望岳》"决眦入归鸟"之"决眦"。仇氏《详注》引曹植《冬猎篇》："张目决眦。"按，此词首见《淮南子·地形》"大口决眦"。皆当引之。又如《白水县崔少府十九翁高斋三十韵》："客从南县来，浩荡无与适。"《校注》："赵次公曰：'浩荡，悠远不定止之貌。'无与适，无所至止也。"此注误，盖未注出语典，而误采信赵次公，进而误会句意。"浩荡"并非生僻词。《楚辞章句·九歌·河伯》："心飞扬兮浩荡。"王逸注："志放貌。"庄忌《哀时命》："志浩荡而伤怀。"王逸注："中心浩荡，罔然愁思。"《后汉书·张衡传》："志浩荡而不嘉。"李贤注："广大也。"而"无与"，表示没有协同对象，即没有人一起的意思。"适"，舒适，安闲也。是诗谓诗人自己从南而来，心中空阔落寞，无人同享片时安闲。故后面顺接写与崔十九高斋闲眺，欲暂得一时之欢。

又，典故不但要注其出处，对其如何切今，最好也能稍作说明，这样才能了然杜甫用典之妙。如《一百五日夜对月》："无家对寒食，有泪如金波。斫却月中桂，清光应更多。""斫却"二句，《校注》引《世说新语·言语》："徐孺子年九岁，尝月下戏。人语之曰：'若令月中无物，当极明邪？'徐曰：'不然，譬如人眼中有瞳子，无此必不明。'"是。然原典似就满月而言，谓如无蟾桂之影，月当极明。而杜诗则不尽然。至德二载寒食，推算历法，应是初九或初十日，月尚有缺。所以诗人便想象这缺月是被桂树所遮，才光华黯淡，可谓奇特。这是用典出新之处。如不注出，便大失诗人之心。这里顺带多说几句，诗歌末联云："牛女漫愁思，秋期犹渡河。"是从反面设想，谓牛女不用愁思，盖相会有期，而自己与妻子能否团聚，则颇难逆料也。这也是构想出奇处。清人沈德潜《归愚诗钞》卷二十七《七夕辞四首》其四云："璇宫莫怨渺难攀，地久天长往复还。只有生离无死别，果然天上胜人间。"此诗向为人艳称（如袁枚《随园诗话》卷九谓是"集中最出色者"，洪亮吉《北江诗话》卷四："近时七夕诗遂无有过此者，即沈全集中诗，亦无过此二语者。"）实则用杜之意而不袭其语，是宋人所谓"夺胎换骨"之法。清人谢堃《春草堂诗话》卷三谓此语"未经人道"，不免言过其实。

也有本无典故，而强为之注者。《重过何氏五首》其一：

"问讯东桥竹，将军有报书。倒衣还命驾，高枕乃吾庐。"云云。首句"问讯"，《校注》以"询问"释之，误。问讯，此为问候义，非询问义。《陪郑广文游何将军山林十首》其一云："不识南塘路，今知第五桥。"此第五桥当即"东桥"，可知是入何将军山林之门户。古人尊礼他人，皆不直言其人，而以"门下""座次""席前"代之，与称帝王为"陛下""殿下"同一心理。故问候东桥竹，即以借代之修辞法，表示问候主人也。主人覆书，有邀请之语，故诗人得再游山林。之所以有此误会，当是注释时误引典故所致。盖《校注》承仇氏《详注》，引顾宸注，谓杜诗反用王子猷看竹不与主人通问之事。(《世说新语·简傲》："王子猷尝行过吴中，见一士大夫家极有好竹，主已知子猷当往，乃洒扫施设，在听事坐相待。王肩舆径造竹下，讽咏良久，主已失望，犹冀还当通。遂直欲出门。")从通不通问的角度理解，也许是反用，但王子猷的典故义取在爱竹，杜诗取义则在致意主人，欲重游何氏山林，可知二者实无必然的关系，字句上也看不出明显的呼应，必谓反用此典，大觉牵强，且致误会诗意，尤所不当。

此外，《校注》有时典故的采择不够准确。如《奉送郭中丞兼太仆卿充陇右节度使三十韵英乂》："圭窦三千士，云梯七十城。耻非齐说客，只似鲁诸生。"按，四句为错综句法，谓自己只如鲁国三千寒微儒生，愧不能像郦食其那样，但凭寸舌，说降齐地七十高城（"云梯"修饰"七十城"，但言其高而难攻，且对仗前之"圭窦"，别无深意）。这当然是叹己之无用，反衬郭氏有大才的客套话。仇氏《详注》疏通云："圭窦诸生，不如齐下说客，此自谦之词。"又引《礼记·儒行》："儒有筚门圭（窦）[窬]。"及郑玄注："门旁窬穿墙为窦，如圭。"本极精切。《校注》为追求最早的出典，引《左传·襄公十年》："筚门闺窦之人，而皆陵其上，其难为上矣。"并自注："圭窦，以言微贱之家。"此与"只似鲁诸生"毫无关系，求古反远，是不思之过。《校注》又引邵宝注"此美英乂本儒臣，而有纪纲之多士"以解释前二句，更是不知所云。又引赵次公曰："公自言也，盖以谓圭窦之贫士尚有三千，而下七十城亦有为云梯之具者。如我曾无说客之谈，特为诸生之事而已。"此等昏话，痛加沙汰才是，不宜滥竽充数，转惑读者。

由前例可见，《校注》对前人注解的判别和采择还有不少值得再考虑的。杜诗难读，一大原因是古来注家太多，高明者有之，糊涂者更多，或者同一注者，有时高明，有时又犯糊涂。汇集前人之注，宜反复细味原诗之意，再决定取舍。否则骤观纷纷诸注，难免为五色所迷，反而丧失了判断力。试再举一例。《玄都坛歌寄元逸人》："子规夜啼山竹裂，王母昼下云旗翻。"上句,《校注》引仇兆鳌注云:"山竹裂,别有三说。刘云:烧竹爆裂以惊去子规。谢注云:子规啼声如竹裂。伪苏注引窦谊居蜀之津源,子规啼而庭竹裂,出于妄撰。黄希谓子规夜啼而山竹为之欲裂,得之。"又引赵次公注:"子规啼而竹裂,言啼之苦也。"按,所引赵、仇之注似皆不当。子规啼鸣声与竹裂声并无相似处;而谓子规啼声欲裂竹也羌无故实,伪苏注捏造典故,反证此事无典。诸注都以为子规啼与山竹裂之间有因果关系,其实子规啼与山竹裂各为一事,二者并无关系。子规声幽,竹裂声脆,合之以形容山中幽僻清寂。《太平御览》卷九六二引王嘉《拾遗记》云:"蓬山有浮筠之簳,叶青茎紫,子如大珠。有青鸾集其上,下有砂礰,细如粉,暴风至,竹条翻起,拂细砂如雪霰,仙者来观戏焉。风吹竹折,声如钟磬之音。"此事与神仙有关,或可做"山竹裂"之注。又白居易《霓裳羽衣歌》形容乐曲之声"中序擘騞初入拍,秋竹竿裂春冰拆",单说竹裂,似可佐证杜诗。下句,《校注》详引段成式、杜修可、王椿龄、张邦基等人语,以为"王母"是鸟名,谓可与上句之"子规"对仗。按,诸人高叟解诗,杜公奇想,顿成死句。李白《赠嵩山焦炼师》云:"愿同西王母,下顾东方朔。"可见赠修道者诗而语及西王母,最是恰切。《校注》虽然也引了赵次公、朱翌、李植等人反驳之言,但仅仅收入诗末"备考"中，似不以为然，这让人颇为不解。又清人施闰章《蠖斋诗话》云："注杜诗者谓杜语必有出处，然添却故事，减却诗好处。如（中略）'子规夜啼山竹裂，王母昼下云旗翻'，正以白昼仙灵下降为要眇神奇之语，李君实援张邦基《墨庄漫录》，乃言王母鸟名，尾甚长，飞则尾张如两旗。信如此说，视作西王母解者孰胜，咀味自见，不在徒逞博洽。"所言极是。《校注》未引施氏此论，殊为可惜。

另外，理解词义与句意都当贯通上下文作解，孤立看一句两句，往往易生误解。这里稍举二例，以见一斑。《前出塞九首》其七："驱马天雨雪，军行入高山。径危抱寒石，指落曾冰间。已去汉月远，何时筑城还。浮云暮南征，可望不可攀。"第三句，《校注》云："抱寒石，运石以筑城。山高所以径危，筑城故须抱石。"按，这个解释当是误读后之"筑城"句所致。从组诗看，九首诗一气贯通，诗意相承，托拟一个战士的口吻写从前后军征战之事，不能其余八首都是同一战士，独独第七首变成了服役筑城的征夫，而其八又自赞"雄剑四五动，彼军为我奔"，其九复云"从军十年余，能无分寸功"，前后不应龃龉如是。单就本诗看，首句明白说到"驱马"，与第二首的"走马脱辔头"亦相吻合，可见诗人所写是一骑兵，难道骑着马抱着大石头？这是其一。再有,第二句云"军行入高山",如果要采石筑城,在山脚即可,何以要全军上高山?主将再昏聩,也断不至此。可见抱石筑城的理解会置本诗于极怪诞的情景中。其实这里的"抱寒石"不是怀抱寒石的意思,而是环绕寒石之意,如张衡《西京赋》"抱杜含鄠,欱沣吐镐",杜公《江村》"清江一曲抱村流",都取此环绕之义。所以这句是写山路崎岖,常与山崖巨石相萦绕,主语是"径",不是"我"。至于"何时筑城还"仍是其六的"列国自有疆"之意,筑城即不再开边,无需深入不毛而作战也。

又《蒹葭》:"摧折不自守,秋风吹若何。暂时花戴雪,几处叶沉波。体弱春苗早,丛长夜露多。江湖后摇落,亦恐岁蹉跎。""江湖"句,仇氏《详注》谓:"北方风气早寒,故蒹葭望秋先零。南方地气多暖,故在江湖者后落。"《校注》从而注曰:"江湖,此非相对于朝廷,乃相对于秦州而言,则当指长江、洞庭湖,亦指其周围地区,今之两湖、重庆耳。"后复引申曰:"此诗似亦为身在江湖之李白所发矣。"按,二说大误。全诗未有一字及于南方,仇氏南、北之别纯是无中生有。《诗经·蒹葭》本属《秦风》,所谓"蒹葭苍苍,白露为霜"即秦地风物,何来"望秋先零"之说?而"江湖"不过是与朝廷相对之泛称,远离京师之处,何地不可称江湖?何况老杜在秦州所作诗,言雨盛,言水涨之诗句，不下百十处，即以"江湖"实指秦州，又有何不可？仇氏"末二句隐然有自伤意"之说本无大错，驳斥仇说，转谓本诗及下一首《苦竹》皆为李白而发，则误会愈甚，错上加错矣。又，全诗皆老杜自喻自伤，非仅末二句也。后四句之意是，蒹葭虽然体弱，其春苗生长却较其他草木为早，受雨露滋润，渐长渐盛。秋后摇落又较他物为晚，其质性可谓坚韧。虽然生命坚韧，但终究也有岁末凋零，空自蹉跎的恐惧。这是自赞骨力，而自叹蹉跎不遇，悲感可谓深矣。至于与李白有什么关系，是因为蒹葭也很白吗？读诗当贯穿前后文，寻绎其理，不可逐句单解，这首诗也是一个明证。

杜甫是中国诗歌史上最伟大的诗人，千年以来，他的作品不知感动过多少读者。他以泪，以热血，以坚硬的骨头，以敏感的心灵，以热切的生命书写的诗歌，至今仍能引起泪与血的海啸，能点燃骨和肉，能让生命走入生命，让充实填满虚无。所以《杜甫全集校注》的完成，不仅是学林盛事，也是每一个曾经、正在和即将被杜甫打动的人的盛事。对每一位为此书辛勤付出的学者和工作者，我们献上怎样的敬意都不过分。唯其如此，我们才希望这部书能不断完善而臻于完美。上面稍稍有所献替，其本意在此。全书诗二十卷，疑义难以一一相与商讨论析，我之窳惰，也伏请见谅。

# 扁豆花

中午出门买菜，突然在小区一处院墙上看到开着的扁豆花。寒潮刚过，本以为豆科植物都已谢幕，没想到扁豆叶依然翠绿茂盛，紫色的小花疏疏繁繁开在绿叶之间，为爽朗的秋光增添了许多妩媚。刚劲婀娜，两相得宜。

惊悦，充满心中。

想起来以前做博士论文时在桂馥的集子里读到的一首《遣怀》诗，首先打动诗人的，就是秋天的扁豆花：

> 开遍低棚扁豆花，随人去住总天涯。秋风已老犹题扇，布被新凉顿忆家。病后壶觞成故友，梦中草木长春芽。临窗破闷披书帙，不为生徒坐绛纱。

桂馥就是清代《说文》四大家中写《说文解字义证》的那个桂馥。可能我们一般提到这种学者，就会肃然起敬，敬而远之，觉得做训诂、文字、考证的学者，还不得一板一眼，酸气冲天？当年我带着这样的预设打开桂馥的《晚学集》《未谷诗集》，结果预设完全被颠覆。这个人一点不古板酸腐，反而好生动好可爱！后来又读了他的杂剧《后四声猿》，觉得酣畅淋漓，一点不输徐渭嘛。

查了查我当年做的笔记，全文抄录了他好几篇有趣的文章，比如他为自己的学术笔记《札朴》作的自序：

> 往客都门，与周君书昌同游书肆。见其善本皆高阁，又列布散本于门外木板上，谓之书摊。周君戏言："著述不慎，但恐落在此辈书摊上。"他日又言："宋元人小说，盈箱累案，漫无关要，近代益多，枉费笔札耳。今与君约，无复效尤。"馥曰："宋之《梦溪笔谈》《容斋五笔》《学林新编》《困学纪闻》，元之《辍耕录》，其说多有根据。即我朝之《日知录》《钝吟杂录》《潜邱札记》，皆能霑溉后学，说部非不可为，亦视其说何如耳。"

> 嘉庆纪元之岁，由水程就官滇南，舟行无以遣日，追念旧闻，随笔疏记。到官后，续以滇事，凡十卷。以其细碎，窃比匠门之木柿，题曰"札朴"。乌呼，周君往矣，惜不及面质当落书摊上不耶。

寥寥几笔，刻画生动，见学识，又幽默自嘲，又深沉追悼，而且一点不卖弄。要说性灵文字，这才是真正的性灵文字。

桂馥一生都疏狂情性，有趣的诗也多。他会讽刺的：

> 三月春风复几时，高低展转任人为。眼前底事尘如海，都付儿童作总持。（《纸鸢》）

此诗的意思与今人所云"世界是个巨大的草台班子"异曲同工。今人的种种荒谬感，古人早已体会过。只不过两个比喻呈现的对现实的理解颇有差异。"草台班子"，多是路岐人的临时凑合，本来好聚，便也好散。桂馥的比喻中，乘风直上也好，颠沛辗转也好，所有的高下腾挪，都在一个孩童的控制中。谁的体会更深刻，更有历史感呢？

他有清人常见的清丽之作：

> 疏帘清簟罢谈棋，日转西廊客到迟。一枕风凉初睡起，刺桐花落雨来时。（《西廊》）

也有杜甫草堂诗风的作品：

> 浮世成高枕，平生一草堂。顽儿偷纸笔，幽鸟识行藏。尽日听流水，孤村自夕阳。寥寥人境外，吾意足沧浪。（《村居杂兴六首》其四）

桂馥晚年远官云南，寥落天涯，大概是很寂寞的。但他身体里总充盈着勃勃的生机，会用一双幽默的眼睛打量世界，打量自己。比如他在去世前不久写的《每到》：

> 每到黄昏坐，三更烛尽时。侍儿嗔洗砚，门子怕题诗。岂不怀高枕，还须醉满卮。老来情味恶，早晚有谁知。

诗写得比较疏纵，有点老来颓唐的感觉。但其中趣味，与苏轼晚年诗是接近的。

回到最开始的《遣怀》，这首诗大概是刚到云南时做的。诗歌写一种落寞之感，但它真正打动我的，是天涯开着的扁豆花，是梦中草木所长的春芽，朴实，生动，让人觉得，桂馥是个非常可爱的老头吧。

读桂馥的文字，让我喜欢上了他这个人。我喜欢他聪明而不自恃聪明，更喜欢他总是生机勃勃而又带着一点拙朴之气。这大概是我的审美偏好，无论是古人的作品还是身边的朋友，总是生动中带着那么点笨拙的人和文字最能打动我。生命力旺盛，所以生动，如春风；诚悫敦厚，故而笨拙，如大地。

2009年，我参与到"乾嘉名家别集整理"的项目中。最初主编让我整理沈德潜，不久知道已经有学者整理好了，只能换题目。我就提出，希望整理桂馥。可能考虑桂馥的诗文算不上乾嘉名家，主编始终不答应，最后给我指派了王文治。王文治的诗，技术比桂馥熟练多了，风格华丽多了，我能欣赏，但始终不敢说喜欢。未能整理桂馥诗文，现在想起来，还是觉得遗憾。不过，王文治也在云南做过官，也算一种缘分。十岁那年，我跟着父母去昆明玩过一次，之后再也没去过云南。现在很想再去，去昆明的呈贡，去大理，去建水和通海。

突然想起我的朋友彤伟。桂馥研究小学，他也研究小学；桂馥是《说文》名家，他也有《说文》的专著；桂馥写诗，他也写诗，而且诗风颇接近桂馥。莫非他是桂馥转世？呵呵。（此呵呵是苏轼的呵呵，非今人的呵呵）

# 乌尤诗思

"乌尤"是我家乡的一座小山。岷江源源,自北而来。青衣江、大渡河则先自汇合——汇合之后的一段江面被当地人称为铜河——然后由西而东,浑浑灏灏,汇入岷江。岷江水缓,铜河浪急,汹涌的河水会横切江水,直冲东边的江岸。亘古以来承受江流冲刷的江岸是临江的二山。北边是安坐着乐山大佛的凌云山,南边就是乌尤山。两山间隔着一条麻濠河。据晋代常璩《华阳国志》,河为李冰开凿,用以卸去铜河豪横的水势,以减少三江汇合处的水患。相比凌云山,乌尤山本就突兀江中,再加上北面的麻濠河,便形成三面临江的形势,远远望去,秀色一螺,孤耸江心。南宋有一位官拜提点利夔成都路刑狱(即四川的司法长官)的张方,曾经写诗,把凌云、乌尤比作金山、焦山,大概主要依据的就是乌尤山的形貌。

乌尤这个略显奇怪的名字不是山的本名,至少在黄庭坚到来之前,山叫乌牛山,后来诗人过此,青山易名。南宋王象之《舆地纪胜》和祝穆《方舆胜览》都记载说，此山"突然于水中，如犀牛之状"，故名乌牛，"至山谷题涪翁亭，始谓之乌尤"。为什么改为"乌尤"呢？黄鲁直先生并未留下解释的文字，大家却闷头接受了这个新名字。至于乌牛是否即古来之名，也未可知。岑参来此地任嘉州刺史时，曾经写过一首《上嘉州青衣山中峰题惠净上人幽居》诗，小序有"青衣之山，在大江之中，屹然迥绝，崖壁苍峭，周广七里，长波四匝"云云，又诗歌有句云："青衣谁开凿，独在水中央。浮舟一跻攀，侧径缘穹苍。绝顶诣老僧，豁然登上方。诸岭一何小，三江奔茫茫。兰若向西开，峨眉正相当。"描述的似乎正是乌尤，所以后人多以为此山在唐代名为青衣山。不过范成大却在《吴船录》中说："泊嘉州，渡江游凌云，在城对岸。山不甚高，绵延有九山头，故又名九顶，旧名青衣山。"想是范石湖匆匆游客，未曾深究，却为凌云、乌尤留下一段公案。

我喜欢乌尤山。登临的风景，乌尤与凌云无大差别。但今天的凌云山因为大佛的缘故，终日喧阗，形同闹市。一水相隔的乌尤却被大多数游客视若无睹，侥幸保存一味清凉。风景澄澈的清晨，登山，沿着缭绕的浓绿山径，萦回向上，一直来到山巅乌尤寺的山门前。寺中旷怡亭、尔雅台等处都是临眺的好去处。山影浓浓一堆，摇漾在江流中。西北方,被岷江和铜河环抱的,是小小的乐山城。城市的楼宇树木间漂浮着未散尽的晨雾,也闪烁着晨光。正西面,铜河水迎着目光而来。近处有渔船、鸥鹭、沙洲和江村。目力逆水而西,清晨紫色的峨眉山、绥山(即二峨山)以及三峨山、四峨山,仿佛浮在江上,在天际一字排开。我曾经写过一首《望峨眉歌》,开头道:"秋云万里都净尽,峨眉翠从天外来。青崖紫壁光变灭,巨壑深岩虎啸哀。龙吟沧江出地底,天边草木如浮埃。我来登高临宇宙,峥嵘襟怀为之开。"勉强传达在这高天广地中纵目的感受。

喜欢乌尤山的第二个理由是它不但宜登临,也宜览眺。清初的大诗人王士禛形容此山"单椒秀出","浓秀如金陵燕子矶"(《游嘉州凌云九峰记》),非但身姿独秀,且与众山若即若离,便于同群者迥异。"峨顶晚霞寒白雪,江心残照出乌尤"(《三登高望楼作》),这是王士禛在乐山城中所见。"凌云西岸古嘉州,江水潆洄绕郭流。绿影一堆漂不去,推船三面看乌尤"(《嘉定舟中》),这是乾隆时名诗人张问陶泛舟所感。前人比乌尤于焦山也好,燕子矶也好,只是因为后者地处江南,经过者多,声名更盛的缘故。其实乌尤山的风景自有其独特处。南京的燕子矶、镇江的焦山,都在长江下游,江天广阔,前后无际,这是一种风景。而乌尤远望峨眉,近傍凌云、马鞍诸山,中间地势平坦,岷江、青衣江、大渡河三江汇流山下，明人何宇度称"真江山辐辏处也"（《益部谈资》卷上），信非虚语。便是另一种光景。前者的耸立更形容出茫茫空阔无边，后者则如同宋人《千里江山》图卷展开眼底，咫尺自有千里之势。

《文心雕龙·物色篇》曾说"屈平所以能洞监《风》《骚》之情者，抑亦江山之助乎"，而杜甫以下，诗人入蜀者无不诗胆愈开、诗笔愈奇，从此江山之助诗人，便成为常谈。其实江山固然助人诗兴，但江山与诗人的相遇，也有幸与不幸之别。永嘉山水遭逢谢灵运，永州风土遭逢柳宗元，黄州赤壁遭逢苏轼，岂非江山之至幸？否则，只是助人开拓心胸，却得不到名章隽句奠定在诗国的地位，不是江山的不幸吗？乐山风景，古人向以为冠绝西川，可真正播在人口的诗篇，不过太白"峨眉山月半轮秋"一首而已；这首诗却因为题目并未点出写作地点，后人昧于蜀中地理，每每误注误释，不知实作于乐山城北岷江之上。是以虽有佳篇，难彰诗名，可谓大憾事。

乌尤山的委屈，在很长的时间里，恐怕更居乐山郡中之冠。李白、杜甫、苏轼、黄庭坚都曾经过此山，而未留下只字题咏。黄山谷是为其易名之人，最不可解。岑参、苏辙、陆游、范成大有题咏，却非集中得意之作，向来很少引起读者留意。前面引到张问陶的《嘉定舟中》，颇被今人称道。

此诗一二句写乐山城、凌云山相对的形势，三四句转写乌尤山的风光，身临其境，尚觉真切。但就诗论诗，却前后转换突兀，乌尤凭空而出，方位不清，予人不明所以之感。另外，岷江、铜河环抱，所以城为水绕，仅仅"江水潺湲绕郭流"的描述，也是肤廓不真切的。《峨眉山月歌》五个地名，一气流转，《嘉定舟中》三个地名便转换不灵，这大概就是仙凡之别吧。

王士禛也有一首《江行望乌尤山》：

> 墨鱼吹浪一江浮，尔雅台荒古木秋。碧水丹山留不得，风帆回首别乌尤。

典故用实，字面用虚，堆砌漂亮词汇，造成似有若无的韵味，这是王氏故技，此诗也不例外。晋代郭璞注《尔雅》于山中，留下尔雅台（清人考证，应是汉代犍为郭舍人，非郭璞）。又洗砚江边，鱼来吞墨，其头尽黑，名曰墨头鱼。最早苏辙在《初发嘉州》诗中已如是说，稍晚胡仔《苕溪渔隐丛话后集》也有相同记载，算是比较生僻的本地典故。王士禛诗前两句所写即此。只是墨鱼春天二三月间才会浮出水面，既然是"古木秋"的时节，"吹浪一江浮"便绝无可能。其次乐山气候温暖，乌尤山中大都是常绿的竹木，那"古木秋"又是什么样的景象呢？除了"碧水丹山"四字是真景真象外，其余景语涂饰太过，也算不得好诗。

题写乌尤，王士禛、张问陶的诗作在明清诗人中还算上品，其他无论矣。不过我却在清代道士李西月编的《张三丰先生全集》中，看到几首署名张三丰的乌尤诗（李西月乐山人，应该就是他自己写的）。《游砥柱山》其一："路从怪竹丛中过，人自高峰顶上行。暂扫苔花相坐语，桂林深处午钟清。"其四："入翠微兮出翠微，乌尤山里白云飞。松林竹岛相萦拂，长啸一声天外归。"虽然是托名之作，但洒脱天然，的确有仙气，比正经诗人们的诗可爱多了。

幸好，乌尤山到底等到了属于自己的诗人，而且一下子两位：赵熙和马一浮。赵熙字尧生，号香宋，四川荣县人。他大概是晚清民国时期，四川旧体诗词第一人。汪辟疆在《光宣诗坛点将录》中将其拟作"天捷星没羽箭张清"，且评价说："香宋诗苍秀密栗。其遣词用意，或以为苦吟而得，实皆脱口而出者也。"荣县旧属嘉定府（即今乐山市），所以赵熙晚年居乡，乐山仍旧常来常往。他又独爱乌尤，未来之先，念兹在兹，"万竹青衣岛，岁寒惟尔思"（《到嘉州先寄乌尤寺》）；既来之后，必宿山寺，所作的乌尤山诗词因此很不少。我喜欢《香宋诗集》卷五中《宿乌尤》七律一首：

> 竹边楼阁翠重重，梦里依然旧日钟。千古江声流不尽，三峨秋色晚尤浓。清时此地吟归雁，海穴通潮蛰老龙。起视神州无限黑，几星残火照中峰。

诗作于1921年五十四岁时。夜宿阁楼，梦中犹是少年寄居山寺时的钟声，此句暗用王播"饭后钟"的典故。何以梦中有钟声呢？原来是山下江流，终古不绝。想起稍早黄昏时远眺峨眉山，真是江山无改啊。江山无改，奈何人海翻腾。"清时"双关，既指天下未乱之时，也指前清未亡之时。那时我曾在此地吟归雁之诗，杜甫《九日》有句"旧国霜前白雁来"，"干戈衰谢两相催"，转眼成真。而乌尤山下水深难测，故老相传有地道潜通包山，故有"海穴"句。字里隐喻蜀中风潮与海内海外息息相通，而军阀盘踞，便如老龙蛰伏，令人恐惧。最后写梦觉无眠，起视神州，浓黑之中有几星残火，深忧大恸中似又有一点倔强，一丝希望，都在景语之中，待读者自去领会。此诗写景写境是真切的乌尤之景与境，抒感则将一己之身世与国家的兴亡绾合，潜气内转，一线起伏，真正是"苍秀密栗"之作。

十八年后，1939年，一代儒宗马一浮也来到乌尤山中。彼时与日本的战事正酣，马一浮先是受浙江大学之聘，随至泰和、桂林、宜山，之后独自来到乐山，选中乌尤寺，准备

创办一所独立于现代教育体系之外的传统书院——复性书院。大概是这一年六月初,马一浮登临乌尤寺旷怡亭,口占五律一首:

> 流转知何世,江山尚此亭。登临皆旷士,丧乱有遗经。已识乾坤大,犹怜草木青。长空送鸟印,留幻与人灵。

此时,书院筹备的事情初有眉目,故诗歌的色调也颇为明朗。首二句写登亭。亭中悬有《如此江山》词榜,词左署款云:"传度大师新构一楼,榜曰'如此江山',即赋此词为贺。丁丑大寒节,赵熙。"址是旧址,亭却是1937年的新亭,此不容诗人不知。所以"江山尚此亭"便有江山仍旧,而人力可新之意。前人诗中用"旷士"者,以鲍照《代放歌行》"小人自龌龊,安知旷士怀"为最早,以杜甫《同诸公登慈恩寺塔》"高标跨苍天,烈风无时休。自非旷士怀,登兹翻百忧"为最著,"登临皆旷士"即用杜诗意。旷怡亭近旁是尔雅台,传说是汉代犍为郭舍人注释《尔雅》的地方。"遗经"切《尔雅》,是"本地风光";而在诗人自己的语境中,则是《诗》《书》《礼》《乐》《易》《春秋》的六艺之学,盖"此是孔子之教,吾国二千余年来普遍承认一切学术之原皆出于此，其余都是六艺之支流"（《泰和会语》）。二千年中，丧乱不知凡几，而六艺之学不绝，今天再逢大乱，而书院将成，遗经不亡，古学不亡，这便是诗人的"旷士怀"。稍后诗人又有"一江流浩瀚，千圣接孤危"句（《尔雅台》）和"乾坤不终毁，斯文恒在兹"句（《希声》其一）反复发明此义。

"已识乾坤大，犹怜草木青"，两句可入古人名句之林。字面写景，是登临乌尤山所见。想象马公当日，纵目则江山入怀，凝视则草木青青，仰得宇宙之大，俯临万物之细，天覆地载，其中必有永恒者存之，则眼前的人世沧桑、世界翻腾，终不足以扰乱此永恒者。非乌尤纵目，不能成此二句，而得此二句，乌尤不朽。这也是我喜欢乌尤山的第三个理由。"乌尤"即"无尤"，目睹天地之大，品类之盛，心地自宽，自然无所怨尤。

二句之妙，更在写景之后包藏甚深微妙的理趣。揆诸马一浮先生自己的学说，可以有几种理解。就大小而言，乾坤为大，草木为小。马氏《复性书院讲录》六卷《观象卮言》有"辨小大"一篇，反复陈说孔子之教、《周易》之义、观象之法，皆当先得其"大"。并总结了十种大，即教大、理大、德大、位大、人大、业大、时大、义大、器大、道大。

再就常与变而言，"乾坤大"是天地之常，"草木青"是四时之变。《复性书院讲录·开讲日示诸生》中，先生开宗明义："天下之道，常变而已矣。唯知常而后能应变，语变乃所以显常。""观其所恒，而天地万物之情可见矣。今中国遭夷狄侵陵，事之至变也；力战不屈，理之至常也。当此蹇难之时，而有书院之设置，非今学制所摄，此亦是变。书院所讲求者在经术义理，此乃是常。"在抗战危难之际，在国家文化若存若亡之时，揭示知常应变，语变显常之旨，其用心可谓深矣。

三就明心穷理言，乾坤大与草木青又无二致。盖大是天地理，青是草木理，穷理原是无大无小无远无近的，"此理周遍充塞，无乎不在，不可执有内外"，"学者须知格物即是穷理，异名同实"。所以诗歌的虚词斡旋很有意味。"犹怜草木青"，是依旧爱他草木青青，因为其中之理并不异于乾坤之大之理，不容不爱。同时"穷理即是知性，知性即是尽心"，"心外无物，事外无理，即物而穷其理者，即此自心之物而穷其本具之理也"（《复性书院讲录·学规》）。

最后就与"遗经"之关系言，又有二说。其一，识得乾坤之大、草木之青，方是尽吾之性；能尽吾之性，方是真六艺之学。即《泰和会语》中所言："学者须知六艺本是吾人性分内所具的事，不是圣人旋安排出来。吾人性量本来广大，性德本来具足，故六艺之道即是此性德中自然流出的，性外无道也。"其二，乾坤、草木亦是六艺之文。《学规》有言："须先知不是指文辞为文，亦不限以典籍为文，凡天地间一切事相皆文也，从一身推之家国天下皆事也。道外无事，亦即道外无文。""天下之事，莫非六艺之文。""凡以达哀乐之感，类万物之情，而出以至诚恻怛，不为肤泛伪饰之辞，皆《诗》之事也。""凡万象森罗，观其消息盈虚变化流行之迹，皆《易》之事也。"

以上是从马一浮本人学说中可以推导出的理趣。其学说多承宋明理学旧说，其主张也与现代社会格格不入，难得的是其中的反思："今时人病痛，只是习于陋，安于小；欲使决去凡近，所谓'以此清波，濯彼秽心'，知天下复有胜远，令心术正大，见处不谬，则有体不患无用。然后出而涉世，庶几有以自立，不致随波逐流，与之俱靡。只养得此一段意味，亦不孤负伊一生。不能煦煦孑孑为伊儿女子作活计也。"（《与熊十力书》）更难得的是化堆垛为烟云，融理趣于即目之景中。标榜理学，而没有真正活泼泼心灵的人，是写不出这样生机流动的诗句的。由诗窥人，可以看到马一浮此时的心胸境界。

诗歌的末联，写人生遭际与行踪如空中鸟迹，则人之行事，亦如蹈虚空，"吾辈所可尽之在己者，亦只能随分，做得一分是一分，支得一日是一日。观未来事如云，幻起幻灭，孰能保证其必可恃邪"（《与熊十力书》）。但随缘固是虚幻，人心中之性灵，却又真实。诗人1941年所作《江村遣病十二首》其一亦云："鸟印空中灭，天心夜半存。"取义相似。

如果单单就诗论，"已识"二句呼应"登临"，却无诗句承接"丧乱"和"遗经"，又末联的空幻感，到底有些接不住雄阔的颈联，的确是口占之作。这首《旷怡亭口占》最后没有收入诗人自订的《避寇集》中，也许即以此。但单单"已识乾坤大，犹怜草木青"，已足不朽，何况全诗的胸怀自广，用意自深，名句名山，自此两相辉映。

1939年9月15日，复性书院举行开讲礼。此后马一浮一直居住在山脚村舍（1945年秋被水而迁居尔雅台），直到1946年复员返回杭州。近七年山居生活，又写下诗歌数卷。乌尤之于马一浮，便是浣花溪、白帝城之于杜甫。诗人自述："身入山林忘世味，心通天地属诗人。"（《再和上巳日韵二首》其二）"无术能分香积饭，何人错比浣花居。"（《草堂水涨坏阶拾石以补其罅》）与杜公异代相接的用心至为明显。则乌尤山又何其幸运。马公诗崇唐音，讲究声律格调，而山中诗尤多佳作，聊录二首，以为鼎中一脔：

万古中秋月，今年特地看。身云同出没，人海各波

澜。独客乾坤老,千军壁垒寒。巴山吟望处,北斗已阑干。(《八月十五夜月》)

井鬼分星地,龙蛇入梦年。风云飞鸟外,寂寞众人前。太古江流水,齐州日暮烟。黄华开已遍,白发卧秋天。(《九日登尔雅台》)

回到1916年,赵熙从成都登舟,沿岷江南下。经过彭山、眉山、青神诸县,进入乐山境内。穿过风景明秀的平羌三峡,乐山城、乌尤山便遥遥在望。按捺不住喜悦之情的老诗人这时突然想填词,他选择了《三姝媚》这个词牌。词作的下半阕云:

前渡嘉州来也。指竹里龙泓,酒乡鸥榭。一段天西,想万苍千翠,定通邛雅。断塔林梢,诗思在、乌尤山下。淡淡青衣渔火,寒钟正打。

**苍秀潇洒,允称名作。而它也做出了准确的预言:**

诗思在、乌尤山下。

# 蜂窠篙眼

晚清民国名诗人赵熙曾有一首七绝写我家乡的乌尤山:"江心月出有蛟潜,一片风篁枯竹帘。戏数蜂窠崖脚口,五千年史在篙尖。"(《香宋诗集》卷八《乌尤四首》其四)乌尤是临江的一座小山。岷江源源,自北而南,青衣江、大渡河浑浑灏灏,在西边汇合之后,东向直冲入岷江,三江之水相汇的东岸有二山,北面是乐山大佛安坐的凌云山,南面是孤耸江心的乌尤山。赵熙诗写的是什么呢?是说乌尤山临江的山崖上,在水线附近,布满了蜂巢一样的洞眼,他说,看到这些洞洞眼眼,能想象多少船篙,一篙一篙戳进山崖,那是五千年往来之船,也承载着五千年沧桑之史。

岷江水势相对比较平缓,汇合了青衣江的大渡河却向来水急浪高,它一头横切扎进岷江之后,纵横二水相交相撞,便在凌云、乌尤二山脚下形成巨大的回水,水势陡然变得凶险异常。乐山因为三江交汇,是古来水路交通的枢纽,北连成都、眉山,西北沟通羌藏地区,南下宜宾、泸州、重庆,

蜂窠篙眼

上上下下的客货船不知有多少，经过二山脚下，稍有不慎，便有船毁人亡之虞。古人传说有蛟龙作怪，所以唐代海通法师才在凌云山临江的山崖上开凿弥勒大像，以镇压水怪，保佑人民。——弥勒是未来佛，据说我们这个世界毁灭之后，弥勒降生成佛，那个新的佛国安乐和平，再无痛苦，所以特别受底层民众欢迎。弥勒信仰是另一个复杂的话题，这里不多说。——纵然有大佛保佑，上下船只经过，仍然需要拼尽全力，舵工掌舵，篙师举篙，不容有半点闪失。年深岁久，两山临江山崖上便形成不知多少篙眼，密密麻麻，真如蜂窠一般。

1936年，赵熙在乌尤山时，后辈学者、川大教授庞俊（字石帚）来访，作有《乌尤山次韵香宋先生见赠》诗，其首联云："篙眼蜂窝水一方，寺藏修竹晚知凉。"不久抗战爆发，程千帆先生来到乐山，也特别注意到了这些篙眼，并写到自己诗中："初惊蜂窠没溟涨，渐见螺鬟出云窟。"（《溪堂展望乌尤》，《程千帆全集》第14卷《闲堂诗文合抄》）看来，乌尤篙眼给他们留下的印象特别深。

为什么三首诗都把篙眼比作蜂窠（蜂窝）呢？因为他们是在用典。典出苏轼《百步洪二首》其一："君看岸边苍石上，古来篙眼如蜂窠。"这首诗是苏轼的代表作，前半部分写百步洪水势之急："长洪斗落生跳波，轻舟南下如投梭。

水师绝叫凫雁起,乱石一线争磋磨。有如兔走鹰隼落,骏马下注千丈坡,断弦离柱箭脱手,飞电过隙珠翻荷。四山眩转风惊耳,但见流沫生千涡。"中间四句的博喻,历来备受称赞。诗歌的后半,诗人感叹说:"我生乘化日夜逝,坐觉一念逾新罗。纷纷争夺醉梦里,岂信荆棘埋铜驼。觉来俯仰失千劫,回视此水殊委蛇。君看岸边苍石上,古来篙眼如蜂窠。"提到电光火石的得失成败,为什么让人去看这些蜂窠篙眼呢?原来苏轼也还是用典。《三国志·魏书·管辂传》载诸葛原以三物令管辂射覆,辂射第二物曰:"家室倒县,门户众多,藏精育毒,得秋乃化,此蜂窠也。"蜂窠有危机伏藏,国家不宁的象征,所以诗人正好将写实与用典巧妙结合。

《程千帆古诗讲录》中有程先生讲《百步洪》诗的记录,程先生特别提到:"'古来蒿眼如蜂窠',我在四川乐山见到实地,才理解这首诗。"(张伯伟编《程千帆古诗讲录》,人民文学出版社,2020年,页100)看来他是到了乐山亲眼看到篙眼之后,才真正理解苏轼诗的真切的。所以程先生又说:"苏轼《百步洪》用工笔画,与李白《早发白帝城》写意不同。""苏东坡写水之险,范、李写山之险,都是从生活经验中得来。"(《程千帆古诗讲录》,页222)

其实,蜂窠篙眼,水势险急的地方,在处皆有,并不限于徐州、乐山两处。比如明代解缙《过苍梧峡》写过广西苍梧峡的篙眼，清代潘耒《韶州至清远道中杂诗》写到广东英德浈阳峡中的篙眼，翁方纲《篙眼诗》则写的是从广州到惠州路上之所见。但是，篙眼与篙眼也仍有不同。乌尤山跟四川其他的丘陵小山一样，因为源自海底的泥砂沉积，所以山体是红砂岩，相对较软，戳出篙眼也相对容易。而苏轼诗中写的是苍石上布满的篙眼，青苍之石，其硬度应该是要大于乌尤山的，戳出篙眼更难，看来还是百步洪的水势更猛。其他地方地质如何，我不清楚，不知道将来有没有机会一一目验。

# 赵熙和川剧

中国戏剧，有花雅之分。雅部是昆曲，花部是地方戏。昆曲雅，因为他是文人士大夫的宠儿。明清文人创作剧本，绝大多数是为昆曲写的。虽然也有少数士大夫努力提倡花部，如嘉庆年间写《孟子正义》《易学三书》的经学大家焦循就写了一本《花部农谭》，其自序说："花部原本于元剧，其事多忠孝节义，足以动人。其词直质，虽妇孺亦能解；其音慷慨，血气为之动荡。郭外各村，于二、八月间，递相演唱，农叟、渔父，聚以为欢，由来久矣。自西蜀魏三儿倡为淫哇鄙谑之词，市井中如樊八、郝天秀之辈，转相效法，染及乡隅。近年渐反于旧，余特喜之，每携老妇、幼孙，乘驾小舟，沿湖观阅。天既炎暑，田事余闲，群坐柳阴豆棚之下，佹谭故事，多不出花部所演。"可惜为花部编写剧本的文人，寥若晨星。地方戏，基本靠伶人的自编自导自演，生猛活泼、三观通俗是其优点，缺点除了俗，主要还是粗制滥造，很多唱词甚至不通。这时，哪个剧种文人参与较多，就很容易冲到地方戏的龙头榜首。哪个剧种呢？川剧。川剧最雅的又是哪出戏呢？非赵熙的《情探》莫属。无他，赵熙是那时蜀中最大的文人。

这个最大是多大？大概就是晚清、民国时，四川写旧体诗词最好的一人。钱仲联说是"蜀中诗人，刘裴村（光第）后一人而已"。汪辟疆撰《光宣诗坛点将录》，把赵熙拟作"天捷星没羽箭张清"，这个位次可不低。汪氏评价说："香宋诗苍秀密栗。其遣词用意，或以为苦吟而得，实皆脱口而出者也。石遗、昀谷咸极推服。张清一日连打十五将，日不移影。香宋有此神速。"是说赵熙的诗不但写得好，还快似疾风骤雨，快到让当时的诗坛名宿陈衍（石遗）、杨增荦（昀谷）大加推服。陈衍《石遗室诗话》中曾说，当时写诗，樊增祥、易顺鼎、陈三立、赵熙四人是最快的。四人中孰为第一，陈衍没说，反正汪辟疆将"没羽箭"的帽子送给了赵熙。下面容我偷个懒，抄一段王培军先生在《光宣诗坛点将录笺证》中为赵氏所作的小传：

> 赵熙（1867—1948），字尧生，号香宋，四川荣县人。光绪十八年（1892）进士。授编修。二十一年（1895），主凤鸣书院讲席。旋丁母忧。二十三年（1897），任东川书院山长。二十五年（1899），服

阙入京，朝考得记名御史，仍供职国史馆。二十七年（1901），任川南经纬学堂监督。二十九年（1903），擢国史馆协修、纂修。宣统元年（1909），转官御史，识陈衍、杨增荦等，极相契。明年，擢江西道监察御史。数上疏言国事。三年（1911），保路运动蜂起，四川成立保路会，任京官川南代表。辛亥后，避地上海，与诸遗老游。旋返蜀，主修《荣县志》，迄未再出。著有《香宋诗前集》《香宋词》《情探》等。见王仲镛《赵熙年谱》（《赵熙集》附）、陶亮生《赵尧生先生事略》（《荣县文史资料选辑》第五辑）。

我想插几句无关紧要的话。荣县在今天属于自贡市，但在清代属于嘉定府（今乐山市）。自贡市的出现非常晚，其核心本来是产井盐的两个盐区：富顺县的自流井和荣县的贡井。1939年，当时的四川省政府将两区划出，单独成立一市，从此有了自贡。又到了1978年和1983年，荣县和富顺才各自划归自贡市管辖。常见今人称荣县的赵熙和富顺的刘光弟是自贡人，实在不通已极。

赵熙在京与刘光第交好，刘遇难，"哭之忧忉"。作御史时，"视国事为己事"，颇为"直言极谏"，曾弹劾湖南巡抚杨文鼎、四川总督赵尔巽。清亡，在沪上与众遗老周旋不久，即毅然返川，再不出来。当时遗老主要居住在京、津、沪等地，既便于声气互通，与各方面力量联络，也能得经济与生活之利。而赵香宋却"我自入山无出理，计难相见只相思。长安如日行不到，前岁传书今始知"(《上石遗叟》)，他品格的高洁，可以想见。

他的诗，陈衍认为心思很沉挚，笔力极深透，或许不免友朋过誉之嫌。汪辟疆许为"清切典韵"，则很有识见。清者清畅流动，沈其光《瓶粟斋诗话》称其"极其变化于诚斋、放翁"，以此。切者切当，顷刻间所成游览酬赠之作，用典造语，无不恰如其分，好似宿构。典是典雅，韵是有情韵，有韵味，即沈其光所云"胎息少陵"处。试举三两个例子。《凭石遗寄海藏楼》："前岁曾吟郑君里，樱花红白闭禅关。悠悠世事凭翻覆，落落诗流倦往还。谁识心雄万夫上，无穷事在一楼间。未来天地从君卜，大海潮头壁立山。"陈衍《石遗室诗话》和郑孝胥《海藏楼日记》中都录存此诗，郑还在诗后题了一首绝句："欲将孤愤傲群贤，人定何堪说胜天。自是衰迟偷生者，汗颜翻为一诗传。"可见郑孝胥觉得自己的经世之才，用世之心，以及老骥伏枥之态，都为香宋摄入诗中，大概颇有痒处被麻姑所挠的快慰。钱仲联评价赵诗"音节苍凉，意味渊永，千锤百炼，无浮烟涨墨绕其笔端"，指的就是这类作品。

再一首是陈声聪在《兼于阁诗话》中赞扬过的绝句《山行杂诗》："山上苏亭望转遥，市声浓处雨痕消。碧澜寸寸皆秋浦，何处青山是板桥。"唐人周繇《到难》文中"碧澜之下，寸寸秋色"之语，向为文士所赏。元好问《黄华峪绝句》即云："碧澜寸寸横秋色，空对山灵说到难。"末句则语出刘长卿《将赴江南湖上别皇甫曾》"绿水通春谷，青山过板桥"。赵诗清丽流转，所以陈氏说"下笔随意"，其实语语有出处，是为典。当然，对清代平均水平以上的诗人而言，语语有典并不算难事，大家都这样。赵诗的妙处在于易"秋色"为"秋浦"，自然引出下句的"板桥"来。读者如果细味之，会想这寸寸碧澜是真实的山下之水，还是比喻山中竹树荫浓中所透漏的点点光斑？行光影中，如行秋水上，所以才问何处是板桥。这就愈发见出诗心来。而我更欣赏另一首《山行》中的比喻："乡场如叶客如蚕，老树通巢鹊两三。"将旅人穿乡过场，比作蚕之食叶，设想奇特，造语生动，确是杨万里、陆放翁嫡派。只是不知道这个比喻前人有没有用过，还请高明赐教。后一句写众鸟共居一巢，比喻农家之乐，用的是郭隽七世同居，乌雀通巢的典故，也是恰到好处。

赵熙不是专门词家，1912年返回四川之后，六百日中所作之词辑成《香宋词》三卷，之后更不复作。这些客串游戏之作，却颇为词家所赏。夏敬观《忍古楼词话》称："香宋词芬芳悱恻，《骚》、《雅》之遗，固非詹詹小言也。"叶恭绰《广箧中词》和龙榆生《近三百年名家词选》都选录了香宋词，如《甘州》下阕："次第重阳近也。记去年此际，海水西流。问长星醉否？中酒看吴钩。度今宵、雁声微雨，赖碧云红叶识乡愁。清钟动，有无穷事，来日神州。"叶恭绰评为"苍秀入骨"。文学需要天才，赵熙又是一个例证。

一个有文学天赋的人，可以客串作词人，当然也能串场作曲家。王仲镛《赵熙年谱》光绪二十八年壬寅（1902）条下记："年底辞监督，返荣县。途经自贡，客胡汝修家，观木偶戏《活捉王魁》，戏改写成《情探》一出。清丽宛转，情文并茂。后由周善培付川剧名鼓师谱成高腔，盛行至今。"胡汝修之子胡少权曾回忆此事，可与王谱相印证。不过据胡氏说，赵熙看的是由川剧名小生张海云和名旦张绍玉合作的《活捉王魁》，可不是什么木偶戏（见《自贡文史资料选辑》第十五辑之《赵熙写作〈情探〉始末》）。今天有不少资料称赵熙写此剧是在1906年，那是他们拿起半边就开跑，误读了胡少权之文。可罚他们抄写该文一百遍，以儆效尤。

《情探》好，好在他的文辞。赵熙富于诗情诗才，《情探》自然富于诗意。王魁的念白："更阑静，夜色哀，月明如水浸楼台。"果然状元口吻。焦桂英的唱词：

（念）自从别后，（唱）梨花落，杏花开，梦绕长安十二街。夜间和露立苍苔，到晓来辗转书斋外。纸儿笔儿墨儿砚儿呵，件件般般都似郎君在。泪洒空阶，只落得望穿秋水不见一书来。

清丽而自然，有王实甫《西厢记》的韵味。再如剧中"今朝都到眼前来""春色因何入得来""千山万水无音无信忽然来""感得她千山万水一人来""只望穿秋水不见一书来""芦花风起夜潮来"，情浓意切，是否可循"张三影"之例，称赵熙"赵六来"？

《情探》之好处，更在人物刻画的鲜活生动、活灵活现。《情探》源自川剧《红鸾配》中《活捉》一折。旧本《红鸾配》写王魁高中状元，入赘相府，休了发妻桂英。桂英复被逼改嫁，愤而往海神庙质问海神，自缢而死。阎王乃命桂英带鬼卒捉拿王魁问罪。《红鸾配》则是根据明代王玉峰的传奇《焚香记》改编。《焚香记》的情节是庸俗版的《奥赛罗》：王魁有义，桂英多情，奈何被小人离间欺骗，桂英愤而自缢。蒙海神之恩，还阳团圆。比一比《红鸾配》和《焚香记》，王玉峰那点文人的小情小调真叫乏味。倒是川剧，糟糠之妻总要休掉，符合人间"常态"；桂英活捉王魁，则活脱脱四川女子的刚烈泼辣。

不过旧本川剧快意恩仇，也有过犹不及的毛病。里面的焦桂英纯然怨念恶鬼，除了报复，一概不管，她唱道："凭你是蒯文通、张子房，说生死，道无常，说不过铁打心肠。冤家路窄岂肯放？谁是谁非冤枉，善恶昭彰不爽。"痛快淋漓，就只要这点人间从来没有的"善恶昭彰"出现在舞台上。赵熙的哲嗣赵念君回忆说，父亲认为旧戏"把焦桂英扮成披着头发，带着纸钱的凶悍形象，一见王魁就逮，王作匍匐乞怜状，这既不能反映桂英的善良性格，也不能暴露王魁的丑恶面貌，有失温柔敦厚之旨。如果把桂英写得越是多情，就越能反衬王魁的无义"(《荣山旭水》第九辑《情探浅谈》)。这就是典型的诗人之心。善恶并置，美丑相形，不作声作色，而人物已是肝胆洞然。是诗心，是史笔，是为温柔敦厚。

循此思路，赵熙塑造的王魁和焦桂英都非常成功。王魁初见桂英，是疑，然后立刻忖念"不该不该大不该，这个关儿怎下台"，只想如何开脱自己。这样的人物，百年前生动，百年后更加鲜活。于是质问桂英为什么千里迢迢、深更半夜上门来？在桂英追忆往事，倾吐衷情之后，王魁有一个良心发现、色心又起的片刻："不该不该大不该，王魁做事不成材。感得她千山万水一人来，况且她花容玉貌依然在。"但转念之间："徘徊！那韩丞相知道多妨碍。皇天鉴我怀,昧良心我出于无奈。药方儿于我何用哉!"读书人的脑子就是快啊。主意拿定,后面任随桂英如何说,王魁总是绝情绝义要赶她走。最后担心"莫不是相府有人来,勘破机关怎下台",甚至威胁道:"你安心闹我,再不走我要你的命!""死不要脸!"熟悉的配方,熟悉的语言,赵尧生老先生百年前已探得骊珠矣。

焦桂英,则一片深情,千回百折。她悲苦,更痴心一点:"犹恐他从前恩爱依然在。好教奴千回万转,触目伤怀。"于是一而再,再而三,以情相诉,以往事相感动,冀望王魁回心转意,甚至提出愿意作妾,被拒后又表示作奴婢也可以。她所着想的只是王魁,盖与阎王有约,王魁如能回心转意,就放他一条生路。这样的女性形象似乎软弱,其实非常真实。杜十娘妓女出身,所以心思细密,决断深沉。桂英只是普通人家的女儿,就像《被嫌弃的松子的一生》里的松子,她一生都活在对爱的渴慕和被爱的自欺中,几乎要死两回才会领悟。

以上是就大关节而言,而文学的奥妙,从来还要看细节。《情探》的细处,也堪称精湛。胡少权记录赵熙当年给自流井的川剧艺人说戏:

> 在演员内心活动上,着重讲了两处需要细心体察。

一处是桂英泣唱别后之情,梨杏花开,梦绕长安,望穿秋水,不见书信,又到海神庙祷告:"你生时忠义死时哀,到而今香烟万代。我郎君落拓青衫一秀才,要保他文章合派,莫使他春愁如海。神灵儿鉴怜奴四礼八拜,果然是马前呼道状元来。"这是别后之情的唱段,很重要。这一唱段中的着力处又在她到海神庙祷告的一小段。由于桂英的祷告,王魁才"果然是马前呼道状元来"。在这些地方的演唱,生旦都应很下功夫。对桂英来说,由于她对王魁情深如海,她自信王的高中是她的祷告的结果,唱道"果然是马前呼道状元来"时,桂英的表情是用情之专和颇为自信的;谁知祷告他中了状元后,他反而抛弃了自己,使自己得到的是无限悲伤。故旦角在这里不能有过于高兴的表情。只能有悲哀和悔恨的表情。此时对于王魁来说,他认为他的高中是自己的文章写得得意,与桂英的祷告无关,并且招赘宰相府,也是理所当然。因此,王魁应以骄傲而得意的表情或微微摆动状元帽翅子来与桂英悔恨的表演相呼应。如此表演,才算入情入理。

赵熙的夫子自道,不但关乎表演,也告诉了读者他如何细部创作。有悟于此,移到古诗文的解读上,也是同一番道理。

《情探》上演之后大获成功，尤其经当年有"康圣人"（此康圣人非彼康圣人也）之称的名角康子林和名旦刘世照的演出，更是倾倒一世。唐幼峰出版于1938年的《川剧人物小识》云："（康子林）演《情探》，眉宇之间神色不定，观其屡次心口相商，能将王魁良知与私欲争战之种种神情一一传出，体会极其深到。"让人想见风采。康子林在1930年，七十高龄时，被刘湘手下师长们逼迫，演出拿手的武生戏《八阵图》，下台后累到吐血，不久去世。当时人称"康圣人累死八阵图"。

在《情探》之后，赵熙改编了全本的《活捉王魁》，又写了《渔父辞剑》的剧本。他的戏本在川剧中被称为"赵本"，单论文学成就，当然是最高的。但川剧要独占鳌头，只有一个客串的剧作家远远不够，端赖众多文人创作者的参与，才能大放异彩。其中创作数量最高，流传经典剧目最多的是黄吉安（1836—1924），他一生创作了84个川剧剧本，二十多个扬琴唱本，文白相错，诗词谚语信手拈来，有元曲的自在，又有明清曲本的音律和谐，人称"黄本"，梨园中奉若拱璧。其中的《柴市节》《三尽忠》《朱仙镇》《邺水投巫》《江油关》《九里山》《桴鼓战》等等，都是名作。而尹昌龄（1874—1943）《离燕哀》，卢前在《明清戏曲史》中举与《情探》并列,又引其曲辞:"风一程来雨一程,处处都是愁人境。满目黄沙草木深,南来飞雁多孤影。好男儿当立马千山万仞,南关凄楚,却变做个塞外流人。不堪回首处,引涕独怆神。"似可与李开先《宝剑记·夜奔》前后辉映。此外的文人剧作家还有刘怀叙(1879—1947)、李慎余(1887—?)、冉樵子(1889—1927)、李明璋(1928—1963),等等。

四川地区在明末清初持续的战乱扫荡后,仅有百分之一二的遗黎残存川西南地区。经过清代两百多年持续的移民和经济、文化积累,终于在晚清开启了一次新的"四川文化重建"浪潮。学术上"蜀学"出现。文学上旧派、新派人物渐次登上文坛,新文学影响尤大。古琴有了蜀中流派。川菜也是在这一时期定型的。川剧的成型,也正好在这一时间段内,所以得到众多旧派文士的参与,其面目就与一般地方戏不大一样了。今人只知川剧中的杂耍变脸,不知道黄吉安、赵熙诸老该作何感想。

由赵熙说到川剧,又说到四川文化。有点远了。最后,川剧究竟好不好,如何好,我说了不算,写《沙家浜》的汪曾祺说了算不算?抄几段汪老的话,权当结尾吧:

> 川剧文学性高,像"月明如水浸楼台"这样的唱词

在别的剧种里是找不出来的。

川剧有些戏很美，比如《秋江》《踏伞》。

有些戏悲剧性强，感情强烈。如《放裴》《刁窗》《打神告庙》。《马踏箭射》写女人的嫉妒令人震颤。我看过阳友鹤和曾荣华的《铁笼山》，戏剧冲突如此强烈，我当时觉得这是莎士比亚！

川剧喜剧多，而且品味极高，是真正的喜剧。像《评雪辨踪》这样带抒情性的喜剧，我在别的剧种里还没有见过。别的剧种移植这出戏就失去了原来的诗意。同样，改编的《秋江》也只保存了身段动作，诗意少了。川剧喜剧的诗意跟语言密不可分。四川话是中国最生动的方言之一。比如《秋江》的对话：

陈姑：嗳！

艄翁：那么高了，还矮呀！

陈姑：咹！

艄翁：飞远了，按不到了！

不懂四川话就体会不到妙处。

川丑都有书卷气。李文杰告诉我，进科班学丑，先得学三年小生。这是非常有道理的。川丑不像京剧小丑那样粗俗，如北京人所说"胳肢人"或上海人所说的"硬滑稽"，往往是闲中着色，轻轻一笔，使人越想越觉得好笑。

川剧有些手法非常奇特,非常新鲜。《梵王宫》耶律含嫣和花云一见钟情,久久注视,目不稍瞬,……这撮小胡子可以一会出现,一会消失(胡子消失是演员含进嘴里了)。用这样的方法表现耶律含嫣爱花云爱得精神恍惚,瞧谁都像花云。耶律含嫣的心理状态不通过旦角的唱念来表现,却通过车夫的小胡子变化来表现。化抽象为具象,这种手法,除了川剧,我还没有见过,而且绝对想不出来。想出这种手法的,能不说他是个天才么?

有人说中国戏曲比较接近布莱希特体系,主要指中国戏曲的"间离效果"。我觉得真正有意识地运用"间离效果"的是川剧。川剧不要求观众完全"入戏",要保持清醒,和剧情保持距离。川剧的帮腔在制造"间离效果"上起了很大作用,帮腔者常常是置身局外的旁观者。我曾在重庆看过一出戏(剧名已忘),两个奸臣在台上对骂,一个说:"你混蛋!"另一个说:"你混蛋!"帮腔的高声唱道:"你两个都混蛋喏……"他把观众对俩人的评论唱出来了!

# 《旧话》向谁传

隔壁刘二婶大喊着："李佩璜，快来看啊，这儿有两条蛇打架！"一个瘦弱的小男孩答应一声，飞一样奔去看稀奇。回到家，迎面的却是一脸惊恐的妈妈。"刘二婶叫你去看蛇吗？""是的。""你为啥要应声？"她的声音带着战栗，几乎要哭了。原来当地人相信，看见两蛇相缠，便要得大病，甚至丢命，除非他马上喊另一个人的名字，而那个人又答应了，那么灾祸自然转到应声人身上。亏得邻居曾婆婆传授了一个解禳之法：把小男孩裤带解下，拴在蛇纠缠的桑树上，作为替身，这个后来叫李伏伽的孩子才大难不死。为什么刘二婶选择他呢？无非是他们孤儿寡母，又被执掌门户的叔父赶了出来，是谁都可以踏上几脚的。那时的李佩璜还不知道，在他人生的"八十一难"中，这不过是最微末的一劫。

上面的故事不是小说，它来自李伏伽先生的前半生回忆录《旧话》。书于1993年由成都出版社刊行，绝版已久，所以前两天在旧书店瞥见它，必须以极大的定力抑制可能的心跳过速，才得以从反复盘算的老板手中，用 10 块的价格买到。

李先生是我敬仰的故乡前辈。20 世纪，敝乡走出了一些声名赫奕的文化人物，郭沫若、曹葆华、陈敬容、李源澄、贺昌群、隆莲法师等等，都是各自领域的翘楚，李伏伽先生不能同他们比肩。但要论人生之笃实坚卓，人格之高尚，胸次之旷达，则先生之风，山高水长矣。

他的书，我中学时代读过诗词集《涓埃集》和小说散文集《曲折的道路》，并不知道还有回忆录。买到书的当晚，把手边的工作略做了一阵子，就取过捧读，一气读到夜里一点，的确吸引人。不但作者的人生历程，而且二十世纪上半叶四川社会的风貌物情，都从畅达生动的笔致下流出。从汉彝杂错的荒蛮小县到成都重庆这样的通都大邑，作者所遭逢和听闻的汉彝人物，袍哥乡绅、土匪军阀、新旧知识分子、市井众生，形形色色，粉墨登场。所经历的事情，既常常让异时异地的我感到匪夷所思，而其中人情世态，又觉得那样熟悉。

1908 年，李伏伽出生于川南山区的嘉定府马边厅（今乐山市马边县）。他的祖父是一个旧式商人，有三个儿子，正好走出三种人生之路。老大操袍哥，凭借厚实家底，成了仁字公口的袍哥大爷。老二、老三都遵循父亲"富而优则仕"的理念，赶上清代废除科举之前，考中最后一科的秀才。不同的是，老二继续外出读新学，回故乡办新式小学堂。老三则混迹本地官场，很快成为劣绅的代表。老二把自己活成时代的隐喻，他为闭塞的马边灌注了最初一点新鲜空气，却二十多岁就生病去世，留下寡妻和孤儿李伏伽。

马边地处群山之中，这里汉彝杂错，向来容易发生民族冲突。而民国以来，更大的危机来自中央权威的消隐，省内军阀混战，地方自治力量薄弱，乡绅、袍哥、军阀、土匪，各种力量起伏消长、你争我夺，深受其害的，当然是一般民众。与沈从文笔下蕴藏着勃勃生机，包含着一种明朗质朴力量的湘西不同，《旧话》中的马边偶尔能看到人性的光彩，更多时候则几乎是鬼蜮世界。这里鸦片的种植与吸食同样普遍，赌场遍地，是掌权者的财富之源。土匪与军阀轮流进驻县城，土匪自封县长，还要约束一下手下，不至太过放肆。而军阀的部队则内斗火并，无日无之，敲骨吸髓，比土匪更匪。而无论绅商还是军匪，共同的身份则都是袍哥。所以第一次土匪进城，保护李家的土匪营长，正是当年受恩于大伯的一个外地袍哥。

前几年风靡一时的电影《让子弹飞》，根据马识途先生的小说《夜谭十记·巴陵野老：盗官记》改编而来。小说也好，电影也好，都有点革命浪漫主义的味道。如果编剧和导演能看到《旧话》，会发现马边真真实实发生过土匪当县令的事，书中至少详细记载了两次，对第二次记述尤详。正义感指数爆表，外加点罗曼蒂克的土匪并不存在于现实中，倒是三叔这一干劣绅与土匪的斗法，精彩不逊于银幕，而真实感则过之。

1935年第2期《川边季刊》有一段简略的记载，说："民国六年，云南永宁河的土匪杨骁（名霄齐），僭称汉军统领，率众窜扰马边，攻破城垣，知事孙保（浙江人）率镇边营出走，城中被劫一空。"这是土匪第一次入主马边城。而《旧话》中所记载的详细情形则曲折复杂太多。这位杨司令实际在城中自封为知事，代行县事。到接受招安要撤走之前，"杨知事"奉行"岩鹰不打窠下食"之原则，颇能约束部众，只是照章收税。临走前，才提出最少要六千银元的开拔费。乡绅们日夜合计，谁也不肯拔自己的毛，最后关头，三叔在大烟榻上想出办法：

> 我们可以用全县人的名义，给他送一把万民伞，称颂他在马边的功德；另外举行一次公宴，排长以上的在县议会开海参席，一般的弟兄伙在关帝庙和抚州馆摆九大碗，外加鸡鱼。临走时，全城挂彩放火炮，我们士绅

亲自送到武侯祠。

这也是一种手段嘛,即使不行,也没有害处。常言道:"伸手不打笑脸人",我们这是给他捧玉带,吐寿字,未必还把毛毛抹反了,惹得他更加发火?要是这一步不行,又再说下文嘛。

**这伙吝啬鬼高估了自己和土匪的情商,结果:**

当在县议会恭候的士绅们正惊疑不定的时候,突然开来一排人把县议会包围起来。大门上两支比一般步枪长一倍粗一倍的洋抬炮的炮口针对县议会的议事厅。两个兵服侍一管炮,卧在地上作瞄准之状。与此同时,四城门关闭,全城戒严;匪兵们在大街上堆积柴草,把洋广杂货店里的洋油桶子提出来,宣称就要放火烧全城。

本来静若处子的乡绅们,动若脱兔般想出了钱款的摊派办法,乖乖掏钱消灾。这种更贴近历史真实场景的记述,正是回忆录的胜场。

《旧话》中对日常人情的记述同样生动。大伯是典型的四川袍哥,跟王笛先生在《袍哥》一书中描述的雷明远颇相似。他们讲义气,对弟兄伙出手阔绰,更要处处绷场面,从而渐渐耗尽家产。但大伯至少还讲义气，等他一死，三叔掌家，不多久就先后把寡母孤儿赶出了家门。学堂自然没钱再上，被人欺侮也无力还击，文章开始的故事就发生在这一时期。失学两年后，父亲的同窗好友，日本留学回来作县视学的冯斗山，偶然在街巷的尘埃污泥中看到故人之子，从此命运再得转机，回到小学继续学业。

回忆录分上下两部分，上部从出生写到小学毕业，是在马边的生活。毕业后，冯斗山又推荐李伏伽到泸州的川南师范就读，在泸州时参与了刘伯承领导的泸州起义。后来多次辗转，投考成都师大，最后就读四川大学外文系。在师大时，因为参与学潮被捕，同关押的师生十六七人，已经枪毙到第十五人，突然暂停，捡回一条性命。就读川大时，碰上军阀刘文辉、田颂尧在成都的巷战，川大校区是反复争夺的主战区，在枪弹林中困守一日夜，万幸没被流弹击中。

1935年大学毕业，去井研中学任教三个月，就与校长一道，被成都大学毕业的新县令和本地旧士绅联手逼走。当时井中的校长廖次山先生（廖宗泽，号次山，1898—1966）是井研大儒廖平的次孙，更是廖氏经学的传人，学养与声望在当地一时无两，仍是容身不得。民国四川县一级的政治生态的腐朽，那时一般年轻人堕落之迅速，在这一事件中得到清晰呈现。

之后是几份报纸的记者生涯。1936年,在《星星报》,赴川北报道大旱造成的大饥荒。1938年,赴鄂西南山区,担任政治宣传工作。所谓政治宣传,其实无所事事,但目睹当地百姓的愚昧贫苦,以及被拉壮丁所恶化的生计状况。凡此在回忆录中都有真切描写,有些文字直接抄录通讯和日记等材料,尤为可信。

1940年,马边创办了有史以来第一所中学,首任校长聘请的是抗战返回乐山的贺昌群先生。1941年,李伏伽返乡接办马中。除了中间离开两年,前后担任了七年校长。"学生年龄一般偏大,有二十出头的,他们中的大部分已离开小学多年,男的多在社会上流荡过来。他们呼朋结伴,讲袍哥,拜把子,抽烟,喝酒,也赌钱,习气很坏。"至于县里的官吏,与从前离开时相比,并无多大差别。这就是李伏伽七年校长生涯每天要对抗、要改变的人。在这样的环境中能坚持不懈,不能不让人佩服其坚卓弘毅之精神。他到校不久,创作了校歌歌词:

> 凉山峨峨,马河汤汤,大哉吾校,肇造其旁。劳动、创造、战斗,自觉、自治、自强。同心同德,相亲相爱相将。要作光明先导,挽边区滔天罪恶之狂澜。

这是其教育的基本精神,至于具体做法,回忆录中自有详述。

以上只是回忆录中所记之事的大要,具体经历与人事细节才是真正吸引人之处。以一己之经历,贯穿社会的发展变迁,做详细、生动而冷静之描摹,这显然与李劼人、沙汀、艾芜等四川作家的小说创作一脉相承。在成都时,李劼人先生曾为作者介绍工作,使一文不名的青年安顿下来,创作上的承继当首先源自现实的接触。

回忆录不是小说,写的是一己的人生,不可能将叙述者隐藏在文字之后,从而保持客观冷静,所以不少回忆录常常有抑制不住动情的时候。比如王鼎钧先生著名的回忆录四部曲,写少年的第一部《昨天的云》,其中激浊则峻冷,扬清则肠热,将旧日中国的血脉和情味展现得颇生动,时时让我动容。不过王作有意为文的意味比较浓,文字用心雕刻,文字背后的情感也比较明显。而《旧话》则风味自别。单就记事写人的手段讲,李先生比不过王先生,但《旧话》的文字,尤其是上部写马边生活的文字,朴茂流转,很可以见出写作者旷达高远的胸次,我以为这是非常珍贵的品质。

作者屡遭大难,备尝艰苦,他却不拿苦难来煽情,更不会咀嚼痛苦,哀吟控诉,以图感动读者、感动自己。作者是不自恋的,所以回忆录的克制冷静并非有意为之,而是自自然然，情深而不溢，一切点到为止。比如他写到母亲遭受三叔夫妇的虐待，深夜里向自己哭诉，他说："以下，她又在埋怨父亲，又在向观音菩萨许愿。我觉得头很重，眼皮很涩，怎么也坐不稳。我倒下去，她把我拉起来；我又歪歪斜斜地倒下去，睡着了。"比如回忆自己初到成都：

> 终于有一天，当我把最后一个铜元用去之后，就只有抱着肚子饿了。我自来就迂拙，缺乏营谋自己生活的能力，而且，也很怪，愈是穷愈不愿意开口向人借钱。我只是躺在床上闷睡。也真是"天无绝人之路"，原川南师范博物教师朱晓沧先生那天有事来师大，顺便看看川南师范同学。他见到我，诧异地问："你是咋的？病了么？"我摇摇头。"有什么事？"我不吭声。"哦，你有钱吗？"我埋着头，仍不吭声，可心里不断翻腾，眼泪涌进眼眶，快要撑不住了。他看出我的实情了，便笑笑，从怀里掏出三枚银元递给我。我没有接。他又笑笑说："唉，看你这人，太迂了！"便把钱放在枕边。他走了后，我才用被子蒙住头，哭了好一阵。

非常动人的一幕，只有事实本身，再无多的话语。但每个读者，想必都会永远记取朱晓沧先生。

不但如此，作者也不矫饰，不自辩，非常真诚地写出自己曾经的"恶"。一般回忆录中常常有太多自我表扬、自我辩解的文字，《旧话》中看不到，只是从容叙事。比如三叔刚刚赶走母亲，还单独留下作者在家的时候，三叔夫妇在客人面前数落母亲的不是，客人们看着他，点点头，啧啧两声，作者的反应是："我忍不住恨起我妈来。这样，就是要以后他们放松对我的控制，我也不去找她了。有时，在街上，当远远看见她时，我也像鱼鳅一样，一窜就溜走了。"非常真实的心理，罕见的真诚。读书时，我稍微停顿，想象着，李伏伽先生写到这里时，眼里应该含着泪水。但或许也没有泪水，人生到了这种境界，已是云在太空，水归大海，原原本本检点生平，轻易不会落泪了吧。

如果说有什么遗憾，那就是作者的妻子廖幼平（1908—1994）是廖平的二女儿，他们是否是在井研中学时相识，又如何恋爱而结婚，我非常渴望在回忆录中看到较详细的记述。结果仅仅找到一句："她是于 1942 年来马中的。为了共同的理想，我们于次年结婚。"

读完最末一页，我熄灯睡觉，却通宵不曾安稳入眠。纷繁的人物和情事不断在我头脑中进进出出。这不但是一部史料丰富的回忆录，也是动人的文学作品。想起来从前读过的李伏伽先生的诗词和散文，我知道他后半生同样经历了巨大的磨难，那他有没有后半段的回忆录呢？会不会在其中补叙夫妻情事呢？忍不住摸出手机查了起来，果然有的，书名《风乍起》，可惜只是内部印刷品。

早上起来又查资料，在1999年出版的《四川省志·大事记述》下册看到，1966年4月中旬，四川省"文化革命七人小组"依照《二月提纲》的精神，提出的《西南局、四川省委文化革命七人小组关于四川开展学术批判的意见》（即四月意见），并以西南局的名义发西南各省执行。会议还决定将李伏伽（前乐山地区文教局副局长）、徐中舒（四川大学历史系主任）、卿希泰（四川大学哲学系副主任）作为学术批判的对象。不久，省委得知《二月提纲》受到毛泽东主席的批评，立即撤销尚未发出的《四月意见》，并指示按中央新的精神重新组织"学术批判"。

从4月26日起，《四川日报》在"彻底粉碎李伏伽反党反社会主义的猖狂进攻""高举毛泽东思想伟大红旗，向反党反社会主义黑线开火"等通栏标题下，连续刊文批判李伏伽的在《四川文学》上发表的《师道》《曲折的路》《凌云·大佛·苏东坡》《夏三虫》《灯》等作品，指责这些作品是反党、反社会主义的"毒草"，"对社会主义的现实生活作了恶毒的歪曲，对党的领导和社会主义制度进行了疯狂的攻击"。号召大家，特别是工农兵，踊跃参加批判。李伏伽荣登四川"三家村"之首是有预兆的，早在1965年5月到7月之间，《四川日报》就连续发表了五篇文章，批判其小说《师道》宣扬资产阶级的"师道"。《师道》发表于1962年8月号的《四川文学》，次年被收入四川人民出版社的《四川短篇小说选1959—1962》，1982年又收入李先生的小说散文集《曲折的道路》。记得从前我曾一目十行地看过，觉得太红色，太"十七年"。何以首当其冲而获罪，也许是当代文学研究的好题目吧。

1966年起，经历四年的隔离审查后，反革命分子李伏伽被遣送回马边监管劳动。我读过这一时期他写给其子的一封家书。信里说："我有什么罪？我没有罪。我从那个污浊的旧社会中走出来，而仍不失为一个真正的人。""我想起东汉范滂临刑前对儿子说的话：'吾欲教汝为善，则善不可为；吾欲教汝为恶，则吾生平不为恶。'我能向你们说些什么呢？""我现在的态度是：不失望消沉，不自暴自弃，人间总有真理，颠倒了的历史，总要颠倒过来。我的冤屈，我坚信，总会有澄清之日。当然，历史上尽有长背黑锅，沉冤莫白的。但只要内省无愧，又算什么——这样说，也许有些阿Q气吧，不过，我想，如果人家一踩躏，自己也就趴下去，成了软体动物，那才是最可悲的。"

在牛棚中，李伏伽先生写了不少诗词。1976年以后，仍创作不辍。这些作品同回忆录一样，很能表现出作者的人格与襟怀。录一首1972年2月所作的《鹊踏枝》："细雨如烟迷峡谷，无限关山，枉纵登临目。芳草春来依旧绿，江头日日风波恶。　世事无凭随转烛，鹿苑花枯，雀角穿华屋。忽报朔方坠一鹏，楸枰又看翻新局。"而我最喜欢的，是他晚年游峨眉山所作《江城子·清音阁》：

>翠屏瑷琏倚晴空，鸟玲珑，树葱茏。高阁长廊，缥缈绿云中。多少行人过去矣，朝复暮，尽匆匆。　清溪流水接天通，似双虹，下苍穹。终古潮音，汩没几沙虫？自有一心坚不动，凭激荡，意从容。

峨眉山中有黑、白二水，汇流于清音阁，有双拱桥跨于两水之上。交汇处，又有一巨石，状如牛心，稳卧当中，激荡巨流，终古轰鸣不绝。刘光第至此，曾撰联云："双桥两虹影，万古一牛心。"词作下阕所写，正是此景。

李伏伽先生已于2004年归道山，他一生遭际万端，而卒臻百龄，"仁者寿"，斯人之谓欤？我生性疏懒怕人，在故乡的时候，耳闻过不少这位前辈的嘉言懿行，却从来没有想到要去拜谒。十五年后读他的回忆录，仿佛侍坐老人跟前，听他娓娓话旧。"溟涨无端倪"，老人已是"虚舟有超越"，而我则有"春水船如天上坐"之感。李伏伽先生在国内并非籍籍声名之士,如书以名行,则其书自不得行于世间,如书以实行,那我相信此书早晚会得到更多人的喜爱珍赏。也许有朝一日,《旧话》与《风乍起》能合成全璧,重版出来,再好不过。陶公云:"今我不述,后生何闻。"既已述之,希望将来的人们会知道李伏伽和他的故事。

**附记**

这篇文章原发表于 2019 年 11 月 9 日的《澎湃新闻·上海书评》。发表之后,《旧话》旋即得到四川人民出版社关注,并于 2022 年正式推出新版。

# "我只测算晴天的时间"

## ——参与《清诗话全编》工作点滴

拿到《清诗话全编·乾隆期》样书，脑子里突然冒出一句话："我只测算晴天的时间。"据说是威尼斯一块日晷上的箴言。

今天又是晴朗的一天啊。

算起来，我正式参与到"清诗话全编"项目的工作中，是从 2012 年的冬天开始的。张寅彭教授带着我和同事郑幸去北京参加项目申请的答辩，之后是上海的项目开题会，翻过年来，项目的工作正式启动。

我负责乾隆一朝诗话的整理，在此之前，还有个任务，是调查各种诗话的馆藏地。虽然张寅彭先生《新订清人诗学书目》和蒋寅先生《清诗话考》都有著录馆藏，但是尚未完备，而我们的调查另有四个目的：第一，为了方便就近获得底本，尽量先查清江浙沪各个图书馆的收藏情况，然后再渐次扩展。第二，尽量查找各诗话最早、最善之本。第三，调查一些过去未能确知馆藏地的诗话的所在。第四，看看能否在已有的诗话目录之外查漏补缺。我自己先做了上海各图书馆的调查，果然新发现了好些种原来书目上没有的品种，比如收入《全编乾隆期》的何一碧《五桥说诗》就是这次发现的。之后拜托了几位研究生同学，各负责几个省区，大致做成了一个馆藏表的草稿。有了初步的馆藏表，项目秘书李德强即带领12级的硕士同学开始了去各个图书馆检阅、复制古籍的工作。同时，补充、修订馆藏表的工作也一直在进行，除了张寅彭老师总负其责以外，项目组的前期秘书李德强、李清华，后期秘书张宇超、窦瑞敏出力尤多。我后来专心点校诗话，就不大过问此事了。

正式出版的《清诗话全编·乾隆期》版权页与各册的封面上，署名是"张寅彭编纂、刘奕点校"，张老师自然当之无愧，我却是因人成事，而得附骥尾，既感且惭，不能不感谢太多的人。张寅彭老师数十年治学，以清诗话、清诗学为主，在多年目录调查和诗话收集的基础上，撰作了《新订清人诗学书目》，主编了《清诗话三编》，再继续承担国家社科基金重大项目"清诗话全编"的工作，可谓顺理成章。从来主持大项目、主编大丛书，大概有诸葛亮与王导两种类型，前者以躬亲而令时人敬，后者以愦愦而令后人思。张老师平日言谈，颇有王茂弘之风，可一旦临事，便俨然孔明矣。大至"全编"体例、工作计划和操作方案的制定,出版的接洽、安排,日常学术交流的组织,小到每种诗话的去取、版本定夺、提要撰写,无不亲力亲为,绝不假手他人。项目组在收集诗歌底本遇到困难时,张老师也老将出马,自去与各处图书馆执事者周旋。我的点校工作初步完成之后,张老师又将全部底本一一看过,每种均细细指出其中的疏误。我有点偏,每每会为了某处标点、某个异体字的处理或某部书特殊格式的处理与张老师争执,争完,可改者改,自以为宜留者留,下次又是一番争论。所以最后所成之书,其中正确的标点,有不少要归功于张老师和出版社的诸位编辑,至于错误,我则难辞其咎。有时某些性质较模糊的书的去留我们也会反复争论,李锳《诗法易简录》,我主收,张老师主不收,几番讨论,我的意见被接受;而纪昀的《唐人试律说》《庚辰集》《我法集》,我仍是主收,张老师考虑再三,以其近于选本,又是专为科举应试而作,因而弃之;我认为可以不取而张老师取之的也有,比如《忆旧游诗话》和《鹗亭诗话》即是。盖取舍之际,最是张老师苦心所在。所谓"必也正名乎",汇编有清一代之诗话,如果取义过严过狭,必至遗珠累累,但如果不核定其内涵与外延,那清代选诗而附评语的总集、教人入门作诗的诗法"教材",皆数不胜数,一概阑入,又将泛滥无归,难以成书。此中分寸权衡,最考验学力与见识。我的不解与争论以此，张老师的踌躇与裁断也以此。存精审于全备，寓裁断于法度，是张老师编纂时的目标，他将全书区分为内外两编，以及对具体各书的去取，都是本此而为之。这一层深意，《全编总序》和《凡例》中已有深切之说明，这里不再赘言。不论标点得失也好，还是某书取舍也好，我们在工作中常有据理力争，各不相让，甚至各说气话之时，过后思之，却最让人忍俊不禁，而弥足珍贵。

前面提及的李、李、张、窦四位秘书，则可谓任其劳而不居其功的典范。他们不但四处收集诗话版本，而且不少稀见品种的发现也多亏他们。比如翁方纲《石洲诗话》，通行都是八卷本，我标点的也是这八卷而已。之前南昌大学龙野教授在上海图书馆发现了第十卷的手稿，使我们知道翁氏实有续编二卷，但第九卷是否还存于天壤之间，仍未可知。张宇超经过反复调查，最后发现国家图书馆竟然保存有完整的第九、第十两卷的抄本，获得二卷之复印本后，他一边施以标点，一边又考订出抄本出自伦明之手（见张宇超《新见翁方纲〈石洲诗话〉卷九考述》，《中国诗学》第28辑），于是收入本书的《石洲诗话》便成为完整的十卷本，且流传始末亦得廓清。此外，李德强、窦瑞敏都协助我整理过几种诗话，为我分劳不少。

《乾隆期》中有三种诗话的获得要特别感谢学林师友的慷慨相助。谢鸣盛《范金诗话》二卷，藏在江西省图书馆，因是孤本，未允复制，是江西师范大学的汪群红教授挺身相助，为我们录入文本，乃得收入。冯一鹏《忆旧游诗话》二卷藏在台湾大学图书馆，张寅彭老师求助于台湾"中研院"文哲所廖肇亨教授，廖教授又拜托台大胡颀博士为我们抄录文本。我在检核时发现几处疑问，胡颀博士又不惮其烦，反复为我们校对原文。再有一种则是苏一圻的《诗法问津》。此书我在最初调查时，已知上图藏有手稿本三卷，后来整理底本就采用此稿本。到了2017年冬天，张老师和我去华南师范大学开会，遇到彼时尚在南京大学攻读学位的刘洋博士。那时正好有寒流南下，广州也有些阴冷，刘洋却像一阵热风卷地而来，主动告诉我们，她在国图发现了此书的四卷本刻本，较之稿本，不但增多一卷，而且原有三卷也多有增改。这个消息让张老师大喜，让我大惊。喜不必说，惊是因为稿本我早已标点完毕，这下又得重新标点了。虽然我多花了一些工夫，但如今读者能看到完整的《诗法问津》，不能不感谢刘洋博士。

此外，上海古籍出版社的编辑工作也为本书增色不少。有些我和张老师都没有发现的整理疏误，就是经由各位责任编辑和校对科老师的慧眼才得以改正的。直到全书下厂排印前夕，总负责本书的刘赛先生还在跟我联系，说收在《重订中晚唐诗主客图》卷上之末的题诗，怀疑本来应该在全书之末，请我再复核。我于是调出底本反复查看，最后确认刘赛兄的判断为正确。很可能是当初古籍在重新装订时即已误置，我整理时又未细核页码，才有此误。从来一书之成，荣耀都归于署名的作者，不知编辑之功之巨，实不容抹杀。

《清诗话全编·乾隆期》的工作，我前后参与的时间有八年多，中间也算甘苦遍尝。最初的拟目中，《乾隆期》诗话共有一百三十多种，后来有些品种实在遍寻不得，有些又被剔除，逐渐减少到九十来种。之后张寅彭老师又开始做加法，不断出示新品种让我整理，最后确定的目录共收诗话一百零三种。其中有部分是《清诗话》《清诗话续编》《清诗话三编》已经收录，或者自有单行本的。丁福保当年编辑《清诗话》时，多取常见的丛书本为底本，经与单行本核对，发现各丛书本删改都较严重，不宜作为底本。所以凡《清诗话》中原有之品种，我们基本都更换底本，重新做了点校。《续编》较好，只有部分更换底本。凡《续编》《三编》已收入而未换底本的，我就只是做标点检查的工作，尽量减少一些错误。《带经堂诗话》《随园诗话》《雨村诗话》都有整理本，这次整理，则首先选择存世最善之本做底本，如《随园诗话》版本繁多而前后变化复杂，我们根据郑幸的研究，采用袁枚自己的家刻本，而不用常见的坊刻本；其次，《带经堂诗话》原整理本颇有删节，这次则是全貌呈现；《雨村诗话》先前的整理则舛误过多，几不可用，这次重新整理，庶几可读了吧。

整理过程中，开心、难过、气恼诸事皆有。诗话中有些是向来罕觏之本，如《鸿爪录》《忆旧游诗话》《此木轩论诗汇编》《范金诗话》等等，能一睹为快，好奇心大为满足。而读到有趣的诗话，有意思的条目，自然是开心的。发现自己研究所需的一手史料，开心。温故知新，增益我对古典诗学的认知，开心。还有一种开心，则是能够"偷懒"。比如我接手的第一本诗话是复旦大学图书馆藏稿本不分卷《涵晖书屋诗话》。其字迹颇潦草，辨认不易，如要整理，先要录入电脑，为工颇难。我在整理了几条之后，忽然福至心灵，开始考察其史源。一查之下，发现这恐怕不能算真正的"著述"，因为它只是在清代褚人获《坚瓠集》和赵吉士《寄园寄所寄》等书中胡乱摘抄而已。既无宗旨凡例，又不标明出处，更像是消夏、消寒时遣闷随性之作，和张老师商量之后，就不予收录了。2015年11月，我受命去社科院图书馆和国图访书两周。两处访书，收获颇丰，很发现了一些此前未见之品种，且校对解决了一些疑难问题。真正让我开心的，是这些新增的诗话，无一属于乾隆期，我只需要为别的整理者加油即可。在图书馆不开放的周末,我就在北京四处闲逛,见到不少多年未见的同学旧友,被投喂"美食"无数,感到难得的轻松惬意。

要说难过,就是那些"偷懒"不成反而费力的事情啦。有已经整理好的品种最后不收了,比如二十卷的《增辑声调谱》;或者最后被移置于别期之中,如《芙蓉港诗词话》《批本随园诗话》等等。而最让我气恼的,则是《中国诗话珍本丛书》影印的方起英所撰《古今诗塵》。这部诗话部头不小,将近20万字篇幅,我在一个暑假里带回乐山家中,触热点校,眼看就要大功告成的时候,才后知后觉地想起来也该考一考其史源。一考之下,它竟然完全是摘抄明人蒋一葵《尧山堂外纪》而成,性质颇近于《涵晖书屋诗话》。《尧山堂外纪》全书俱在,《古今诗塵》只是摘抄,是否隐藏有章法宗旨,需要进一步探研,但显然不是严格的个人著述,存身于《全编·乾隆期》的理由便很是勉强。经我提出,张老师思忖再三,决定先移出《乾隆期》,而暂置于《清诗话全编·外编》中。我明知诗话多抄撮成书者,为什么不先考一考史源,就埋头呆点?将近一个月挥汗如雨,"可怜无补费精神",感觉很对不起自己每天吃的美食。

长长来路,纵然多风复多雨,回首视之,却已云飞风起,觉路中风景,皆可珍重。若是较晴量雨,仍是晴朗的日子为多。而今我的任务暂时卸下,张寅彭老师和项目组其他同仁仍要继续跋涉。"譬如平地,虽覆一篑,进,吾往也。"今日所覆已不是一篑,而是《清诗话全编·顺康雍期》《乾隆期》厚厚的二十二册,彼之成山巍巍,当可期矣。

# 记本科时的两位老师

老友斯怀发来张可礼先生去世的消息。他难过，有些激动。

张可礼先生是古典文学专家。1949年以后，山东大学中文系古典文学方面最杰出的教授有四位：冯沅君、陆侃如、高亨、萧涤非，是所谓"四大金刚"。我入校读本科时，冯陆高萧的弟子董治安、龚克昌、郭延礼、袁世硕、张忠纲、张可礼等诸位先生都在。张先生的老师是陆侃如先生。那时诸位先生年纪都大了，已经不给本科生上课。张先生只来课堂上讲座过一次，讲的内容早已忘记。但老先生朴实从容，温文尔雅，令我心仪。高我两个年级有位同乡师姐——她后来在江湖上"声名显赫"，不提大名为宜——直研到了张先生门下，有次聊天，她告诉我，张先生让她先读《资治通鉴》。等到我直研的时候，也去问张先生还招不招学生，他笑眯眯地看着我，对我说：我退了，不招了。这就是我与老先生全部的交集。

回思起来，我本科时代感觉最亲近最尊敬的两位先生，张先生是其一。另一位是大一时给我们上了半学期中国史的郑佩欣先生。与瘦瘦高高、头发花白的张先生不同，郑先生个头不高，略有些富态，更显得慈祥，而头发则近乎全白。每次上课之前，先竖着抄写满满一黑板史料——似乎偏重经济史、政治史的材料——上课的时候就一边讲述历史，一边分析史料。这样讲课，所述的内容就不会是"一、二、三"的通史介绍，而是近乎专题研究。我因为中学时代看过中国通史和一些历史研究的专著，有些基础，所以更喜欢郑先生这种深入的讲课方式。

我是那种喜欢课后缠着老师提问的学生，那时所问，都很幼稚吧。有次我大言说暑假要读完《资治通鉴》，老师笑着，但语气很确定地说："你读不完的。""我可以试试。"老师说："不用心急。着急读完反而没有收获。"又过了不久，我买到了一本郑先生的《魏晋南北朝史探索》，看简历知道了老师1958年毕业于中山大学历史系，正好高三暑假里读了《陈寅恪的最后二十年》，便急忙去问："老师您上过陈寅恪先生的课吗？"老师只是平平淡淡地表示上过。他在课堂上从不吹嘘自己与陈先生的师生关系，一次都没说过。前半学期是另一位老先生讲中国史，他就爱讲自己的老师侯外庐。后来我查到郑佩欣先生写过一篇回忆陈寅恪先生文章，文章里写道:"我记得在上两晋南北朝史第一堂课时,来的人很多,不仅有学生,还有许多老师,端木正老师及师母姜凝等都来了,可谓济济一堂,座无虚席。讲台两边挂着两块小黑板,上面满满地写着资料,中间还有一块空着的黑板,供陈大师作板书用。陈大师坐的是藤椅,穿长衫。课是怎样开始的,我已记不清了,只记得有这样几句:'重要资料我已请人写在黑板上了,但你们要好好听讲,光抄下资料不听讲,也不会懂的。'"原来郑老师的讲课方式渊源于此。

学期结束了,郑先生没有考试,给我们每人60分。我们大声抗议这不公平,他笑了笑,平静地说:"这世界本来就不公平,哪有那么多公平。"今日思之,虽然是老先生为了偷懒的托辞,但又何尝不是半生读史阅世的沉痛之言?

我与郑先生的交集也到此结束。2010年,听到了先生去世的消息。

张可礼先生、郑佩欣先生,直接给我的教益都不算多,为什么我那么喜欢他们呢?现在想来,是他们的气质。二位先生都不是才华横溢、渊渟岳峙型的学者,不是那种气势逼人,能一下子抓住你,牢笼你,也逼迫你的王者、霸者。但他们都是朴实而真诚的学人,就像静水深流,平淡从容,盈科而后进,到底浩浩乎为江为河而朝宗大海。在大学里遇到他们,目睹他们的存在,感受到他们的人格和气质,就像遭遇春风一样，就知道这才是大学，这才是大学里应该有的人物。是了，他们给我提供了真正的"大学感"。

有幸遇到过这样的老师，是我的幸运。

怀念张可礼先生、郑佩欣先生。

# 热爱生活的一万个理由

看到"豆瓣"推出一个话题:"热爱生活的一万个理由"。

这年月的破生活,有什么值得热爱的?"一万个理由",无非一万管待打的鸡血。初时,我有点不屑,满肚子刻薄。

好吧,让我想想看,有哪些鸡血可以被刻薄掉。

今天早上蒸了地瓜糯米馒头。可恶,忘了放黄油。当然,还是挺好吃,吃完超大的一个,不餍足,又吃了一个。这下好,撑住了,一早上不舒服。划掉。

路上遇到阿猫阿狗,打招呼。猫们摆臭脸,不理我。狗们多半还挺热情,可惜没等蹭过来就被主人拖走了。求不得的友谊。划掉。

四时草木,晨昏绚丽的颜色,日头,星月,风雨,云,树冠的形状,叶片上的经脉,花瓣上的露水和露水中折射的景光。它们总是谄媚好心情的我而忽略坏心情的我。划掉。

写完了论文,自鸣得意。发表不了啊!划掉。

读诗读书，时时读到会心处。跟谁分享呢？划掉吧。

聆听邻居吵架。好玩是好玩，但你们别总在我睡觉的时候吵啊。划掉。

跑步。噫，被一个姑娘超过了。没事，人家那么年轻。噫，刚才又被一位老先生超过？划掉。

站在办公楼窗前，欣赏河对岸归鸟投林。突然悲伤起来。刚才还乌泱泱闹腾腾围着大树飞旋，一刹时便齐刷刷投身树冠，不见踪迹。没有风，树没有摇动，那些鸟，仿佛没有存在过。好像雨落到海里，扬尘降到地上，像放学的孩子融入人海，熄灯的大楼投身黑夜，时间汇入过去，绚烂过的幻想复归于寂灭，思念隐身于语言，痛苦融入痛苦，好像死亡。真萧索啊。

工作日晚上待在办公室，寂寂无人，大声外放 Louis Armstrong 和 Aretha Franklin，听到一佛出世二佛升天之际跳将起来，踢踢踏踏，左摇右晃。十点半离开，一楼，一个女孩子捧着书在看。路上，独自步行的，并排骑车的学生，好像都不着急，晃晃悠悠，各行各的道路。拥挤的校园，显露出一点宁谧的假象。夜里挺冷的，空气也不好，希望你们早点钻进被窝，做个不必用功的好梦。这样孤寂的夜，我喜欢。

白天买排骨，卖肉的姑娘要给我随机拿，旁边她的男友

（？）小哥一把抢过夹子，帮我一块一块仔细拣选。嗯，炖排骨味道不错。那这管鸡血也留着吧。还有一楼阿姨送我菖蒲、粽子和点心，二楼奶奶每次见面都对我说"弟弟侬好"，真可爱。

这样写着，好像总有些喜悦我刻薄不掉。那就再认真想想。

想了又想，其实生活让我热爱的理由，第一便是我自己。一步一步走在自己的路上，迂远僻静的小路，我喜欢的路。也一点一点变成自己想成为的人、能成为的人。本科时，曾对钢钢说："我是诗人。"其实那时我诗写得不好，古诗尤其差。现在看看，心中的诗依然在，总算没吹牛。我欣赏细微的美好，也被庞大令人迷惑的问题吸引。对人间的苦难，我从来没有视而不见。也总是为遭逢的美好停驻脚步。我认真做好属于自己的工作，对过分的事情也会有小小的反抗。会欣悦，会痛苦，有时哭泣，有时欢笑，它们来自我真实的感受。我喜欢孤独，也爱我的家人、朋友和所有我能发现美好特质的人。我会关心，会付出，也索求。

似乎热爱生活不需要一万个理由，一个理由就够啦。

——这是我的生活啊！

# 呓语

读杜甫的诗,随时可能会鼻酸而哽咽。他诗歌中痛苦的浓度那么高,好像他不是一个人在歌哭,而是同时有万千人在歌哭。而老杜对苦痛的承担,他的炽热的酸楚、愤激、哀恸,他的深广和细腻,他并作的苦乐,都表现得如此有力,海涵岳峙,如天如地。真是诗人中的诗人。

"雕鹗在秋天。"五字有山河万里之势。

杜甫《春日江村五首其一》:"农务村村急,春流岸岸深。乾坤万里眼,时序百年心。茅屋还堪赋,桃源自可寻。艰难贱生理,飘泊到如今。"首联、颈联为一义,颔联、尾联为一义,而参互交错,便觉跌宕顿挫,生出无限意味。"岸岸流",江流曲折之貌便含藏其中,老杜造语功力之深,真有人百思不能到者。今人整治城市河道,多砌成平直堤岸,其丑可胜言哉。蜀中冬日多阴沉天气,常经月不见日头，开春放晴，始觉襟怀舒展，"乾坤万里眼"，真切蜀中春日景象，移置他处，即成肤廓壮言。

"五陵无树起秋风"，仿佛"卧龙跃马终黄土，人事音书漫寂寥"之意。贤愚同归，繁华销歇，念之黯然。但"猿鸟犹疑畏简书，风云长为护储胥"，又是精诚所凝结，必长在人心。吾民族文化不亡，其中凝聚之精神必不亡。思之使人感奋。所谓文化不亡，绝不是陈腐守旧，甚至倒行逆施，而是要像先贤那样，固本培元以吐故纳新。孔子如果生在今世，一定精通东西学术，熟知中外典章。越是风雨如晦，对自己越当护持培养，凝聚精神，守先待后。所有的努力，未必及身能见结果，却一定不会浪掷。

杨铁崖《庐山瀑布谣》首云："银河忽如瓠子决，泻诸五老之峰前。"我觉得这个比喻好，银河不决不能倾泻而下；但用典不好，瓠子会让人立刻想起黄河的泛滥和在平原上的漫延，不管是颜色与形象都与庐山瀑布不合。刘后村《关仝骤雨图》"我疑人间瓠子决，或是天上银河溢"，用决堤之水来比喻大雨，也觉得不够切当。还是"银河落九天"最好。要出奇很难啊。

宋人的儒家迂气表现在诗歌里，有时真可爱。如项安世《次韵谢张安抚以诗送梅实》其一："此物从来作计疏，洛阳樱笋正驰驱。绝知不可时人口，只有微酸惬腐儒。"陆游《初冬有感二首》其二："峨冠本愿致唐虞，白首那知堕腐儒。碌碌不成千载事，骎骎又见一年徂。无僧解辍斋厨米，有吏频征瘦地租。要信此翁顽到底，只持一笑了穷途。"

在学校嘉定校区的角落里看到"陶庵留碧"碑，原来这里就是西林寺旧址，黄淳耀自缢之处。在某堵早已不存的墙壁上，他曾经奋笔疾书："遗臣黄淳耀于弘光元年七月初四日自裁于西门僧舍。呜呼！进不能宣力朝廷，退不能洁身自隐，读书寡益，学道无成，耿耿不没，此心而已。异日寇氛复靖，中华士庶再见天日，论其世者，当知予心。"崇祯十六年（1643），黄淳耀赴京会试。考试前曾对好友陈瑚说："若试而不售，犹是草野一介，受国恩浅，世终不治，则窜伏于荒江寂寞之滨，著书传道以毕其余生，亦中道也。"国乱如斯，他私心里是不想中进士的吧。偏偏这一次，他中了，陈瑚落榜。二人立下约定："冀幸天下无事，当买山结庐聚首一堂之上，纂修微言，以待来者。"十七年（1644）春，未授官的黄淳耀回到嘉定。他对明亡有预感，却并不想轻易殉死。次年（1645），是南明弘光元年、清顺治二年，清廷下剃发令，黄淳耀感到义无可忍，与侯峒曾举兵于嘉定。城破，自缢。顺治九年（1652），陈瑚重到嘉定，西林寺犹存，墙上的血痕也还在，幸存的友人失声痛哭。此刻，我所站的位置是陈瑚痛哭的地方吗？一个年轻的身影从我身边匆匆经过，一只小猫跑开。"英雄如昨日，陵谷自春风"，这是黄淳耀的诗。

刘因《归去来图》"归来荒径手自锄，草中恐生刘寄奴"，下句合二典为一。《晋书》卷八五《何无忌传》载无忌称刘裕："天下草泽之中非无英雄也。"又"刘寄奴"亦是草名。任昉《述异记》卷上："宋武帝微时，伐荻于新洲，见一大蛇长数丈，遂射之伤。明日，复往观之，闻杵臼声，觇见数青衣童子捣药。问其故，答曰：'我王为刘寄奴所射，今合药傅之。'帝曰：'何神也？'童子不答。帝叱之，皆散，收得药。人因名此草为刘寄奴。"《千金翼方》卷三载："刘寄奴草，味苦，温，主破血下胀，多服令人痢。生江南。"

石钧《泊舟娄东候潮》："潮落水初涸，傍岸孤舟轻。东林露微白，海月知已生。归人去阡陌，远火时一明。坐久钟盘寂，何来渔笛声。""归人"二句写归人远火时隐时见，要表现的是自己坐在船上，随波上下的情景。用思颇妙。

吴照《赠汪文学寿远》："野草曾生无患子，江禽亦有信天翁。如君烂熳浑相似，万事从教马耳风。"

苏子美《答和叔春日舟行》："静中物象知谁见，闲极情怀觉道充。"静中物象要人见，便是道不充。又静中、闲极，似乎合掌。苏氏粗豪，诗心颇不能细。

崔豹《古今注·鱼虫》："蚯蚓，一名蜿蟺，一名曲蟺。善长吟于地中，江东谓之歌女，或谓之鸣砌。"苏舜钦《秋夜》"新秋积雨后，夜闻蚯蚓声。似争络纬繁，不让蟋蟀清。"蚯蚓钻土究竟是什么声音呢？真好奇。

和放翁一起度过了一个愉快的上午。"可怜逢春不自感，更欲使气惊儿童。"老头可爱。"白云如玉城，翠岭出其上。异境忽堕前，心目久荡漾。"故乡风景，勃勃然在心里苏生盛开。

汪烈《留侯》："闲来圯上逢黄石，老去天涯访赤松。"气韵沉雄，可称佳句！

王渔洋《嘉阳登舟》有云"飘零万里一归人",翁方纲批评说:"此则实不似典试途中语矣,何怪赵秋谷讥之?"翁不知诗中"城郭家家绕绿萍"一句也是纯粹为了好看写的。嘉州绕城都是大江急流,长不出绿萍的。

渔洋引老杜"紫崖奔处黑,白鸟去边明"、大苏"贪观白鸟横秋浦,不觉青林没晚潮",自谓己作"高飞白鸟过江明"暗合二家。苏诗应是白鹭。且苏杜二家贴切,杜是黑底之白,苏是近处之鸟,王诗于空阔高处言白鸟分明,莫非他练成天眼通?王诗肤廓造作,多类此。

"正月莺声少,二月莺声好。三月莺乱啼,春云去如扫。"恽南田这四句,真漂亮。这种三句一气直下,末句一扫空之的写法从太白《越中览古》"越王勾践破吴归,义士还乡尽锦衣。宫女如花满春殿,只今惟有鹧鸪飞"来,而益之以流动。春声春色,流在目前。

马履泰题罗两峰《鬼趣图》:"鬼令公见者,定从修饰后。至公所不见,不知作何丑。""人言鬼可憎,唯趣尚堪顾。世有一等人,乃至于无趣。"嘻嘻。

老杜写剑器舞,"来如雷霆收震怒,罢如江海凝清光",这通感和比喻,简直神了。清代王文治写在琉球听人弹琴,"一弹一抑天地静,门前大海凝冷光",呆写,且做作。仙凡有别,奈何奈何。

郭遐叔赠嵇康云:"心之忧矣,视丹如绿。"这位郭先生算不算史料可证的第一位红绿色盲?

发现自己就像一只梅雨天里的面包,湿意入骨地胖了起来。

崔颢少年骀荡,风骨晚成,气入浑而不衰,当由其情多而意广也。摘句:"杀人辽水上,走马渔阳归。""平生少相遇,未得展怀抱。今日杯酒间,见君交情好。""燕郊芳岁晚,残雪冻边城。四月青草合,辽阳春水生。""起坐鱼鸟间,动摇山水影。""客愁能几日,乡路渐无多。""紫殿青苔满,高楼明月空。""青山满蜀道,绿水向荆州。""青山行不尽,绿水去何长。""武帝祠前云欲散,仙人掌上雨初晴。"

崔国辅独以乐府短章见重人间,语浅而意绮,诚盛唐风味。若其《九日应制》末四句云:"云雁楼前晚,霜花酒里春。欢娱无限极，书剑太平人。"今日读之，不胜感慨。

顷取裴铏《传奇》一册，聊作飧后消食之具，至《韦自东》一篇而废书兴叹。韦生义烈，击杀雌雄夜叉，曾如反掌。一道士合丹药垂成，数有妖魔欲坏丹炉，乃请自东仗剑卫之。初则巨虺慑人，自东以剑击之。再则冶丽女子，执芰荷，盈盈而至，又以剑拂之。将曙，别有道士驾鹤云中，仪仗威严，来劳自东曰：妖魔已尽，吾弟子丹将成云云，复吟诗云："三秋稽颡叩真灵，龙虎交时金液成。绛雪既凝身可度，蓬壶顶上彩云生。"自东生敬，乃释剑礼之。顷刻之间，道士突入，而丹鼎爆裂矣。夫人莫不有怯心，可励之以勇，莫不有欲心，可晓之以义，此皆显然可对治者，故其心易护持。唯世间之大恶，多以庄严出之，大伪，多以有道居之，发心向善求智，不释剑敬礼者几希。是则拒恶与德，束身为一乡之善士易；求智希真，不惑于大伪难。呜呼，心之难成就，吾知之矣。

诗学当博雅。然博雅二字，谈何容易。博而能雅，尤所难能。雅者，正也。不能汇通，难得其正。不能虚心，难得汇通。好奇太甚，求深反浅，正诗学之忌，可不慎欤！

晚上下雨以后，去看梅花。还是冬天的冷，雨声也觉得硬。想起萧德藻的两首《古梅》，瘦硬，古折，清寒。是我最喜欢的梅诗。"湘妃危立冻蛟脊，海月冷挂珊瑚枝。丑怪惊人能妩媚，断魂只有晓寒知。""百千年藓着枯树，三两点春供老枝。绝壁笛声那得到，只愁斜日冻蜂知。"

今年的春联集句而成："春风大雅能容物，贵气高情便有余。"

《老学庵笔记》卷三：范寥言：鲁直至宜州，州无亭驿，又无民居可僦，止一僧舍可寓，而适为崇宁万寿寺，法所不许，乃居一城楼上，亦极湫隘，秋暑方炽，几不可过。一日忽小雨，鲁直饮薄醉，坐胡床，自栏楯间伸足出外以受雨，顾谓寥曰："信中，吾平生无此快也。"未几而卒。

不妨想象成电影的最后：山谷在雨中伸出脚伸出手，回过头，对范寥说："信中，吾平生无此快也。"然后镜头转向雨景，雨落进青山里，落在屋檐上，打在竹叶上，汇流入江。秋凉了。

《史记》为项羽作本纪，为陈涉作世家，为刺客、游侠立传，为失败的英雄，为卑微而不屈服的游魂写其风概。太史公岂不知这些人物也有弱点缺点，成败得失，他如其量写出来，千载而下，英风烈烈，竟然似从未停歇。读《史记》者，当知太史公用心。如何评价古人今人，不很清楚了吗？总想着"解构"前人，故作惊讶地说，看，他其实有很多毛病。这才是毛病。

又看到王渔洋痛斥老杜，称他在《进封西岳赋表》中"独引《大雅》甫、申之词以媲之（杨国忠），可谓无耻。他日作《丽人行》，又云'慎莫近前丞相嗔'，乃自为矛盾。杜固诗史，其人品未可知，顾自许稷契，亦妄矣"。这段"蚍蜉撼大树"般的文字可谓王新城平庸狭隘胸次的最好证据。人非圣贤，当取其大节而存其小疵，对闪烁人类光芒的伟大者尤应如此。如果专以瑕疵论人，那么孔子见了南子，柏拉图未能经受住叙拉古的诱惑，诸葛孔明短于将略而苛于李严，华盛顿则终身蓄奴，所以他们都应该因此被否定？其实伟大人物的缺点和错误既然被记载，那就是人所共知的，他们流芳百世自然不是因为没有缺点，而是自有其耀眼光明。对此视而不见而对其缺点津津乐道，真透出一种非常猥琐下作的内心。

歌德说："在艺术和文学中确实人格就是一切；然而在当代的批评家和艺术判官中，就有这么一些孬种不承认这个道理,把文艺家的伟大人格,仅仅视为作品的一种无足轻重的作料而已。自然呢,要体察并尊重伟大的人格,自己又不能不也有人格。所有否认欧里庇得斯的崇高精神的人,要么是些没有能力体会这种崇高的可怜虫,要么是些不知廉耻的骗子;这些骗子企图以其僭越狂妄之举,提高自己在软弱世人眼里的身价,也确实提高了他们的身价。"

十七世纪英国文豪约翰·戴登曾经评价莎士比亚说:"事实上他也往往难免平庸乏味;他的调侃戏谑有时成了文字游戏,他的傥言伟论有时成了虚矫浮夸。但这却无伤于他的真正伟大。只要重大时节一旦能够让他施展鸿才,而且只要遇到题材适合情与境会,谁又敢说他不能冲天飞举,远远高翔在其他众多诗人之上?"这番评价适合文学艺术中所有伟大的人物。今天许多论调总喜欢迎合大众,总是强调陶渊明也是凡人、杜甫也是凡人、苏轼也是凡人,似乎强调伟大人物也有七情六欲,就可以让只有七情六欲的普通人变伟大一样。"有缺点的战士终竟是战士,完美的苍蝇也终竟不过是苍蝇。"

凡物之将终尽,莫不失却本根,颠倒错乱。杜陵咏春尽,云"颠狂柳絮随风舞,轻薄桃花逐水流",正状此形容。

及春归夏至，乃别是一番深严风景。王荆公诗云："春风取花去，酬我以清阴。"又："川原一片绿交加，深树冥冥不见花。风日有情无处着，初回光景到桑麻。"余前亦有句咏柳云："三月青春袅袅枝，媚人最是作絮时。轻狂几日随风尽，从教人间见逸姿。"虽不足步武前人，然其中之意，正自相合也。噫，当此严冬，而作春夏之思，讵非痴人说梦乎？

发现古人描述死亡有一种有趣的表达：醉酒。刘宋《徐副地券》说徐是"醉酒寿终，神归三天，神归三泉，长安蒿里"。《蒨谦地券》说他"醉酒命终，□□三泉，长安蒿里"。到了赵宋，这种表达更有趣。《张愈地券》说"因往南山采药，遇见仙人饮酒，蒙赐一杯，至今酩酊不回"。《王二十三郎地券》"暂向后园采花，遇见仙人，吃酒弄杯，醉荒来路，被太山所召"。《胡六娘地券》"忽随仙人，误往南山采于花药，忽被仙人赐酒，玉女传杯，致醉失路，迷而不返"。"沉醉不知归路"在宋代的信仰中原来还有这样一层意思。

王羲之写字用力，入木三分。杜甫写诗用力，字字诚挚句句沉郁。今天看孙犁说鲁迅写文章篇篇认真句句用力，所以为鲁迅。老杜《捣衣》："用尽闺中力，君听空外音。"果然非杜工部不能道也。

老杜《遣兴》其三"陶潜避俗翁"一首，黄山谷力言其非讥刺，翁覃溪也说"此非讥陶也，不得死于句下"。奈今之学者不悟何？

陈与义："微波喜摇人，小立待其定。"意出老杜："纵被微云掩，终能永夜清。"境界固有阔狭之别。杜意在天河之明，状其常，陈落笔则转在微波易定，写其变。故一阔远，一深细，各得其妙。陶潜则云："居常待其尽，曲肱岂伤冲。"不假比兴，潇洒自在，转觉胸中无尘滓也。

欧阳修："有似蚕作茧，缩身思自藏。"真是社恐代言人。蚕系人生。

今人专好作汇评集释，约等于资料长编，然后略无别裁（实则无力别裁），美其名曰方便研究者和读者，其实是置盆兰于鲍鱼之肆，最败坏人。

胡适致储皖峰书云："'知世如梦无所求，无所求心普空寂。还似梦中随梦境，成就河沙梦功德。'荆公此诗，我最爱颂。知道人生如梦，故无所营求，也无所贪恋。但人生只有这一次做梦的机会，岂可轻易错过？岂可不努力做一个轰轰烈烈痛痛快快的梦？"

王明清《挥麈余话》载宋时口语云"子嘴尖如此"云云，《元曲选·三度临歧柳》"嘴尖舌头快"。今四川话作"牙尖舌怪"，或讹作"牙尖十怪"，更有作"牙尖十八怪"的，辗转讹衍，本意几不可识。

今天是我的葱之日。切葱的时候本来打算作一篇《葱颂》，开头两句都想好了："后皇嘉草，葱徕服兮。"后来想到这老先生是祭祀避用的荤菜，感叹青青白白，神鬼不受。算了算了。

《清平调三首》浓浓地浸透着酒意啊，是酽酒。《峨眉山月歌》也是酒人的歌，春夜，翠绿的烧春，在大碗里荡漾。我放开嗓子读诗，一股子酒劲就顺着诗句往头上涌。那一刻，渴望在李白对面，看着诗人饮酒、吟诗、任性、发酒疯。非常渴望，想得掉泪。

一直觉得我们太多人太自恋，太高看自己了，总觉得自己能欣赏谁就是塑造了谁，谁被欣赏了，谁就被欣赏者重构了。难道我们不能欣赏珠峰，珠峰就不高耸雄浑了吗？我们不喜欢兰草，兰草就不香了吗？认识到珠峰之高兰草之香之后当学会谦卑，而非反出以狂妄，觉得我们塑造了经典。经典被庸众接受的历史至多是大众审美口味的变迁史，而不能反过来认为是经典的塑造史、重构史。不能在众多作品中分辨经典，不能领会具体经典的特质，不正是一般人的常态吗？

老杜《观兵》"元帅待琱戈"，前人注皆误。宋人以元帅为广平王，朱鹤龄仇兆鳌谓郭子仪，然后各发挥一通杜甫如何韬略在胸之见。却不思诗全首颂李嗣业，不能中梗一句写他人。元帅在唐代是节度使别称，正与李合。今人注本也都承袭旧说，全无辨正。

"他表达了美，人的美好感情。"聂鲁达解释洛尔迦被军政府枪杀的原因说。是啊。他们欢迎玄而又玄的文学理论，但害怕赤裸的耀眼的真、善与美。

杜甫："台州地阔海冥冥，云水长和岛屿青。"诗人怀念贬谪台州的郑虔，于其人未着一字，而郑之廓落寂寥已在目中。"云水长和"，晕染之功了得。老杜为郑虔写的诗，首首都佳，二人交情可知矣。

对默默无闻的先辈、时流、后进，渔洋认真读他们的诗文，凡有佳句奇行，便表彰不遗余力。多少生命的光彩，赖之以传。而随园阿附当道，贡谀富家翁，不羞不臊地赞美了多少烂诗。这样想一想，突然被渔洋感动到了。

汪缙："天之高也，不附于天。地之厚也，不附于地。古今之寥阔也，不附于古今。孤往而已矣。人物孤往也，交游孤往也，著述孤往也。名海中人，老死不相往来矣。"

伟大而刻毒的豪斯曼曾说："大多数人都很愚蠢，而不愚蠢的那些人中，大多数因此又都很虚荣；如果你不追求真理，将很难幸免地成为你自己的愚蠢或者虚荣的牺牲品。愚蠢让你墨守既有的观点，你将裹足不前；而虚荣让你追求新奇，你将发现子虚乌有的东西。"

每次在路上看到特别漂亮的人，不论男女，都会脑子空白地痴上一阵子，之后怅然久之。就是那种"一川烟草，满城风絮，梅子黄时雨"的感觉。

孙犁说："以百纸写小人之丑事，不若以一纸记古人之德行，于心身修养，为有益也。"善哉斯言。

孙犁《葛覃》："他不愿再写诗，可能是觉得写诗没有什么用，是茶余饭后的玩意儿。他一字一句地教学生读书，琅琅的书声，就像春天的雨水，滴落在地下，能生菽粟，于人生有实际的好处。"

看焦袁熹评王渔阳，笑死我了。《南园》："落句'慨然念终古'，此藏拙之法，实无可说耳。正如学云林画者，只省墨耳。"《夜登燕子矶》："'大江森欲动'，岂有千里大江而不动者，乃但云'欲'乎？"

梅尧臣《寄李献甫》："何言自我去，眼前一似空。城中岂无人，过目犹飞虫。又厌尘事多，枳棘生胸中。安知秋江水，净碧如磨铜。尚恨有世累，不及垂钓翁。望望当速来，止琴视孤鸿。"

贡布里希《人文科学的研究：理想与偶像》(1973)："学术工业的副产品便是那渗入语言的自命不凡的行话。甚至更为令人沉闷的是，其加热过度的机器似乎无法按曾经预计的需要调节他的产品。在很多领域我们都不能负担起我们人文学者的责任。我把这种责任界定为恢复、保存和解释人类的文化遗产。"

李屺瞻《汴梁竹枝词》云："红油车子卖蒸羊，启盖风吹一道香。"阮亭见而笑曰："信陵宾客、东京梦华，古今来应有多少感慨，而顾朵颐红油车子之蒸羊，此正吕颐浩所云措大知甚好恶者耶？"王士禛是吃货之敌，难怪写不出真正的好诗。

《恩福堂笔记》："酒酣耳热之时，同人有以'太极两仪生四象'命对者，满座正凝思间，忽报纪晓岚至。至则狂索饮馔。同人即以前句示之，金曰：'对就始许入座，否则将下逐客之令矣。'晓岚应声曰：'春宵一刻值千金。吾饥甚，无暇与诸君子争树文帜也。'坐客闻之，无不绝倒。"

文人高下这种事是不能票选的，或者说绝大部分人是没有选民资格的。所以文学的定量研究很危险。文学的评判是这样的：比如乾嘉时，大家都夸吴嵩梁的诗写得好，但钱锺书先生说吴诗庸烂，一首好诗都选不出来。如果数人头，吴就算好诗人了。可究竟我们该相信吴的朋友们的众口一词呢，还是该信任钱先生的眼光呢？在文学上搞民主，那文学差不多就可以去死了。

赶上了黄昏时候的急雨。如果世界对我有爱怜、嘲弄、赞许、抨击和提醒，如果他想拥抱我，对我歌唱，这一刻，世界纵身扑了过来，像久别的恋人。那么，我听到了感到了知道了。林旭说：世界愁风复愁雨，肝脾为苦亦为酸。我认识的世界和它的风雨要丰富得多，那么美。

当代学者注释古籍擅长者有二：一是在前人诸说中是其非而汰其是。二是根据前人正确的注释而得出错误的结论。

中华鲟的古称是鱼巨鱼覃，音更萌。

王夫之："天下至不仁之事，其始为之者，未必不托于义以生其安忍之心。"

歌德生于1749年，时为乾隆十四年。《浮士德》出版于1808年，我们的嘉庆十三年。之前不久，《随园诗话》全书完成。比照之下，惊心动魄。

在安稳的大地，深邈的大洋，宽广的高天之间，做一朵小小的花，细细地开，淡淡的香，经过属于自己的白天黑夜风雨阳光。

"栖栖世中事，岁月共相疏。"与他人的联系一天天少下去，我也逐渐被大家遗忘。还有二三素心之交，不时见面，闲聊。四季迁流，浮云舒卷，不变的是我们的杯中白水。这样的人生就很好，沉潜而踏实，安心读自己想读的书，写真正有心得的论文，一时的得失，世上的荣枯，有什么好计较的呢？

几只避雨的麻雀，停在厨房窗外。我能进去做饭而不惊扰他们吗？盼雨住。

那一点渺小无用而自喜的良心哟！

樱花树、海棠树，湿透的枝干如漆如缎，艳绝。松木、柏木和樟木，湿透的枝干如山如河，古绝。妩媚与刚毅，各极其妙。

想象着，寒烟从群山上升起，在江河上缭绕。

"墟烟寂历归村路，山色苍寒酿雪天。"吾取其独归。"青山忽已曙，鸟雀绕舍鸣。"吾爱其同乐。

古人有云："春非我春，夏非我夏，秋非我秋，冬非我冬。"我想下一转语：春非我春，然我得同春；夏非我夏，然我得同夏；秋非我秋，然我得同秋；冬非我冬，我亦同冬。在善恶的洪流之中，我也是一滴水。

捡到一块白色鹅卵石，里面嵌入了一块小小的玄武石。像是黎明中最后一点黑暗。

获得智慧，就像登上珠峰一样困难。而愚蠢，只要躺平就可拥有。

愚蠢依靠聪明而大行其道；追求智慧的人却往往显得愚蠢。这大概是人类社会的一条定理。

人有病，要救人；心有病，要医心。这是我原来的想法。后来发现没那么容易。譬如孙悟空从美猴王到齐天大圣到斗战胜佛，前人说，这就是一个隐喻，比喻着求其放纵之心的过程。可是从孙悟空的本心来说，是绝不会有意识要约束自我，由魔入佛的。需要强大的外力，先压他五百年，放出来后再用九九八十一难一路磨炼，磨炼的过程中，还要配合紧箍咒的作用。换言之，需要一个改造心的体系。仅仅依靠个体的自我改造，恐怕难以奏效。毕竟不是人人都是十世纯阳的金蝉子。

原来觉得陶渊明完成了与世界的和解，后来发现这是误会。陶渊明只是接受了自己生在那个时代的命运。接受命运不等于和解。安命，所以不争不竞，所以能欣悦于世界的美，同时冷眼旁观人世的恶。孔子也是接受了命运的，他说"知我者其天乎"，又说君子"畏天命"，皆是。不同之处在于，孔子接受命运的同时，也发现了自己的使命。"文王既没，文不在兹乎？天之将丧斯文也，后死者不得与于斯文也；天之未丧斯文也，匡人其如予何！"传承斯文，即是孔子发现的使命。孔子与陶渊明，圣、贤之别，正在这里吧。

读古代阿拉伯大学者安萨里（1058—1111）的《致孩子》，他讲到有四件事是必须放弃的，第一件就是："对于你能够解决的问题，千万不要和任何人争论。"为什么呢？因为："争论中会有很多中伤，这样害处大于益处，因为争论是所有令人鄙视的德性的源泉，比如沽名钓誉、嫉妒、骄傲、怨恨、仇恨、夸耀等等。"安萨里继续说，很多人得了无知的病，而且是不接受治疗，不可能痊愈的病，正是病人太多，所以才不要争论吧。第一种不接受治疗的病是："一个人提出的问题和表示的反对是由于嫉妒和怨恨，那么你的答案再优美、简洁和清楚，结果引起的也只是怨恨、仇视和嫉妒。方法就是不要急着回答问题……你当避开这种人，离开他和他的疾病……嫉妒者在培养自己的工作的过程中所言所为只能燃起火！"第二种病是："他的原因是由于愚蠢所致，同时他也不会接受治疗，诚如尔萨（耶稣）使者所说：'确实，我有能力复活死人，我却没有能力治疗傻瓜！'"第一种病人往往是煽动者，他们满含嫉妒、仇恨的刻毒言论鲜明、有力，煽动性强，很容易引起第二种病人的满堂彩。一呼而百应，前者会因发泄而满足，会因生杀予夺权力在手的幻觉而陶醉；此唱而彼和，后者会在"我们"的大合唱中找到并不存在的自我，会获得脆弱的自信，也会分享一种放纵的满足感。潮来莫争，待其自退可耳。

突然想做道清清白白的菜，苦瓜切丁，烧豆腐。好吧，青白的滋味这么苦。失败的脑洞……

众中无语，无事早归。

**图书在版编目（ＣＩＰ）数据**

松声绿：乌尤庵说诗 / 刘奕著. -- 上海：上海文艺出版社, 2025. -- ISBN 978-7-5321-9292-2

Ⅰ. I267.1

中国国家版本馆CIP数据核字第20255WF677号

出版统筹：肖海鸥
责任编辑：余静双
特约编辑：万　川
装帧设计：好谢翔
内文制作：常　亭

书　　　名：松声绿：乌尤庵说诗
作　　　者：刘　奕
出　　　版：上海世纪出版集团　　上海文艺出版社
地　　　址：上海市闵行区号景路159弄A座2楼 201101
发　　　行：上海文艺出版社发行中心
　　　　　　上海市闵行区号景路159弄A座2楼206室 201101 www.ewen.co
印　　　刷：苏州市越洋印刷有限公司
开　　　本：1092×787 1/32
印　　　张：12.75
插　　　页：1
字　　　数：222,000
印　　　次：2025年8月第1版 2025年8月第1次印刷
Ｉ Ｓ Ｂ Ｎ：978-7-5321-9292-2/I.7288
定　　　价：68.00元
告 读 者：如发现本书有质量问题请与印刷厂质量科联系　T:0512-68180628